카자흐 민담
Kazakh folktale

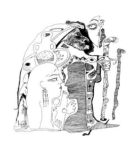

안상훈 安相薰 옮김

한국외국어대학교 노어과를 졸업하고 동대학원 노어노문학과에서 러시아문학을 전공했다. 러시아 학술원 러시아문학연구소(ИРЛИ)에서 문학박사 학위를 받았으며 현재 카자흐스탄 아스타나에 있는 유라시아 국립대학교(ЕНУ) 동양학과 초빙교수로 재직 중이다. 옮긴 책으로 세계민담전집 러시아 편(황금가지), N.G. 가린-미하일로프스키가 1898년 가을에 채록한 조선설화(한국학술정보), 민담의 형태론(박문사) 등이 있다.

알린 멘드바이 Alin Mendybai 그림

1953년 카자흐스탄 코스타나이(Kostanai) 주에서 출생. 카자흐스탄의 화폐를 공동으로 도안한 디자이너이자 유명한 화가이다. 카자흐 민족의 전래 민담을 비롯한 카자흐 구비 문학을 주제로 한 삽화를 많이 그렸다. 카자흐 전통을 되살리는 일련의 작업을 통해 그는 카자흐 민족의 예술적 문화적 정체성을 확립하는데 힘을 쏟고 있다.

유라시아 초원지대 유목민의 이야기

카자흐 민담

안상훈 옮김
알린 멘드바이 그림

민 속 원

카자흐 민담 속에는 카자흐 유목민의 역사와
예로부터 전해지는 삶의 경험이 담겨 있다

카자흐스탄은 동서양을 잇는 과거 실크로드 교역로인 중앙아시아 초
원 지대에 위치하고 있다. '카자흐'는 고대 투르크어로 '자유인'이라는 의미
이고, '스탄'은 페르시아어로 '땅', '나라'를 뜻한다. 현재 카자흐스탄에는
130여개의 민족이 함께 살아가고 있는데, 투르크계에 속하는 카자흐인이 카
자흐스탄 인구의 약 67%정도를 차지하고 있다.

카자흐 민족의 형성과 정착에 얽힌 역사는 투르크, 몽골, 러시아, 중국
등 주변국들과 밀접한 관련을 맺고 있다. 기원전 6세기경에 카자흐스탄 남부
지역에서 사카Saka 부족이 일어났고 알타이산과 우크라이나에 이르는 광활
한 지역에 거주하였다. 이들은 흑해 연안의 스키타이Scythai 부족, 볼가강 연
안의 사마르티아Samartia 부족과 함께 황금 문화를 꽃피운다. 기원전 200년경
에 중국 북쪽 지역으로부터 훈족Huns이 몰려와서 현재 카자흐스탄의 동부 지
역을 장악한다. 그 후 훈족이 서유럽으로 이동하자 6~7세기에 중국 서북 지
역에서 돌궐국을 세웠던 투르크족이 카자흐스탄 남부 지역으로 이주하여 유
목 국가를 세운다. 이것이 돌궐 제국Göktürks인데, 이들은 만주 지역에서부터
카자흐스탄 남부 지역에 이르는 광대한 지역에 걸쳐 거주했다. 그러나 13세
기 칭기즈칸이 이 지역을 정복한 이후 이 지역은 킵차크 칸국, 차가타이 칸국,
티무르 제국의 지배를 받게 된다.

15세기 중엽 카자흐 칸국Kazakh Khanate은 킵차크 칸국 붕괴 과정에서 건국되었고 이때부터 카자흐 민족의 국가 형성을 위한 기반이 마련된다. 하지만 카자흐 칸국은 끊임없는 내란으로 인해 울루쥬즈Senior Zhuz, 오르타쥬즈Middle Zhuz, 크쉬쥬즈Junior Zhuz로 분열된다. 이 세 쥬즈는 현재 카자흐스탄을 구성하는 호족들의 출신 배경을 구분하는 중요한 기준이 되고 있다. 17세기 중엽 중국의 신장성 중가르Jungar 지역에 있던 몽골 부족인 오이라트Oirat가 카자흐스탄 지역을 침입하게 되고 카자흐 칸국의 거의 모든 도시들이 점령과 약탈을 당한다. 카자흐 칸국은 동방에 진출한 러시아에 의지하여 오이라트의 침입을 막아 보려고 하였으나 오히려 19세기 중엽 러시아에 흡수되게 된다.

1917년 볼셰비키 혁명으로 러시아 제국이 붕괴되고, 러시아 내전으로 소비에트 정권이 들어서자 러시아의 지배를 받던 카자흐스탄 지역에서도 카자흐 자치 소비에트 정권이 수립되었고, 1936년 카자흐 소비에트 사회주의 공화국KSSR으로 명명되어 소련 연방의 공화국이 된다. 1990년부터 본격화되기 시작한 소련의 붕괴 과정에서 1991년 12월 16일 카자흐스탄은 소련 연방으로부터 독립을 하게 된다.

중앙아시아 초원에는 부족한 강수량으로 인해 나무와 곡식이 자라기에는 적합하지 않으며 약간의 풀만이 자란다. 이곳의 유목민들에게 초원 지대는 생존과 활동의 무대이며, 이들은 풀과 물을 찾아 끊임없이 이동하면서 유목 생활을 했다. 유라시아 초원에서 원초적 유목 생활을 영위했던 옛날 투르크인들의 삶에는 샤머니즘, 애니미즘 요소가 짙게 배어 있었다. 중국과 유럽간의 문물 교류를 위해 만들어진 초원의 실크로드는 이곳 유목민들의 사회 경제 생활에도 커다란 변화를 가져왔다. 다양한 교역 물품들이 실크로드 교역로의 한가운데 있는 유라시아 초원 지대를 따라 오고 갔으며 문화의 교류도 이루어졌다. 불교는 중앙아시아 지역을 거쳐 인도에서 중국으로 전해졌으며, 기독교와 마니교는 실크로드를 따라 유라시아 초원 지대 유목민들에게 전파되었고, 8세기 이후에는 이슬람교도 전해졌다. 대부분의 종교는 이 지역에 거주하던 투르크인들에게 뿌리를 내리지 못했지만 이슬람교는 다른 종교보다 번창하여 투르크인들의 이슬람화가 이루어졌다. 그렇지만 유목 생활을 하던 대다수 투르크인들의 일상 생활에서는 옛날부터 전해지는 주술 신앙적 요소가 깊이 뿌리내려 이어지고 있다.

민담을 카자흐어로 예르떼크epreri라 하는데, 이 단어는 '옛날에'라는 의미이다. 이것은 카자흐인들이 자신들의 이야기가 아주 오래되었다는 것을 강조하고 있는 것이라 할 수 있다. 유목 민족의 독특한 생활 방식과 문자의 부재로 인해 카자흐인들의 이야기들은 오랫동안 구전에 의존할 수밖에 없었다. 카자흐인들의 민담 채록은 19세기에 시작되었지만 본격적인 채록과 출판은 소비에트 시기에 접어들어서야 이루어지게 된다. 카자흐 유목민의 민담 구연 목록은 상당히 풍부하고 다양하다. 카자흐 민중들은 알다르 코세에 관한 이야기를 특히 좋아한다. 알다르 코세의 모험 이야기들은 애니메이션이나 영화로 제작될 뿐만 아니라 심지어 뮤지컬로 각색될 정도로 오늘날에도 카자흐민들 사이에서 대단한 인기를 누리고 있다. '알다르'는 주인공의 이름이고, '코세'는 그의 별명이다. '알다르'는 '사기꾼'이라는 의미이며, '코세'는 '수염이 없다'는 의미이다. 따라서 '알다르 코세'는 '수염이 없는 사기꾼'이라는 의미를 갖는다. 가난한 집안에서 태어난 알다르 코세는 약삭빠르고 꾀가 많으며 언변이 뛰어난 인물이다. 알다르 코세는 민중들을 괴롭히며 착취하는 사회 지배 계층에 속하는 사람들을 꾀를 써서 속이고 골탕 먹인다. 알다르 코세는 민중들에 적대적인 어리석은 칸, 탐욕스러운 부자들, 포악한 관리들, 옹졸하고 편협한 사고 방식을 가진 이슬람 성직자들, 거짓말을 일삼는 주술사들 심지어는 사악한 악귀들까지도 조롱하고 웃음거리로 만든다. 알다르 코세는 그들에게 유머로 대항하며 가난한 민중을 옹호한다. 그런 이유로 민중들은 알다르 코세를 비난하지 않고 오히려 그의 거짓말과 사기 행각을 좋아한다.

카자흐 민중의 이야기들 가운데는 마치 전문 작가가 쓴 서사 문학 작품처럼 완성도가 높은 민담들이 많이 있다. 그들의 민담 속에는 이동 생활을 하던 초원 유목민들의 실제적인 생활 양식과 삶과 자연에 대한 그들의 세계관이 정연하고 깊이 있게 반영되어 있다. 우리 독자들은 때로는 환상적이고 때로는 감동적인 카자흐 민담을 통해 그들의 세태 풍속과 관습을 비롯한 사회상 그리고 카자흐 민중들이 꿈꾸었던 소망을 읽어낼 수 있을 것이다.

이 책에 실린 이야기들은 2002년 카자흐스탄 알마티에 있는 멕테프 Мектеп 출판사에서 펴낸 『카자흐 민담 Казахские народные сказки』과 카자흐 민중들 사이에서 인기가 있는 이야기들을 함께 모은 것이다. 카자흐 민담이 한국에서 출판될 수 있도록 많은 도움을 주신 멕테프 출판사 예를란 사트발디예프 Yerlan Satybaldiyev 사장님께 진심 어린 감사의 말을 전한다.

2018. 3. 16.

카자흐스탄 아스타나에서   안상훈

차례

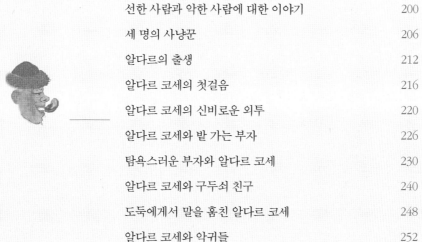

카자흐 민담

신비로운 정원

언젠가 두 명의 가난한 친구인 아산과 하셴이 살았다. 아산은 조그마한 땅을 경작했으며 하셴은 약간의 가축을 방목했다. 그들이 그것으로 벌어들이는 생계비는 얼마 되지 않았다. 그 친구들은 오래전부터 홀아비였는데, 아산에게는 그의 위안거리인 아름답고 상냥한 딸이 있었으며 하셴에게는 그의 희망인 힘세고 온순한 아들이 있었다.

어느 해 봄에 아산이 밭에 나가려고 준비할 때 하셴에게 재난이 닥쳤다. 초원에서의 목초지가 부족한 겨울 동안에 많은 동물들이 굶어죽었다. 가난한 하셴의 양들도 모두 쓰러졌다.

하셴은 울면서 그리고 아들의 부축을 받으면서 친구를 찾아와서 말했다.

"아산, 나는 자네와 작별의 인사를 나누려고 찾아왔네. 모든 나의 가축은 죽었어. 가축이 없으면 나도 굶어 죽는 것을 피할 수가 없어."

이 말을 듣고 아산은 늙은 목동을 끌어안고 말했다.

"내 친구여, 내 심장의 반은 자네 거야. 거절하지 말고 내 땅의 반을 받도록 하게. 슬픔을 잊어버리고 이 쟁기를 갖고 가서 노래를 부르며 일을 하도록 하게."

그때부터 하센도 농사를 짓기 시작했다.

여러 날이 지나고 여러 달이 지났으며 여러 해가 지났다. 어느 날 하센은 자신의 밭을 파서 일구다가 갑자기 쟁기 아래에서 어떤 이상한 소리를 듣게 되었다. 그는 서둘러서 땅을 파헤치기 시작했고 얼마 지나지 않아 무쇠로 된 솥의 옆모습이 눈에 들어왔다. 그것은 낡은 가마솥이었는데 그 안에 황금이 가득 차 있었다.

하센은 정신을 차릴 수 없을 정도로 기뻤으며 가마솥을 집어서 친구의 움막으로 던졌다.

"기뻐하게, 아산! 기뻐해. 행운이 자네에게 찾아왔어! 나는 자네의 땅에서 황금이 가득 들어 있는 가마솥을 발굴했어. 이제 자네는 빈곤에서 영원히 벗어나게 되었어!"라고 그는 달려가면서 소리쳤다.

아산은 친절한 미소로 그를 맞으면서 대답했다.

"하센, 나는 자네가 청렴하다는 것을 알아. 하지만 그것은 내 것이 아니라 자네 황금이야. 자네 땅에서 그것을 발견했으니까."

"아산, 나도 자네가 청렴하다는 것을 알아. 하지만 자네가 나에게 땅을 줄 때, 그 속에 숨겨져 있는 것까지 준 것이 아냐."라고 하센이 반박했다.

"사랑하는 친구, 땅을 풍요롭게 만든 모든 것은 그 땅을 위해 자신의 피땀을 흘렸던 사람에게 속해야만 하는 거야."라고 아산은 계속해서 설득했다.

그들은 오랫동안 논쟁을 벌였고 자신은 보물을 가질 수 없다고 단호하게 거절했다. 마침내 아산이 제안했다.

"하센, 이렇게 해결합시다. 자네에게는 신랑감인 아들이 있고 나에게는 신붓감인 딸이 있잖아. 그들은 오래전부터 서로 사랑하고 있어. 그들을 결혼시켜서 발견한 황금을 그들에게 줍시다. 그러면 우리 아이들은 가난에 대해서는 잊게 될 테니까."

두 친구는 자신들의 결정을 자녀들에게 설명했고 즉시 결혼 날짜를 잡았으며 얼마 지나지 않아 즐거운 결혼식 축연이 개최되었고 늦은 밤이 되어서야 끝이 났다.

다음날 날이 밝았을 때 신혼부부가 부모님을 찾아왔다. 그들은 걱정스러운 듯한 표정이었으며 황금이 들어 있는 가마솥을 자신들의 손에 들고 있었다.

"무슨 일이냐? 무슨 재난 때문에 이렇게 이른 시간에 왔느냐?"라고 아산과 하센이 큰소리로 물었다.

"아버님들이 거절했던 것을 자식들인 저희들이 소유한다는 것은 옳지 않다고 말씀드리고자 왔습니다. 어째서 저희들에게 황금이 필요하겠습니까? 저희들의 사랑은 세상의 그 어느 보물보다도 더 귀중합니다."라고 젊은 부부가 대답했다.

그들은 가마솥을 토굴 가운데에 놓았다.

그러자 보물을 어떻게 할 것인가에 대한 논쟁이 다시 시작되었고 논쟁은 모두가 함께 현자에게 조언을 구하러 가자고 결정할 때까지 오랫동안 지속되었다. 그 현자는 정직함과 공정함으로 민중 사이에서 잘 알려져 있었다.

그들은 여러 날 동안 초원을 따라 걸어갔고 마침내 현자의 유르트(원형 천막으로 된 유목민들의 이동식 전통가옥)에 도착했다. 유르트는 초원 한가운데 홀로 서 있었는데 꾀죄죄했고 초라했다.

나그네들은 허락을 얻은 후에 인사를 하면서 유르트 안으로 들어갔다.

현자는 낡은 담요 조각 위에 앉아 있었다. 그의 양옆에는 제자들이 정렬해 있었다.

"선량하신 여러분, 무슨 일로 저를 찾아 오셨는지요?"라고 현자가 안으로 들어온 사람들에게 물었다.

그래서 나그네들은 자신들의 논쟁에 대해 현자에게 이야기했다. 이야기를 듣고 현자는 오랫동안 말없이 앉아있었고 한참이 지난 후에 가장 연장자인 제자에게 물었다.

"네가 내 입장이라면 이 사람들에게 어떤 조언을 해주겠느냐?"

연장자인 제자가 대답했다.

"저라면 황금을 칸에게 가져가라고 하겠습니다. 왜냐하면 칸은 지상에 있는 모든 보물의 주인이니까요."

현자는 눈썹을 찌푸렸고 두 번째 제자에게 물었다.

"내 입장이라면 너는 어떠한 결정을 내리겠느냐?"

두 번째 제자가 대답했다.

"저라면 제가 갖겠습니다. 왜냐하면 원고와 피고가 거절한 것은 법에 따라 재판관이 갖게 되어 있으니까요."

현자는 더욱 더 눈썹을 찌푸렸지만 여전히 침착하게 세 번째 제자에게 물었다.

"너는 이러한 상황에서 어떻게 벗어날지 우리에게 말해봐라."

세 번째 제자가 대답했다.

"만일 이 황금이 누구의 소유도 아니고 모든 사람들이 갖기를 거절한다면, 저는 그것을 땅에 다시 묻어 두라고 지시하겠습니다."

현자는 완전히 침울해졌고 가장 나이가 어린 네 번째 제자에게 물었다.

"애야, 너는 무슨 말을 하겠느냐?"

어린 제자가 대답했다.

"스승님, 화를 내지 마시고 저의 단순함을 용서하십시오. 하지만 제 마음은 이렇게 결정했습니다. 저는 그 황금을 사용해서 모든 가난한 사람들이 쉬면서 과실을 즐길 수 있도록 이 벌거벗은 초원에 커다랗고 그늘이 많은 정원을 가꾸겠습니다.”

이 말을 듣고 현자는 자리에서 일어나서 눈에 눈물을 글썽이며 어린 제자를 끌어안았다.

현자가 말했다.

“ ‘만일 젊은 사람이 현명하다면 그를 나이 많은 사람처럼 존경해라’고 말한 사람들이 정말로 옳았구나. 애야, 너의 판결은 공정했다! 이 황금을 가지고 칸이 살고 있는 수도로 가서 가장 좋은 씨앗을 구입해서 돌아와라. 그리고 네가 말한 그런 정원을 만들도록 해라. 가난한 사람들 사이에서 많은 재산에 현혹되지 않은 이 관대한 사람들과 너에 대한 기억이 영원히 남아있게 해라.”

젊은이는 즉시 보물을 가죽 자루에 담았고 짐을 어깨에 둘러맨 후에 길을 떠났다.

그는 오랫동안 초원을 따라 돌아다녔고 마침내 칸이 살고 있는 수도에 안전하게 도착했다. 도시에 도착하자 그는 시장으로 곧장 갔으며 과일 씨앗을 파는 상인을 찾아 헤맸다.

그는 진열대 옆에 전시되고 있는 신기한 물건들과 휘황찬란한 직물들을 둘러보면서 한나절을 성과 없이 돌아다니고 있었는데, 갑자기 그의 등 뒤에서 들려오는 방울 소리와 누군가가 날카롭게 외치는 비명소리를 듣게 되었다. 놀라운 짐을 실은 카라반(사막 지역에서 주로 낙타를 이용해서 교역을 하는 상인들의 무리)이 시장 광장을 끊임없이 지나가고 있었다. 그들의 낙타 위에는 물건 꾸러미 대신에 산과 숲과 초원과 사막에서 살아가야만 하는 살아있는 수천 마리의 새들이 잔뜩 실려 있었다. 새들의 발은 묶여 있었고, 구겨지고 누더기가 된 그들의 날개들은 누더기 옷처럼 헐렁헐렁해져 있었으며, 수없이 많은 다양한 빛깔의 깃털들이 카라반 위에서 소용돌이치며 날리고 있었다. 낙타가 움직일 때마다 수많은 머리들이 그들의 옆구리에 부딪쳤고 애처로운 비명소리가 열려있는 부리에서 무심코 나왔다. 젊은이의 마음은 연민의 정으로 인해 짓눌렸다. 그는 호기심을 갖고 지켜보는 군중들을 뚫고 카라반 안내자에게 다가갔으며 공손하게 인사를 하고 물었다.

"누가 이 아름다운 새들을 이러한 고통 속에 빠뜨렸으며, 당신들은 어디로 이 새들을 데리고 가는 것입니까?"

카라반 대장이 대답했다.

"우리는 칸의 궁궐로 가고 있는 거야. 이 새들은 칸을 위한 요리에 사용될 거야. 칸께서는 이 새들에 대한 비용으로 우리에게 금화 500개를 지불할 것이야."

"만일 제가 두 배로 지불한다면 이 새들을 놓아주시겠어요?" 라고 젊은이가 물었다.

카라반 대장은 조롱하듯이 그를 바라보았고 계속해서 길을 갔다.

그러자 젊은이는 어깨에서 자루를 내렸고 카라반 대장 앞에서 자루를 열어보이자 카라반 대장은 믿을 수 없어서 발을 멈췄다. 카라반 대장은 굉장히 많은 돈을 자신에게 제안했다는 것을 깨닫고 나서 낙타 몰이꾼들에게 새들을 풀어주라고 즉시 명령했다.

자유롭게 된 것을 느낀 새들은 한 번에 하늘로 높이 날아올랐는데, 그 순간에 낮이 밤으로 변한 것처럼 새의 수가 많았으며, 그들이 날개 짓을 하는 바람에 땅에는 돌풍이 지나갔다.

젊은이는 멀어지는 새들을 오랫동안 바라보았고 그들이 시야에서 완전히 사라졌을 때 땅에 있던 빈 가죽 자루를 집어 들고 돌아오기 시작했다. 그의 가슴은 기쁨으로 뛰었고 발걸음은 가벼웠으며 입에서는 즐거운 노래가 저절로 흘러나왔다.

그러나 그가 고향 마을에 가까이 다가오면 올수록 괴로운 생각이 점점 더 그를 사로잡았고 회한의 감정이 그의 가슴을 압박했다.

'다른 사람의 재산을 내 마음대로 처리할 수 있는 권리를 누가 나에게 주었단 말인가? 가난한 사람들을 위해 정원을 꾸미겠다고 나선 사람이 내 자신이 아니었던가? 씨앗을 가지고 돌아오기를 기다리는 스승님과 그 순박한 사람들에게 이제 무슨 말을 할 것인가?' 라는 생각에 젊은이는 슬펐다.

시간이 지나면서 절망이 그를 완전히 사로잡았고, 그는 땅에 쓰러져 울며 괴로워하기 시작했고 죽을 생각까지 했다. 눈물과 괴로움으로 인해 그는 자신의 속눈썹에 대한 통제력을 상실할 정도로 기진맥진하게 되어서 잠이 들고 말았다.

그는 꿈을 꾸었다. 어디에서 왔는지 알 수 없는 다채로운 색깔의 아름다운 새 한 마리가 그의 가슴에 날아왔고 아름다운 목소리로 소래를 부르기 시작했다.

'친절한 젊은이여! 괴로움을 잊으세요, 잊어버리세요! 자유를 얻은 새들은 당신에게 황금을 다시 돌려드릴 수는 없지만, 당신이 베풀어 주신 은혜에 대해 다른 식으로 보답해 드릴 거예요. 빨리 일어나세요, 일어나세요!'

젊은이는 눈을 떴고 놀라서 움직일 수 없었다. 주변에 있는 넓은 모든 초원은 세상에서 볼 수 있는 새들로 뒤덮였다.

새들은 발로 땅에 구멍을 헤쳐 놓고 그곳에 씨앗을 떨어뜨렸고 부리로 재빨리 덮었다.

젊은이가 몸을 조금 움직이자 그 순간에 새들은 땅에서 물러나서 하늘로 날아갔다. 또 다시 낮이 밤으로 변한 것 같았고 날개 짓을 하는 바람에 땅에는 돌풍이 지나갔다. 모든 것이 조용해 졌을 때 새들이 팠던 구멍에서는 갑자기 파란 새싹이 돋았고, 그것들은 높이높이 자랐으며 화려한 나뭇잎과 황금 과실로 호화롭게 장식된 가지가 무성한 나무들로 변했다.

인도의 왕에게도 그렇게 아름답고 커다란 정원은 있을 수 없을 것이다. 외피가 마치 호박琥珀으로 된 것과 같은 과실이 열린 장엄한 사과나무가 무수히 많았다. 잘 뻗은 줄기 사이로 수많은 포도밭들이 보였고, 무성하게 자라는 풀과 선명한 꽃들로 뒤덮인 밝은 초지가 우거졌다. 보석을 깔아놓은 관개수로가 도처에 있었고 그곳에서는 차가운 물이 졸졸 흘렀다. 나뭇가지에는 젊은이의 꿈에 나타났던 새처럼 아름답고 노래를 잘하는 새들이 끊임없이 날아다니며 지저귀고 있었다.

젊은이는 놀라서 사방을 둘러보았고 정원이 실제로 있다는 것을 믿을 수가 없었다. 꿈인지 생시인지 확인하기 위해 그는 큰소리로 소리쳤고 메아리에 의해 여러 번 짧게 반복되는 자신의 목소리를 분명하게 들었다. 보고 있는 모습은 사라지지 않았다. 그러자 그는 기쁨과 흥분에 쌓여 현자의 유르트로 달려갔으며 자신에게 일어났던 모든 것에 대해 그에게 이야기했다. 그의 이야기를 듣고 나서 현자와 그의 제자들과 아산과 하센 그리고 그들의 자식들은 정원으로 빨리 가보고 싶어 했고 젊은이는 길을 가리키면서 그들을 데리고 갔다.

곧 신비로운 정원에 대한 소문은 온 초원을 따라 퍼져나갔다. 유명한 사람들과 부유한 사람들이 빨리 달리는 말을 타고 제일 먼저 달려왔다. 그러나 그들이 숲의 가장자리에 도착하자마자 그들 앞에는 높은 담장이 세워졌다. 그 담장에는 일곱 개의 자물쇠로 잠긴 철책 문이 있었다. 담장에 가까이 온 사람들은 담장에 뛰어오르고 담장 너머로 황금 사과를 따려고 손을 뻗었다. 그러나 과실을 건드린 모든 사람들은 몸에서 힘이 다 빠지고 감각을 잃어서 땅에 나뒹굴었다. 이것을 본 나머지 사람들은 공포에 질렸고 말을 돌려서 자신의 아울(중앙아시아 지역 유목 민족의 행정 단위)로 돌아갔다.

그들 뒤를 이어 가난한 사람들의 무리들이 사방에서 정원으로 왔다. 그들이 다가오자 철책 문에서 자물쇠가 떨어졌고 문이 활짝 열렸다. 정원은 남자들과 여자들과 노인들과 아이들로 가득 찼다. 그들은 화사한 꽃들을 따라 거닐었다. 그곳에 있는 꽃들은 시들지 않았다. 사람들은 투명한 관개수로에서 물을 마셨다. 물은 흐리지 않고 깨끗하고 맑았다. 사람들은 나무에서 과실을 땄다. 그런데 과실은 줄어들지 않았다. 정원에서는 하루 종일 돔브라(카자흐 민족의 대표적인 민속 현악기) 소리, 즐거운 이야기 소리, 커다란 웃음소리가 그치지 않았다.

밤이 되고 땅에 어둠이 내리면 사과들에서는 부드러운 빛이 넘실거렸고 새들은 조용하고 감미로운 노래를 불러주었다. 그러면 가난한 사람들은 나무 아래에 있는 향기로운 풀에 누워서 자신의 인생에서 처음으로 만족스럽고 행복감에 빠져 편안한 잠을 잤다.

삼 형제와
아름다운 아이슬루

어느 아울에 피를 나눈 삼 형제가 살았다. 그들은 모든 동갑내기들이 자랑스러워하고, 모든 처녀들이 넋을 잃고 바라보며, 모든 노인들이 칭찬할 정도로 그렇게 힘이 세고 대담한 사람이었다. 끈끈한 형제애가 그들을 어릴 때부터 하나로 묶어주었다. 그들은 한 번도 헤어진 적이 없었고 한 번도 타툰 적이 없으며 그 무엇에 대해서도 논쟁하지 않았다.

어느 날 형제들은 사냥을 가기로 결심했다. 그들은 사냥 훈련을 받은 초원의 강력한 새인 독수리를 데려갔다.

오랫동안 짐승도 새도 그들의 눈에 띄지 않았다. 말을 돌려 아울로 돌아가려고 준비하는데 불처럼 붉은 빛깔의 여우가 땅에 밀착해서 초원을 달려가는 것을 갑자기 보게 되었다. 큰형이 독수리를 위로 던졌고 독수리는 날개를 곧게 펴고 창공으로 날아올라 공중에서 늑대를 덮쳤다.

말을 잘 타는 삼 형제는 독수리가 낙하했던 장소로 급히 말을 달려가서 보고는 놀랐다. 여우는 마치 없었던 것처럼 온데간데없이 사라졌고 독수리는 돌 위에 앉아 있었다. 그런데 그 돌은 평범한 돌이 아니었고 누군가가 그곳에 대단히 아름다운 미인의 모습을 조각해 놓았다. 그리고 조각상 밑에는 '이 돌을 발견하여 나에게 가져오는 사람은 나의 통치자이며 남편이 될 것이다.'라는 글귀가 새겨져 있었다.

말을 잘 타는 삼 형제는 말없이 신기한 돌 앞에 서 있었고, 각자의 마음속에서는 살아 있는 듯이 자신들을 바라보고 있는 처녀에 대한 사랑이 점점 더 불타올랐다.

큰형이 물었다.

"어떻게 하지? 우리 셋이서 신비로운 돌을 발견했잖아."

둘째형은 누가 아름다운 미인에게 갈 것이지를 제비뽑기로 결정하자고 제안했다.

"형님들, 우리는 비밀스런 돌을 함께 발견했어요. 그러니 함께 처녀를 찾아가 봅시다. 만일 행운이 우리를 외면하지 않는다면 그녀를 실제로 보게 될 것이고 그녀에게 직접 신랑감을 고르게 합시다."라고 막내가 말했다.

그들은 그렇게 하기로 결정했다. 돌을 들어 올렸더니 그 밑에는 가죽 자루가 있었고, 그 속에는 옛날 금화 3000개가 들어있었다. 형제들은 발견한 것을 공평하게 나누어 가졌으며 자신의 아울에 들르지 않고 약혼녀를 찾으러 떠났다.

형제들은 초원의 끝에서 끝까지 모든 초원을 돌아다녔고, 말안장이 닳아 없어졌고 마구가 갈기갈기 찢어졌고 말들이 완전히 지쳤지만 돌에 새겨진 모습과 비슷한 처녀를 어디에서도 찾을 수가 없었다.

마침내 삼 형제는 칸이 거주하는 수도에 도착했다. 그곳 변두리에서 그들은 늙은 여인을 만났다. 형제들은 그녀에게 돌을 보여주었고 초상화에 그려진 아름다운 처녀가 어디 사는지를 아냐고 자세히 물어보았다.

"어떻게 모를 수가 있겠나. 이 사람은 우리 칸의 딸인데, 이름은 아이슬루야. 그녀만큼 아름답고 품위가 있는 처녀는 세상에는 없어."라고 여인이 대답했다.

형제들은 오랜 여행에 따른 피곤함과 어려움에 대해 금방 잊었고 서둘러서 칸의 궁궐로 향했다. 보초병은 돌에 새겨진 글귀를 보고 나서 그들에게 칸의 딸이 있는 방으로 들어갈 수 있도록 즉시 허락했다.

아이슬루의 실제 모습은 형제들을 깜짝 놀라게 했고 그들은 그 자리에 굳어버렸다. 처녀는 달의 이름을 갖고 있었다. '아이'는 카자흐어로 달을 의미하며, '슬루'는 미인이라는 의미를 지닌다.

"당신들은 누구세요? 무슨 일로 저에게 오셨죠?"라고 아이슬루가 물었다.

큰형이 모두를 대신해서 말했다.

"우리는 초원에서 사냥을 하다가 당신의 초상화가 새겨진 돌을 발견했고, 세상의 반을 돌아다닌 후에야 이제 당신에게 그것을 가지고 왔습니다. 돌에는 글귀가 있었는데, 그 내용에 대해서는 잘 아실 겁니다. 약속을 지켜주십시오! 우리들 중에서 한 명을 남편으로 고르십시오."

아름다운 미인은 값비싼 양탄자에서 일어났고 형제들에게 다가와서 말했다.

"말을 잘 타시는 용감한 분들이시여, 먼 길을 여행하셨네요. 저는 약속을 거절하지 않을 거예요. 그렇지만 당신들은 세 명이고 모두가 똑같은데 제가 어떻게 하는 것이 공정한 것인가요? 더 가치가 있는 분을 어떻게 구별하나요? 당신들의 사랑을 시험하고 싶어요. 한 달 동안 저를 위해 가장 귀한 선물을 가져오는 사람을 저는 선택하겠어요. 이 조건에 동의하시나요?"

칸의 딸은 그들 중에서 막내를 마음속으로 가장 좋아하고 있었다. 그러나 형제들은 이것에 대해 알지 못했고 그녀를 위한 선물을 구하러 길을 떠났다. 막내에 대한 그녀의 사랑은 너무나 강렬했고, 그날 그 순간부터 그녀는 마치 중병에 걸린 듯이 쇠약해지고 생기를 잃기 시작했으며, 얼마의 시간이 흐른 뒤에 그녀는 자리에 눕게 되고 친아버지조차 알아보지 못하게 되었다. 칸은 절망에 빠졌다. 칸은 딸을 치료하는 자에게 낙타 천 마리를 주겠다고 약속하면서 카자흐인들이 레카리와 박스라고 부르는 주술사와 마법사를 온 세상 도처에서 불러들였다. 초빙된 사람들은 궁궐을 가득 메웠지만 그녀의 상태는 매일 점점 더 악화되어 갔다.

한편 삼 형제는 그 시간에 수도에서 먼 곳에 있었다. 그들은 오래도록 함께 길을 갔지만 이제 길이 갈라지게 되었다. 말을 잘 타는 형제들은 30일이 지난 후에 바로 그 장소에서 다시 만나기로 약속한 후에 각자 다른 방향으로 떠났다.

큰형은 오른쪽 길로 갔고 얼마의 시간이 지난 뒤에 큰 도시에 도착했다. 모든 진열대를 돌아다니다가 그는 진귀한 물건을 파는 곳에서 금테를 두른 거울을 보았다.

"이 거울이 얼마입니까?"라고 젊은이가 물었다.

"거울은 금화 100개이고, 그것의 비밀은 금화 500개입니다."

"비밀이란 무엇입니까?"

"이 거울은 단순한 거울이 아닙니다. 만일 새벽노을이 물들 때 그것을 들여다보면, 모든 땅과 도시들과 아울과 유목 지역의 세계를 볼 수 있습니다."

'바로 이것이 내가 필요로 하는 물건이구나!'라고 젊은이는 생각했다. 그는 돈을 아까워하지 않고 계산했으며 구입한 물건을 가슴에 숨긴 후에 약속된 장소로 돌아가기 시작했다.

둘째형은 가운데 길로 떠났다. 그는 적당한 시기에 미지의 도시에 들어오게 되었다. 다른 지역에서 온 상인들이 물건을 파는 시장에서 이상한 무늬가 들어가 있는 휘황찬란한 양탄자가 그의 눈에 들어왔다.

"양탄자 가격이 얼마입니까?"라고 그는 상인에게 물었다.

"양탄자는 금화 500개이고, 그것의 비밀도 그러한 가격입니다."

"어떠한 비밀에 대해 말씀하시는 거죠?"

"이것은 하늘을 나는 양탄자입니다! 이 양탄자는 사람을 순식간에 어느 장소에라도 데려다 줍니다."

젊은이는 상인에게 자신의 모든 돈을 주었고 양탄자를 통에 말아 넣었으며 만족해하며 도시를 떠났다.

막내는 길이 갈라지는 곳에서 왼쪽으로 갔다. 길은 그를 타국의 도시로 이끌었다. 그는 오랫동안 거리를 돌아다녔고 모든 진열대를 둘러보았지만 그 어디에도 연인에게 가치가 있을만한 물건이 눈에 띠지 않았다. 그는 거의 완전히 희망을 상실했고 의기소침해 있었다. 그때 난폭한 노인의 지저분한 진열대에서 번쩍이는 물건을 보았다.

"이것이 무엇입니까?"라고 말을 잘 타는 막내가 물었다.

상인은 보석들이 박혀있는 황금 참빗을 그에게 보여주었다. 젊은이의 눈이 불타올랐다.

"참빗의 가격은 얼마입니까?"

상인은 목쉰 소리로 웃기 시작했고 악의를 갖고 말했다.

"여기서 꺼져! 어디서 네놈 주제에 이런 것을 사겠다고! 금화 천 개가 참빗의 가격이고, 금화 2천개가 그것의 비밀 값이야."

"당신이 그렇게 비싸게 생각하는 참빗의 비밀이란 무엇입니까?"

"만일 이 참빗으로 환자의 머리를 빗질하면 환자의 건강은 회복될 것이고, 죽은 사람의 머리를 빗질하면 그 사람은 살아날 거야."

"제가 갖고 있는 것은 단지 금화 천개뿐입니다. 저를 가엽게 여기시어, 그 돈에 참빗을 저에게 주십시오. 그 참빗 속에 저의 행복이 있습니다."라고 젊은이는 슬프게 말했다.

"흥, 좋아. 금화 천 개에 참빗을 갖도록 해, 만일 덤으로 자네 살점을 떼어 준다면 말이야."라고 노인은 기분 나쁘게 입을 삐죽거리면서 중얼거렸다.

그때 젊은이는 자신 앞에 있는 것이 상인이 아니라 피에 굶주린 잘마우즈-켐피르(카자흐 신화학에 등장하는 노파의 형상을 하고 있는 잔인한 마녀)라는 것을 알았지만 전혀 떨지도 않고 물러서지도 않았다. 그는 아무런 말없이 주머니에 있던 모든 돈을 꺼내주었고, 장화의 목부분에서 칼을 꺼내 자신의 가슴 부위에서 살을 도려내어 괴물에게 주었다. 이제 참빗은 그의 것이 되었다.

정확히 30일 후에 형제들은 길이 갈라지는 곳에서 다시 모였다.

그들은 뜨겁게 포옹을 나누었고 서로의 건강에 대해서 물어봤으며 자신들이 구입한 것에 대해 자랑하기 시작했다.

'아이슬루는 누구의 선물을 더 좋아할까? 거울도 양탄자도 참빗도 모든 선물이 똑같이 훌륭한데.'라고 그들 각자는 생각했다.

이야기를 나누면서 밤이 지나갔고, 카자흐인들이 아이만-숄판이라고 부르는 금성이 하늘에 떠올랐을 때 동쪽은 노을로 활활 타올랐고, 형제들은 세상에 무슨 일이 일어나고 있는지 알고 싶어서 거울을 들여다보기 시작했다.

온 세상이 그들의 눈앞에 떠다녔으며, 마침내 칸이 살고 있는 수도가 나타났다. 그런데 이것이 무엇인가? 궁궐 앞에는 슬퍼하는 군중들이 가득했다. 그곳에서 누군가의 장례식을 거행하고 있다. 망자를 화려한 가마위에 태워서 옮기고 있고, 바로 그 뒤에 칸이 고통으로 몸을 구부린 채 온통 눈물을 흘리면서 걷고 있다. 깜짝 놀란 형제들은 아름다운 아이슬루가 죽었다는 것을 알아차렸다.

바로 그 순간에 둘째형이 마법의 양탄자를 펼쳤고, 말을 잘 타는 삼 형제는 양탄자에 올라타서 서로 손을 쥐었다. 양탄자는 구름 아래로 떠올랐고 눈 깜

짝할 사이에 아이슬루의 공개된 무덤 앞에 내려앉았다. 군중들은 깜짝 놀라서 껑충 뛰어 뒤로 물러났다. 칸은 흐르는 눈물 사이로 하늘에서 내려온 젊은이들을 바라보았고 지금 일어나는 일어나고 있는 일을 전혀 이해하지 못했다. 막내는 죽은 미인에게 달려가서 황금 참빗으로 그녀의 머리를 빗질했다.

아이슬루는 깊이 한숨을 내쉬었고, 눈을 떴으며 두 발로 일어섰다. 그녀는 전보다 훨씬 아름다워졌다. 칸은 딸을 가슴으로 끌어안았다. 바로 그날 칸은 성대한 축연을 개최하고 수도의 모든 주민들을 귀중한 손님으로 초대했다. 시장에서 구걸하는 걸인 노인들조차 초대되었다. 윗사람을 모시는 상석 자리에는 삼 형제를 앉혔으며, 아이슬루가 그들에게 직접 음식과 쿠므즈(중앙아시아 유목민들이 즐겨 마시는 전통적인 술. 말의 젖을 원료로 만듦)를 가져다주었고, 말을 잘 타는 삼 형제는 신랑감을 선택하라고 그녀에게 다시 요청하기 시작했다.

아이슬루는 슬펐으며 그녀의 눈에서 눈물이 흘러내렸다.

"저는 한 사람을 사랑하고 있습니다. 그러나 당신들 모두는 지금도 여전히 우열을 가릴 수 없이 똑같습니다. 여러분 각자는 저에게 신비로운 선물을 가져왔습니다."

아이슬루는 조언과 지시를 해달라고 아버지에게 부탁했다. 칸은 잠시 생각한 후에 말했다.

"큰형이 구입한 거울이 없었다면, 자네들은 아이슬루의 죽음에 대해 알지 못했을 거야. 둘째형이 구입한 양탄자가 없었다면, 자네들은 장례식에 제때에 오지 못했을 거야. 막내의 참빗이 아니었다면, 자네들은 내 딸의 목숨을 살려내지 못했을 거야. 나는 자네들에게 내 재산의 반을 기꺼이 줄 거야. 하지만 아이슬루를 누구의 아내로 주어야 할지 도저히 결정을 할 수가 없어."

그러자 군중 속에서 걸인의 목소리가 들려왔다.

"폐하, 한마디 할 수 있는 기회를 저에게 주십시오!"

칸은 그 순간에 행복한 기분에 젖어있었고 걸인에게 한마디 말을 하라고 허락했다.

"모든 상황을 고려해 볼 때, 저는 이렇게 판단합니다. 자신의 선물을 더 비싸게 주고 구입한 사람에게 아이슬루를 주도록 하십시오."

칸은 고개를 끄덕였다.

"그래, 그렇게 하자!"

"저는 거울 값으로 금화 600개를 주었습니다."라고 큰형이 말했다.

"저는 양탄자 값으로 금화 천 개를 주었습니다."라고 둘째형이 말했다.

"저는 참빗 값으로 금화 천개와 그리고 가슴 부위에서 살을 도려내어 주었습니다."라고 막내가 말했다.

"그럴 리가 없어! 사실을 말해야지!"라고 칸이 소리쳤다.

그러자 막내는 옷을 활짝 열어 젖혔고, 모든 사람들은 그의 가슴에 있는 상처를 넋을 잃고 바라보았다.

아이슬루는 소리를 지르고 손으로 얼굴을 가렸다. 칸은 영웅을 끌어안고 말했다.

"자네에게 내 딸을 아내로 주겠네! 내 사위가 되어주고 후계자가 되어주게!"

막내는 궁궐에 있는 손님들을 향해 돌아서서 두 명의 형들은 자신을 돕는 대신이 될 것이며, 현명한 조언을 해준 걸인은 최고의 재판관으로 임명할 것이라고 모든 사람들이 들을 수 있도록 선언했다.

이 말을 한 후에 즐거운 축연은 다시 떠들썩하게 되었다. 그리고 축연은 30일 동안 계속 되었고, 사람들은 40일 동안 축하했으며, 그 축연에 대한 기억은 오늘날까지도 계속되고 있다.

돈을 주고 산 꿈

사르센바이는 고아로 자랐다. 그에게는 아버지도 어머니도 없었다. 그는 어렵게 살았다. 그는 부자에게서 양치기로 일했다. 가을이 되면 일한 대가로 그에게 절름발이 양 한 마리를 주겠다고 부자가 약속했다. 목동은 그것에 기뻐했다. 그는 가축의 무리를 방목했고 부자가 먹고 남긴 음식을 먹었으며 가을이 오기를 기다렸다.

'가을이 와서 절름발이 양을 받게 되면 나도 고기 맛이 어떤지를 알 수 있을 거야.'라고 생각했다.

언젠가 사르센바이는 양들을 새로운 목초지로 몰아넣고 있었다.

갑자기 단풍털이풀 덤불 뒤에서 늑대가 나타나서 말했다.

"양을 내놔! 한 마리를 주지 않으면 열 마리를 죽여 버릴 거야."

"늑대야, 어떻게 내가 너에게 양을 줄 수 있니? 이 가축들은 내 것이 아냐. 네게 양을 주면, 부자가 나를 죽일 거야."

늑대는 생각하기 시작했고 얼마 후에 말했다.

"나는 굉장히 배고파. 부자에게 가서 내 대신에 양을 부탁해 봐!"

사르센바이는 주인에게 갔고 모든 것에 대해 말했다. 부자는 '열은 하나보다 많은 것이다. 양 한 마리는 열 마리보다 값이 더 싸다.'라고 결론을 내렸다. 그리고 양 한 마리를 늑대에게 주라고 목동에게 허락했다. 단지 선택의 여지없이 주어야한다.

"늑대의 눈을 수건으로 가려라. 그리고 늑대가 잡는 것이 그의 것이야."

사르센바이는 주인이 명령한 대로 그렇게 했다.

눈을 가린 늑대는 가축 무리에게로 달려들었고 양의 목을 물어서 죽였다. '초원으로 던진 지팡이가 재수 없는 놈의 이마에 맞는다.'라는 속담이 있다. 늑대가 잡은 것은 주인이 사르센바이에게 주기로 약속했던 절름발이 양이었다. 사르센바이는 너무도 슬프게 울어서, 늑대조차 그를 불쌍하게 여겼다.

"어쩔 수 없어. 아마 네 운명이 그런 것 같다. 내가 너에게 양가죽을 남겨줄게. 누군가에게 돈 좀 받고 팔 수 있을 거야."라고 늑대가 말했다.

사르센바이는 양가죽을 땅에서 들어 올려 어깨에 둘러메고 가축 무리를 계속 몰고 갔다.

맞은편에 적황색 말을 탄 부자가 있다. 그는 말의 등자에 올라서서 양을 세기 시작했다. 모든 가축이 다 있었고 단지 사르센바이의 절름발이 양만 없었다. 사르센바이도 보였다. 그는 목동이 들고 다니는 기다란 지팡이를 손에 들고, 양가죽을 어깨에 걸쳤으며, 눈에는 눈물을 흘리면서 가축 무리의 뒤를 따르고 있다.

부자는 밑에 있는 말이 몸을 떨 정도로 그렇게 크게 웃었다.

"저런 놈이 내 목동이라니! 너는 자신의 양도 지키지 못했어. 당연히 내 것도 지키지 못하겠지. 당장 눈앞에서 꺼져! 우리는 이미 계산을 끝냈으니까."

그래서 사르센바이는 기다란 지팡이의 그림자를 따라 초원으로 향했다.

그는 미지의 도시에 도착했고 시장에 들렀다. 그는 군중들 사이를 오랫

동안 걸어 다녔지만 어느 누구도 양가죽에 대해 그에게 물어보지 않았다. 저녁 무렵이 되어서야 소년은 동전 서푼을 받고 누군가에게 양가죽을 팔 수 있었다.

'동전 서푼으로 리표쉬카(중앙아시아 유목민들이 즐겨 먹는 둥근 모양의 구운 빵) 세 개를 살 수 있고, 리표쉬카 세 개면 3일을 견딜 수 있어. 그 이후에는 어떻게 되든 상관없어!'

그는 빵 가게를 향해 가던 도중에 구걸을 하고 있는 병든 노인과 만나게 되었다. 사르센바이는 그 노인에게 동전 한 푼을 주었고 두 푼은 자신에게 남겨 두었다.

노인은 감사의 뜻으로 머리를 숙였고 그런 후에 허리를 굽혀 모래를 한 움큼 집어서 소년에게 내밀었다.

"이것을 받아라, 너의 선행에 대한 보답이다."라고 노인이 말했다.

사르센바이는 걸인이 완전히 제정신이 아니라고 생각했지만 그에게 모욕감을 주지 않기 위해 모래를 받아서 자신의 주머니에 쏟아 넣었다.

밤이 왔고 완전히 어둡게 되었다. 의지할 곳이 없는 목동은 어디에서 잠을 자야하나? 그는 이곳에서는 주막집이라고 불리는 카라반-사라이(카라반들이 먹고 묵으며 쉬어 가던 실크로드 길목에 있던 숙소)에서 밤을 보낼 수 있도록 부탁했다. 주인은 허락했지만 돈을 요구했다. 그래서 사르센바이는 주인에게 동전 한 푼을 지불했다.

주인은 모든 숙박인들을 양탄자와 담요 위에서 자도록 했지만 사르센바이에게는 맨 바닥 위에서 자라고 지시했다. 배고픈 소년은 잠을 제대로 자지 못했고, 차가운 맨 바닥에서 잠을 자며 악몽을 꾸었다.

새벽에 카라반-사라이는 시끌벅적하기 시작했고 사람들은 마당에서 움직이기 시작했다. 다른 지역에서 온 상인들은 길 떠날 채비를 하면서 낙타에 짐을 싣기 시작했다. 사르센바이는 그들이 주고받는 이야기를 듣게 되었다.

어떤 사람이 말했다.

"지난밤에 신기한 꿈을 꾸었어. 나는 값비싼 잠자리에 마치 칸이 된 듯이 누워있었고, 밝은 태양은 내 몸 위로 기울어져 있었으며, 내 가슴 위에서는 빛나는 달이 놀고 있었다."

사르센바이는 그 상인에게 다가가서 요청했다.

"평생 동안 저는 좋은 꿈을 한 번도 꿔본 적이 없습니다. 아저씨, 저에게 아저씨의 꿈을 파세요! 아저씨가 꾼 꿈이 제 꿈이 되도록 해 주세요."

"꿈을 팔라고? 좋아. 대가로 무엇을 줄래?"라고 상인이 웃으며 말했다.

"저는 동전 한 푼을 갖고 있어요. 여기 보세요."

"네 동전을 이리 다오! 거래 됐다. 지금부터 내가 꾼 꿈은 네 꿈이야, 꼬마야!"라고 상인이 소리쳤다.

그리고 나서 상인 더욱더 크게 웃었고 카라반-사라이에 있던 모든 사람들이 그를 따라 크게 웃었다. 목동은 꿈을 산 것에 만족해서 깡충깡충 뛰면서 마당에서 달려나갔다.

그때 이후로 사르센바이는 많은 길을 돌아다녔고 도중에 많은 아울과 마주쳤다. 그렇지만 어느 곳에서도 일자리를 찾을 수 없었고, 어느 곳에서도 비나 이슬을 피할 수 있는 장소를 찾을 수 없었으며, 어느 곳에서도 음료 한잔도 얻어 마시지 못했다.

겨울이었다. 어두운 밤에 사르센바이는 꽁꽁 언 손을 호호불면서 초원을 따라 걸어갔다. 격렬한 바람은 그를 이리 갔다 저리 갔다하게 만들었고, 어느 곳에서는 눈보라가 휘몰아쳤다. 사르센바이는 울었다. 그런데 그의 눈물은 뺨에 얼어붙었다. 그는 힘이 다 빠져서 눈더미 위에 주저앉았고 절망적이 되어 중얼거렸다.

"너무 괴롭다. 늑대들이 나를 갈기갈기 찢어 놓는 것이 낫겠다!"

그가 이 말을 하자마자 커다란 늑대가 털을 꼿꼿이 세우고 눈을 번득이고 이빨을 드러내면서 어둠 속에서 나타났다.

"됐다, 먹잇감을 발견했군! 내 새끼들에게 맛있는 음식을 먹일 수 있겠네."라고 늑대는 기뻐하며 말했다.

"나를 죽여서 네 새끼들을 즐겁게 해줘라. 나에게 있어서 죽는 것은 살아가는 것 보다 더 낫다."라고 소년은 조용히 대답했다.

그런데 늑대는 자리에서 움직이지 않고 소년을 뚫어지게 쳐다보았다. 마침내 늑대가 말했다.

"나에게 절름발이 양을 준 것이 사르센바이, 바로 너지? 안녕, 이제 너를 알아보겠네. 두려워 마, 너를 건드리지 않을 테니. 아니 도와줄게. 내 위에 타서 꽉 잡아!"

사르센바이는 늑대 위에 올라탔고 늑대는 흩어지는 눈더미를 따라 질주했다. 울창한 숲의 끝자락에 도달한 후에 늑대가 말했다.

"사르센바이, 멀리 불빛이 보이지? 모닥불이 피어 있잖아. 도둑들이 저곳에서 휴식을 취하며 머물렀었다. 지금 그들은 멀리 떠났고 조만간에 돌아오지 않을 거야. 저기 가서 모닥불 옆에서 몸을 녹여. 아침에는 좀 따뜻해질 거야. 안녕!"

늑대는 사라졌고 사르센바이는 서둘러서 모닥불이 있는 곳으로 갔다. 그의 몸은 따뜻해졌고, 그는 도둑들이 모닥불 근처에 버린 고기 조각을 뜯어먹고 나서 원기를 조금 회복했다. 그는 행복감에 젖어 노래를 흥얼거리기까지 했다. 가난한 자를 즐겁게 해주는 데 많은 것이 필요하던가?

날이 밝았고, 모닥불은 다 타버리고 꺼졌다. 숯불이 완전히 검게 되었을 때 소년은 따뜻한 재속에 손을 넣었다. 손이 따뜻했다! 그는 점점 더 깊숙이 손을 넣었고 갑자기 손가락 아래에서 뭔가 단단한 물건이 느껴졌다. 사르센바이는 그것을 재속에서 꺼냈는데 아니 이럴 수가 황금으로 된 상자였다! 소년의 가슴은 뛰기 시작했다. 상자 안에는 무엇이 있을까?

사르센바이는 뚜껑을 열었다. 바로 그 순간 땅위로 태양이 나타났고 최초의 태양빛이 상자에 똑바로 떨어졌다. 사르센바이는 소리를 질렀고 참을 수 없을 정도로 눈부신 섬광 때문에 눈을 가늘게 떴다. 상자에는 다이아몬드가 가득했다.

목동은 획득한 물건을 가슴에 꼭 껴안고 기뻐서 어쩔 줄 몰랐고 숲을 따라 달려 내려왔다.

'사람들이 사는 곳에 빨리 도착하면 좋겠는데. 이제 나는 고통 없이 살 수 있어. 내 재산은 백 명의 사람에게도 충분해.' 라고 그는 생각했다.

그런데 숲은 점점 더 울창해졌다. 그는 두렵게 되었고 이렇게 깊은 곳까지 들어오게 된 것을 슬퍼했다.

'내가 사람이 살지 않는 이렇게 외진 곳에서 보물을 가지고 무엇을 할 수 있겠는가?'

그런데 바로 그때 나뭇가지 사이에서 불빛이 반짝였고, 그래서 소년은 넓은 공터로 나왔다. 공터 한가운데 있는 얼지 않은 냇가 옆에는 하얀 펠트 조각으로 뒤덮인 커다랗고 훌륭한 유르트가 서 있었다.

'도대체 어떤 사람들이 이곳에 살까? 그들이 의지할 데 없는 불행한 사람을 모욕하지 않을까?' 라고 사르센바이는 생각했다.

사르센바이는 오래된 참나무 구멍 속에 황금 상자를 숨기고 유르트 안으로 들어갔다.

"안녕하세요!" 라고 그가 말했다.

유르트 안에는 난로가 타고 있었으며 그 앞에는 깊은 슬픔에 빠진 소녀가

고개를 숙인 채 웅크리고 앉아 있었다. 낯선 사람을 보게 되자 소녀는 벌떡 일어났고 놀라움과 공포심을 갖고 그를 바라보았다.

"애야, 너는 누구니? 어떻게 이곳에 왔지?"라고 소녀가 마침내 말했다.

사르센바이는 소녀를 보았지만 한마디도 말할 수가 없었다. 그는 그렇게 아름다운 미인을 본적이 없었고, 단지 음송 시인들의 노래 가사 속에서만 그러한 미인에 대한 노래가 있다. 그런데 그녀의 마음에는 어떤 슬픔이 있는 것 같았다. 그녀의 눈길은 슬픔에 젖어 있었고 얼굴은 눈보다도 더 창백했다.

소년은 마음을 추스른 후에 말했다.

"나는 고아인 사르센바이야. 일과 잠자리와 음식을 찾아서 세상을 돌아다니다가 길을 잃어버렸고 너의 집에 이르게 되었어. 그런데 너는 누구니?"

소녀는 그에게 다가왔고 두려움에 떨면서 말하기 시작했다.

"내 이름은 알튼-크즈이고 나보다 더 불행한 소녀는 세상에 없어. 그러나 지금은 나에 대해서 말할 때가 아냐. 사르센바이, 너는 아주 위험이 빠졌어. 할 수 있을 때 여기서 도망가. 이 저주스런 곳에서 길을 찾을 수 있다면 도망가. 네가 온 이곳이 어딘지 알아? 무서운 마녀인 잔인한 잘마우즈-켐피르의 유르트야. 이제 곧 그녀가 집으로 돌아올 거야. 그녀에게서 벗어날 수 없어. 늦기 전에 빨리 도망가!"

바로 그때 문 밖에서 요란한 소음과 부딪치는 소리와 발자국 소리가 들렸다. 소녀는 더욱 창백해졌다.

"늦었어!"라고 소녀는 공포에 질려 말했고, 사르센바이의 손을 잡아 난로에서 조금 떨어진 구석으로 데리고 가서 담요로 덮어씌웠다.

사르센바이는 숨었지만 작은 구멍을 통해서 유르트에서 일어나는 모든 것을 볼 수 있었다.

문이 활짝 열리고 입술이 붉은 무시무시한 괴물인 잘마우즈-켐피르가 유르트 안으로 들이닥쳤다. 그녀의 코는 갈고리 모양이었고 머리의 타래는 위로 곧추서 있었으며 이빨들은 늑대처럼 드러나 있었다. 그녀는 시력이 나쁜 눈으로 유르트를 둘러보았고 난로 옆에 앉았으며 날카로운 손톱이 있는 더러운 손가락을 불길 가까이로 뻗었다. 그녀는 거칠게 숨을 내쉬면서 얼마동안 그렇게 앉아있었고, 알튼-크즈는 조금 떨어진 곳에 움직이지도 않고 서 있었다.

몸을 녹인 후에 잘마우즈-켐피르는 목쉰 소리로 말했다.

"알튼-크즈, 이리 와라. 배가 고프구나."

알튼-크즈는 두려움에 온 몸을 떨면서 노파에게 다가갔고, 노파는 갈고리 모양의 손가락으로 그녀를 붙잡아 자신의 무릎에 눕혔으며, 그녀의 부드러운 뺨을 붉은 입술로 깨물어서 피를 빨기 시작했다.

알튼-크즈는 고통으로 인해 신음소리를 냈다. 사르센바이는 주먹을 꽉 쥐고 괴물에게 달려들 준비를 했는데, 바로 그 순간에 잘마우즈-켐피르는 악의에 차서 쉿소리를 냈으며 소녀를 밀쳐내며 고함치기 시작했다.

"나쁜 년! 너는 또다시 피가 거의 없어! 네가 나를 굶겨서 죽일 작정이야? 잘 들어. 내일 내가 올 때까지 피를 보충해 놓지 않으면 나는 너를 깨물어 죽여서 이 난로에 구워 먹을 거야!"

그런 후 잘마우즈-켐피르는 잠자리에 누웠고 코를 골기 시작했다. 알튼-크즈는 난로 옆에 앉아서 밤새도록 울었다.

아침에 잘마우즈-켐피르는 소녀를 다시 위협했고 지팡이에 의지하며 유르트를 나갔다. 문 밖에서 요란한 소음과 부딪치는 소리와 발자국 소리가 들렸고 얼마 후에 모든 것이 조용해졌다.

사르센바이는 담요 아래에서 나와 물었다.

"알튼-크즈, 말해봐. 어떻게 해서 너는 잔인한 잘마우즈-켐피르의 노예가 되었니?"

알튼-크즈가 이야기를 시작했다.

"나는 고향 아울에서 어머니, 아버지와 함께 기쁘고 부유하게 살았어. 한 번은 부모님이 손님으로 어딘가에 가셨어. 헤어지면서 아버지가 나에게 말했어."

'사랑스런, 알튼-크즈. 너는 하루 종일 혼자 있을 거야. 문 밖에 나가지 말고, 누구도 집에 들어오게 하지 마라.'

나는 유르트 안에서 심심했고 집 밖으로 나갔어. 쾌활한 친구들이 내게 모여들었고 꽃을 꺾으러 숲에 가자고 했어. 멍청한 나는 따라갔지. 숲에서 꽃을 꺾었고 늙은 노파가 지팡이에 의지하며 나에게 다가오는 것을 보았어.

'아, 참 예쁘다. 아, 정말 예쁘구나! 애야, 너는 먼 곳에 사니?' 라고 노파가 나에게 물었어.

'아니오, 가까이 살아요. 저것이 저의 유르트예요.'

'그러면 나를 집에 데리고 가서 깨끗한 물을 마시게 해줘.'

나는 나쁜 사람을 생각하지 않고, 그녀를 아울로 데려와서 물을 마시게 해주었어. 그런데 그녀는 유르트에서 가질 않고 나에게서 눈도 떼질 않았어. '아, 참 예쁘다. 아, 정말 예쁘구나! 내가 네 머리를 빗겨줄게.' 나는 그녀의 무릎에 머리를 놓았고 그녀는 황금 빗을 꺼내어 내 머리카락을 빗겨주었어. 그런데 갑자기 나는 졸렸어! 나는 눈을 감았고 깊은 잠이 들었지. 오랫동안 잤는지는 모르겠는데, 깨어보니 이 유르트에 있는 거야. 여러 날이 지났어. 그리고 나는 그때 이후로 나를 못살게 구는 잘마우즈-켐피르를 제외하고 아무도 보질 못했어. 나는 울었고 슬퍼했지만 노파는 단지 비웃을 따름이야. '내 손에 걸려든 거야, 그러니 참아. 나에게 걸려든 것은 네가 처음도 아니고, 마지막도 아니야. 너 이전에 내가 죽인 소녀는 한 명도 아니고, 너 이후에도 수없이 죽일 거야.' 그래서 나는 시시각각 잔인한 죽음을 기다리면서 이곳에서 이렇게 살고 있는 거야."

이야기를 끝낸 후 알튼-크즈는 사르센바이에게 잘마우즈-켐피르가 돌아오기 전에 어디로든 도망가라고 눈물을 흘리며 애원하기 시작했다.

그러나 사르센바이는 소녀의 설득에 부드럽게 미소를 보였고, 그녀를 마치 여동생처럼 끌어안고 이마에 입을 맞추고 말했다.

"알튼-크즈, 나는 절대로 너를 혼자 남겨놓지 않을 거야. 우리는 함께 떠날 거야."

"사르센바이, 친절한 말해 대해 고마워. 하지만 그것은 영원히 실현될 수 없어. 도중에 잘마우즈-켐피르가 우리를 쫓아와서 잡을 것이고, 우리를 잡지 못한다 하더라도 우리는 눈으로 뒤덮인 어딘가에서 역시 얼어 죽을 거야."라고 알튼-크즈가 대답했다.

"봄까지 기다렸다가 달아나자."

알튼-크즈는 슬퍼하며 탄식했다.

"용감한 사람들은 종종 무분별할 때가 있어. 오늘 잘마우즈-켐피르가 나를 죽일지도 있다는 것을 너는 잊었나보다. 그녀가 내 피를 이미 다 빨아먹었으니까."라고 소녀가 말했다.

"아니야, 알튼-크즈. 너는 죽지 않을 거야. 나는 모든 것을 생각해뒀어. 잘마우즈-켐피르가 교활하지만 우리는 그녀보다 더 교활하게 행동할 거야. 유르트는 어두컴컴해. 내가 네 옷을 입고 오늘 너 대신에 그녀에게 갈 거야! 내게는 피가 많으니까 우리는 봄까지 시간을 벌 수 있어."라고 소년이 흥분해서 소리쳤다.

알튼-크즈는 놀라서 두 손을 꼭 쥐고 사르센바이가 희생하는 것을 결코 받아들일 수 없다고 말했다. 하지만 목동은 완고했고 그의 의지는 확고했다.

"알튼-크즈, 만일 네가 내 결정을 거절하면 나는 오늘 당장 잘마우즈-켐피르와 한바탕 싸움을 할 것이고, 너보다 먼저 그녀의 이빨에 죽음을 당할 거야!"

이 말은 소녀를 놀라게 했고 그래서 그녀는 어쩔 수 없이 동의했다. 그들은 옷을 서로 갈아입었으며 알튼-크즈는 담요 아래에 숨었고, 사르센바이는 난로 앞에 있는 그녀의 자리에 앉아있었다.

그때 문 밖에서 요란한 소음과 부딪치는 소리와 발자국 소리가 들렸고 문이 활짝 열렸다. 그리고 입술이 붉은 무시무시한 괴물인 잘마우즈-켐피르가 유르트 안으로 들이닥쳤다.

난로가에서 손을 따뜻하게 한 후에 그녀가 목쉰 소리로 말했다.

"알튼-크즈, 이리 오너라!"

사르센바이는 용감하게 노파에게 다가갔다. 노파는 시력이 약한 눈으로 그를 보고 중얼거렸다. '오늘 하루 동안 좀 자란 것 같은데!'

노파는 어떠한 의심도 없이 사르센바이를 자신에게 끌어당겨서 그를 깨물었으며 히히히 웃으며 말했다.

"아, 교활한 년! 네가 나를 속이고 있다고 나는 오래전부터 생각했어. 좀 통통해 진 것을 보니 위협하길 잘했네. 이제 며칠 동안 맛있게 먹을 수 있겠다!"

그런 후에 잘마우즈-켐피르는 잠자리에 누웠고 온 유르트가 흔들리도록 코를 골기 시작했다.

며칠 밤낮이 지났다. 사르센바이와 알튼-크즈에게 낮은 고통의 시간이고 밤은 두려움의 시간이었다.

마침내 봄이 왔다. 시냇물이 흐르기 시작했고 새들이 지저귀기 시작했으며 꽃이 피었다.

사르센바이가 자신의 여자 친구에게 말했다.

"사랑하는 알튼-크즈! 이제 탈출을 준비할 때가 되었어. 잘마우즈-켐피르는 전보다 더 사악해졌어. 그녀가 우리의 계획에 대해 알고 있나? 노파가 나의 존재에 대해서 알게 되면 큰일이야, 우리 둘은 끝장이야. 나는 활을 가지고 사냥을 가서 우리가 탈출할 때 먹을 들새들을 잡아서 3일 후에 돌아올 거야. 그때 몰래 도망가자."

"사르센바이, 생각한 대로 해, 그리고 네게 더 나은 쪽으로 해. 조심해서 사냥하고 건강하게 무사히 돌아오도록 해."라고 눈에 눈물방울이 맺힌 소녀가 대답했다.

"울지 마라, 알튼-크즈. 나에 대해 슬퍼하지 마라. 내가 그리울 땐 시냇가로 가서 물을 바라봐. 만일 거위 깃털이 물에 떠있으면, 내가 살아있고 건강하며 멀리에서 인사를 전한다는 의미야."라고 사르센바이가 말했다.

두 사람은 헤어졌다. 알튼-크즈는 남자 친구를 조금 배웅하고 신속하게 돌아왔다. 잘마우즈-켐피르가 아무도 없는 유르트에 갑자기 나타날 수도 있기 때문이다.

한편 사르센바이는 시냇가를 따라 계속해서 멀리 멀리 걸어갔다.

첫 번째 날에 그는 야생 거위 세 마리를 잡았고 깃털을 뽑아서 물에 띄워보냈다. 두 번째 날에 다시 거위 세 마리를 잡았으며 깃털을 또다시 물에 띄워보냈다.

세 번째 날에 사르센바이는 공터에 어린 사슴이 혼자 있는데 검은 새들의 무리들이 까악까악 소리를 내며 어린 사슴 위를 맴돌고 있는 것을 보았다. 새들은 어린 사슴의 눈을 쪼아 먹으려고 했다. 소년은 어린 사슴을 불쌍히 여겼고 새들을 쫓아버렸다. 어미 사슴이 달려와서 말했다.

"고마워, 사르센바이. 도와준 것에 대해 보답할게!"

사르센바이는 계속 걸어갔고 구덩이에서 애처로운 울음소리가 들려왔다. 둘러보니 그곳에는 어린 야생양이 있었다. 어린 야생양은 발버둥 대며 소리를 질렀지만 구덩이에서 빠져나올 수가 없었다.

소년은 어린 야생양을 불쌍히 여겼고 그를 구덩이에서 꺼내주었다. 어미 야생양이 달려와서 말했다.

"고마워, 사르센바이. 도와준 것에 대해 보답할게!"

사르센바이는 계속 걸어갔다. 이게 무슨 소리지? 둘러보니 아직 깃털도 나지 않은 새끼 독수리가 둥지에서 떨어져 있었다. 소년은 새끼 독수리를 불쌍히 여겼고 땅에서 들어 둥지에 놓아주었다.

어미 독수리가 날아와서 말했다.

"고마워, 사르센바이. 도와준 것에 대해 보답할게!"

그날 사르센바이는 사냥에 성공하지 못했다. 저녁이 가까워졌다. 소년은 아침부터 거위 깃털을 물에 띄워보내지 못했다는 것이 생각났다. 가슴이 미어지는 듯했다. 불쌍한 알튼-크즈는 시냇가에 서서 지금 무엇을 생각할까? 사르센바이는 뒤도 돌아보지도 않고 알튼-크즈에게로 달리기 시작했다.

한편 알튼-크즈는 계속해서 사르센바이를 기다렸고 우울하게 시간을 보냈다. 잘마우즈-켐피르가 집에서 나가자마자 소녀는 시냇가로 달려갔다. 시냇물 소리가 나고 물이 흐르며 물에는 거위털이 떠있다. '사르센바이는 무사하구나!' 하고 소녀는 미소를 지었다.

세 번째 날이 왔고 마지막으로 헤어져 있는 날이다. 알튼-크즈는 시냇가에서 눈도 떼지 않고 한 시간, 두 시간, 세 시간 동안 물을 바라보았다. 시냇물 소리가 나고 물이 흐르는데 거위의 깃털이 떠있지 않았다.

소녀는 시냇가에 털썩 주저앉아 손바닥으로 얼굴을 가리고 몹시 슬프게 울기 시작했다.

'사르센바이는 더 이상 살아 있지 않구나! 용감한 그 사람이 죽었어. 그가 살아있고 행복할 수만 있다면 나는 죽는 것에 백번이라도 동의할 수 있다. 그는 이것에 대해 알지 못한다.'

불쌍한 소녀는 울고 비탄에 젖어 있었고, 잘마우즈-켐피르가 몹시 화가 나서 온 몸을 부들부들 떨며 자기 옆으로 몰래 다가오고 있다는 것을 알아채지 못했다. 노파는 날카로운 손톱으로 자신의 포로인 알튼-크즈를 잡았고 혼내주기 위해 유르트로 끌고 갔다.

"말해! 도망갈 생각이었지? 도와줄 사람을 찾아냈어? 명심해, 네가 나에게서 도망칠 곳이란 없으며 아무도 너를 구해줄 수 없어. 너는 끝이야. 이제 너를 깨물어 죽일 거야!"라고 노파가 으르렁댔다.

잘마우즈-켐피르는 이렇게 말하며 날카로운 이빨을 드러냈다. 갑자기 삐걱하는 소리와 함께 문이 활짝 열렸고 사르센바이가 문지방에 서 있었다. 알튼-크즈는 그에게 달려가려고 했지만 노파가 그녀를 꽉 잡고 있어서 손을 뺄 수가 없었다.

"멈춰라, 잘마우즈-켐피르! 내 말을 잘 들어! 알튼-크즈를 놔줘. 그러면 그녀 몸값으로 많은 돈을 줄 테니까."라고 소년이 소리쳤다.

"몸값을 낸다고? 이런 뻔뻔스러운 놈! 그래, 네놈이 몸값으로 얼마를 낼래?"

사르센바이는 참나무 구멍에서 꺼내온 황금 상자의 뚜껑을 노파 앞에서 열었다. 잘마우즈-켐피르는 귀한 보물을 보자 탐욕스러움에 탄성을 지르며 소녀의 손을 놓아주었다. 잘마우즈-켐피르 몸속에 있던 탐욕이 사악함을 이긴 것이다.

"가져 이년을, 가져가. 네 보석을 이리 줘!"

상자를 노파의 손에 순순히 건네줄 정도로 사르센바이가 그렇게 단순하지만은 않았다.

"자, 보석 여기 있어, 주워 가져!"라고 소년은 소리치며 다이아몬드를 사방으로 뿌려버렸다.

보석들이 별처럼 반짝이면서 굴렀다. 잘마우즈-켐피르는 달려들어 보석을 옷자락에 주워 모았고 사르센바이는 알튼-크즈의 손을 잡고 유르트에서 멀리 도망가기 시작했다.

그들은 길을 분간하지 못하면서 들판을 따라 달렸고, 되돌아보는 것도 두려워하며 숲을 따라 달려갔다. 작은 나뭇가지들은 그들을 찔렀고, 큰 나뭇가지들은 그들을 할퀴어 상처를 냈으며, 그루터기들과 통나무 조각들은 도망가는데 방해가 되었다. 알튼-크즈는 완전히 힘이 빠졌고, 다리는 온통 상처투성이였으며, 온몸은 땀으로 뒤범벅이 되었고, 얼굴에서 흐르는 피를 소매로 연신 닦아냈다.

탈출하던 두 사람은 갑자기 등 뒤에서 땅이 흔들리고 나무들이 쓰러지는 요란한 소음과 부딪치는 소리를 들었다. 잘마우즈-켐피르가 그들을 쫓아오고 있었다.

"빨리 뛰어, 알튼-크즈. 지금은 오직 다리만이 우리의 희망이야."라고 사르센바이가 말했다.

그러자 알튼-크즈가 그에게 대답했다.

"나는 더 이상 힘이 없어, 사르센바이. 머리가 핑핑 돌고 서 있을 수도 없어. 혼자 달아나! 잘마우즈-켐피르가 나를 잡아먹는 동안 너는 멀리 달아날 수 있어."

"알튼-크즈, 무슨 소리를 하는 거야? 너를 절대로 버리지 않아. 세상에서 너는 그 무엇보다도 나에게 소중해."

그들은 다시 달렸다. 그런데 알마우즈-켐피르가 점점 더 가까이, 이제 그녀

의 목소리가 들린다. 노파는 욕설을 퍼붓고 위협한다.

"어쨌든 다 따라잡아! 어쨌든 깨물어 죽일 거야!"

알튼-크즈는 넘어졌고 겨우 숨을 쉬며 조용히 속삭였다.

"안녕, 사르센바이! 친절하게 대해 줘서 고마워. 나를 이곳에 남겨두고 너는 빨리 달아나. 나는 이제 도망갈 수 없어."

소년은 울기 시작했다.

"절대로 너를 버릴 수 없어, 사랑하는 알튼-크즈. 죽는다면 같이 죽어!"

소년은 소녀를 땅에서 일으켜서 자신의 등에 업고 앞으로 달렸다. 그런데 잘마우즈-켐피르는 점점 더 가까이 가까이. 이제 아이들은 그녀의 뜨거운 숨소리를 느끼게 되었다.

갑자기 땅 밑에서 어미 사슴이 솟아났다.

"사르센바이, 네 도움을 잊지 않았어. 내 등에 타서 목덜미를 잡아. 저주스런 노파가 나를 따라잡지는 못해."

어미 사슴은 순식간에 그들을 높은 산으로 데리고 가서 말했다.

"잘마우즈-켐피르는 이곳에 있는 너희들을 찾지 못할 거야."

아이들은 산기슭에 앉아 있었고 노파 때문에 진정할 수가 없었다. 먼지를 일으키면서 그리고 그들에게 욕설과 위협을 하면서 잘마우즈-켐피르가 달려오는 것이 보였다. 사르센바이와 알튼-크즈는 서로 몸을 밀착하고 죽음을 기다리고 있었다.

갑자기 땅 밑에서 그들 앞에 어미 야생양이 솟아나서 말했다.

"사르센바이, 네 도움을 잊지 않았어. 내 등에 타서 뿔을 잡아. 내가 너희들을 곤경에서 구해줄게."

잘마우즈-켐피르는 산까지 거의 달려왔지만 소년과 소녀는 이미 산꼭대기에 있었다. 노파는 화가 나서 산을 이빨로 물어뜯고 손톱으로 파내기 시작했다. 산이 흔들리기 시작했고 이제 곧 허물어 질 것이다.

바로 그때 어미 독수리가 산꼭대기에 앉았다.

"사르센바이, 네 도움을 잊지 않았어. 얘들아, 빨리 내 날개에 올라타라. 사르센바이는 나의 새끼를 구해주었으니까 내가 너희들을 구해 줄게."

아이들은 독수리 위에 뛰어 올라탔고 독수리는 높이 날아올랐다. 바로 그때 산이 무너졌고 사악한 잘마우즈-켐피르는 무너지는 산에 의해 압살 당했다.

독수리는 낮에도 날고 밤에도 날았다. 구름 아래서도 날고 구름 위에서도 날았다. 이제 독수리는 초원 한가운데 있는 커다란 아울 근처에 내려앉았다.

알튼-크즈는 땅에 내렸고 주위를 둘러 봤으며 기뻐서 소리쳤다.

"여기가 나의 고향 아울이야!"

소녀의 외침 소리를 듣고 아버지와 어머니가 달려와서 소녀를 끌어안고 애무하며 입을 맞추었다.

"이렇게 오랫동안 어디 갔다 왔니, 알튼-크즈? 애야, 너에게는 무슨 재난이 있었던 거니? 너를 구해준 것에 대해 누구에게 고마워해야 하니?"

소녀는 자신에 대한 모든 것을 이야기했고 사르센바이를 가리키며 말했다.

"바로 이 사람이 저를 구해줬어요!"

초췌하고 더러운 옷을 입고 있으며 맨발인 사르센바이는 당황해서 눈을 아래로 깔고 서 있었다.

아버지와 어머니는 그의 손을 잡고 유르트로 데리고 들어갔으며, 그에게 좋은 옷을 갈아입고 윗사람을 모실 때 앉히는 상석 자리에 앉도록 그를 설득했다.

"사랑스런 사르센바이, 이곳에 남아서 언제까지나 우리와 함께 살자구나! 우리는 너를 어린아이처럼 귀여워하고, 흰 수염이 있는 노인처럼 존경할 거야."

오랜 세월이 흘렀다. 사르센바이는 아울에 살면서 알튼-크즈와 언제나 같이 있었다. 일과 휴식, 슬픔과 즐거움, 이 모든 것을 그들은 함께 했다. 사르센바이보다 더 용감하고 더 훌륭한 말 타는 사람은 초원에 없었고 알탄-크즈보다 더 아름답고 상냥한 처녀는 세상에 없었다.

그들이 성년이 되었을 때 그들은 결혼을 했으며 훨씬 더 행복하게 되었다. 얼마 지나지 않아 그들에게는 아들이 태어났다. 첫째 아이는 아버지의 자랑이며 어머니의 기쁨이다.

어느 날 사르센바이는 일을 끝낸 후에 향기로운 초원의 풀 위에 누웠고, 곁에는 그의 몸 위로 자신의 몸을 기울인 채 알튼-크즈가 앉아 있었으며, 그의 가슴 위에서는 아들이 뛰며 놀았다. 사르센바이는 행복감에 젖어 기쁘게 웃으면서 말했다.

"내가 어릴 때 카라반-사라이에서 어떤 상인에게 동전을 주고 샀던 신비로운 꿈이 이렇게 실현되었구나.

나는 값비싼 잠자리인 내 고향의 귀중한 땅에 누워있고, 밝은 태양인 나의 사랑 알튼-크즈가 내 몸 위로 자신의 몸을 기울어져 있으며, 빛나는 달인 나의 사랑스런 아들, 우리의 첫 번째 아이가 내 가슴 위에서 놀고 있다. 이 순간에 내가 어떠한 칸을 부러워하겠는가!"

불운했던 자신의 어린 시절을 기억한 사르센바이는 언젠가 부자 집에서 쫓겨날 때, 세상을 떠돌아다닐 때, 잔인한 알마우즈-켐피르의 유르트에서 알탄-크즈를 만날 때 입고 있었던 낡은 누더기 옷을 다시 한번 보고 싶었다.

아내가 그에게 누더기가 되어 있는 옷을 가져왔는데, 이것이 그가 어린 시절에 입었던 옷이었다. 사르센바이는 손으로 그것을 받아들었고 고개를 흔들었다. 온 사방에 구멍이 나있고 조각을 댄 곳에 또 조각이 대어져 있었다. 구멍 사이에 주머니가 있었는데 비어 있지가 않았다. 주머니 안에 뭔가 들어 있었다. 뭘까? 사르센바이는 손을 주머니 속으로 넣었다가 모래를 한 움큼 꺼냈다. 그가 시장에서 동전 한 푼을 주었던 걸인이 생각났고 그 노인의 이상한 선물이 생각났다. 사르센바이는 한숨을 내쉬며 모래를 바람에 날렸다. 바람은 가벼운 모래를 잡아서 초원에 흩어지게 했다. 갑자기 자신의 모든 공간이 수없이 많은 가축 무리들로 뒤덮였다. 모든 모래들은 힘센 낙타들과 재빠른 말들과 젖소들과 살찐 양들로 변했다. 아울에서 사람들이 와서 물었다.

"수많은 이 가축들은 누구 거야? 이 많은 재산은 누구 거야?"

사르센바이가 대답했다.

"수많은 이 가축들은 나의 것이면서 당신들 것이고, 많은 재산은 당신들 것이면서 나의 것입니다."

칸박 할아버지

이 이야기가 사실인지 아닌지는 몰라도 나는 내가 들은 대로 말할 것이다. 이 이야기는 이렇게 시작된다. 옛날에 염소들은 털이 가늘고 곱슬곱슬했으며, 꿩의 꼬리는 기다랗고 화려했었다. 그 시기에 칸박이라는 별명을 가진 노인이 살았었다고 선량한 사람들이 말을 한다. 그 노인은 유목민의 천막과 할망구 이외에는 아무도 없어도 아무 것도 가진 것이 없었다. 그는 사냥과 낚시를 하며 살았다. 살림은 완전히 빈털터리였다. 노인은 바람에 날릴 정도로 그렇게 몸이 가벼웠다. 그래서 그에게 칸박(바람에 흩어지는 패랭이꽃을 의미하는 카자흐어 단어임)이라는 별명을 붙여준 것이다.

이 노인에게 최대의 적은 여우였다. 그가 하루에 겨우 두 마리의 물고기를 잡아도 여우가 두 마리 중에서 한 마리를 꼭 가져가며 헤어질 때는 위협까지 하는 경우도 있었다.

그래서 칸박 할아버지는 교활하고 사악한 여우의 괴롭힘으로부터 벗어나기 위해 먼 지역으로 떠나기로 결심했다.

노인은 천막을 헐고 천막의 구조물을 묶었으며, 생선의 내장 찌꺼기들을 그러모았고, 아이란(젖을 발효시킨 음료)이 든 가죽 주머니를 들고 모든 물건들을 어깨에 걸치고 길을 떠났다.

노인은 하루, 이틀을 계속 걸어갔다. 그는 피곤하게 되었다. 그러자 그는 어느 한 곳에 유르트의 구조물들을 파묻었고, 다른 곳에는 가재도구를 파묻었으며, 또 다른 곳에는 아이란이 든 가죽 주머니를 파묻었다. 짐에서 해방되자마자 바람이 그를 들어 올려 날려 버릴 정도로 그는 그렇게 가볍게 되었다. 노인이 배외하는 것에 실증이 난 바람은 그를 커다란 산 가운데 있는 계곡으로 날려버렸다.

칸박 할아버지가 정신을 차려보니 자신이 거인 옆에 떨어져 있었다. 거인은 두 개의 산을 손에 놓고 서로 맞부딪치고 있었다. 칸박 할아버지는 생선 내장을 파묻고 거인에게 다가갔다.

"할아범, 어디 가시오?" 라고 거인이 물었다.

"세상은 넓고 길은 수없이 많아. 나는 용사를 만날 생각은 조금도 없고, 내 자신이 용사가 될 거야!" 라고 칸박 할아버지는 교활하게 말했다.

"아니 저런, 이제 보니 할아범은 멍청이네!" 라고 거인이 말하며 주위의 산들이 무너질 정도로 그렇게 크게 웃었다.

"만일 거인이 되고 싶다면 나랑 한번 겨뤄 보자고." 라고 거인이 제안했다.

거인은 거대한 돌을 들어서 마치 공처럼 높이 던졌다가 가볍게 잡았다.

"자, 이제 할아범 차례야. 해 봐."

칸박 할아버지는 대단히 놀랐지만 내색을 하지 않았다. 그는 자신보다 두 배가 큰 돌로 다가가서 돌을 잡고 하늘과 땅을 불안하게 바라보았고 돌을 들지 않고 있었다. 노인이 오랫동안 계속해서 그렇게 있자 거인은 짜증이 났다. "뭐야, 할아범, 왜 그렇게 굼떠? 던져." 라고 거인은 참을 수 없어서 말했다.

칸박 할아버지는 바로 이것을 기다리고 있었던 것이다. 그는 하늘과 땅을 다시 바라보고 말했다.

"나는 너무 무서워. 만일 내가 이 돌을 위로 던지면 하늘이 뒤집혀서 땅에 떨어질 거야. 그런데 내가 잡지 못하면 땅이 쪼개지고 말거야."

그러자 거인은 대단히 놀랐다. 거인은 노인의 손을 잡고 애원했다.

"오오, 어르신, 어르신의 힘을 인정해요! 제발 돌을 던지지 마세요, 잘못하면 우리는 모두 죽어요."

노인은 거인의 우둔함을 알아차렸고 다음과 같이 제안했다.

"그러면 내가 가리키는 곳에서 땅의 내장을 긁어내는 시합을 해보자."

거인은 동의했고 힘껏 달려와서 무릎까지 땅에 박히도록 그렇게 세게 발을 굴렀다. 칸박 할아버지도 달려와서 생선 내장이 묻혀 있던 장소를 발로 걷어챘다.

거인은 땅의 내장이 밖으로 정말로 들어나는 것을 보았다.

'와! 이 노인은 장난이 아니네. 존경해야만 해.' 라고 거인은 생각했고 칸박 할아버지가 시키는 모든 것을 했다.

거인을 상당히 못살게 굴고 나서 노인이 말했다.

"오늘은 너랑 충분히 시간을 보냈다. 내일 오거라. 만일 동료들이 있으면 그들도 데리고 와라."

거인은 동의하고 자신의 길을 갔다. 강을 만나면 걸어서 건넜고 숲을 만나면 큰 나무들을 손으로 양 방향으로 밀어버렸다. 바로 이러한 거인이었다!

칸박 할아버지는 자신이 머무는 곳으로 돌아와서 할머니에게 말했다.

"내일 거인이 동료들과 함께 손님으로 올 거야!"

"무엇으로 대접을 해요. 먹을 것이 아무 것도 없는데." 라고 할머니가 말했다.

"걱정할 것 없어, 할멈. 다 생각해 놨어. 거인이 동료들과 함께 오면 나와 거인은 천막 안에 있을 것이고 그의 동료들은 마당에 있을 거야. 그때 할멈이 나에게 '귀한 손님들을 무엇으로 대접할까요? 아무 것도 없어요!' 라고 말하도록 해. 그리고 내가 말하는 대로 하도록 해."라고 칸박 할아버지가 대답했다.

이 말을 하면서 칸박 할아버지는 할머니에게 커다란 사냥용 칼을 주었다.

거인은 오래 기다리게 하지 않았다. 다음 날 그는 두 명의 동료를 데리고 왔다. 거인은 할아버지의 천막으로 들어왔고 두 명의 동료들은 자리가 없기 때문에 마당에 있었다.

할머니가 노인에게 말했다.

"귀한 손님들을 무엇으로 대접할까요? 아무 것도 없어요!"

그러자 노인이 대답했다.

"무슨 소리야, 할멈. 만일 아무 것도 없으면 거인 한 놈의 머리와 다른 놈의 가슴살을 끓이면 되지. 그리고 우리 친구 놈을 구우면 되지."

노파는 공손하게 일어섰고 커다란 사냥용 칼을 집었다. 그러자 세 명의 거인들은 벌떡 일어나서 도망치기 시작했다. 그런데 천막 안에 있던 거인은 서두르다가 천막을 어깨에 둘러메고 달렸다.

칸박 할아버지는 그의 뒤를 쫓으면서 소리쳤다.

"이봐, 친구. 내 천막은 놔두고 가! 그렇지 않으면 네 놈을 꼭 찾아내고 말 거야!"

거인은 어깨에서 천막을 풀어 던지고 동료들을 쫓아서 달렸다. 갑자기 그의 다리 밑에서 여우가 나타나서 거인에게 물었다.

"어디를 그렇게 쏜살같이 달려가세요?"

"아아, 묻지도 마. 우리 셋은 대단히 무시무시한 어떤 노인에게서 도망치는 거야!"라고 거인이 대답했다.

"아이고, 무서운 누군가를 발견하셨구나! 나와 같이 가 봐요. 내가 복수해 줄게요!"라고 여우가 거인을 놀리면서 창피를 주었다.

거인은 동의했고 뒤돌아서 여우와 함께 노인에게로 향했다.

칸박 할아버지는 멀리에서 그들이 오는 것을 보고 소리쳤다.

"이봐, 여우야! 네 할아버지는 나에게 빚을 졌어. 너는 거인 한 놈으로 그것을 청산하려고?! 오지 않는 게 더 낫다. 한 놈은 받지도 않아. 너무 적어."

노인의 외침 소리를 들은 거인은 여우의 목을 움켜지고 말했다.

"네놈이 나를 속여 데리고 가서, 네 아비와 할아비의 빚 대신에 나를 노인에게 넘기려는 거지! 이 나쁜 놈."

거인은 여우 꼬리를 잡고 머리 위에서 여러 번 휘두른 후에 땅바닥에 내리쳤다. 여우는 그 자리에서 죽었다!

칸박 할아버지는 이런 식으로 자신의 꾀를 써서 자신의 적들인 여우와 어리석은 거인들에게서 벗어날 수 있었다!

술레이만 칸과
바이그즈라는 새

술레이만 칸의 궁궐은 귀중품들로 가득했다. 그러나 칸은 어느 것 보다도 황금 반지를 가장 소중히 여겼고 손가락에서 절대로 빼지 않았다. 이것은 마법의 반지였다. 그것을 끼는 사람은 동물과 식물의 말을 이해하게 되고, 모든 살아 있는 생물을 지배할 수 있는 권력을 가질 수 있었다.

한번은 술레이만이 사냥을 하고 있었다. 그는 시원한 시냇물로 얼굴을 씻고 상쾌한 기분을 느끼고 싶었다. 그가 두 손으로 물을 떴을 때 귀중한 반지가 손가락에서 미끄러져 빠져나와 시냇물 속으로 떨어졌다. 칸이 소중한 물건을 건지러 물로 들어가려는 바로 그 순간 커다란 물고기가 갑자기 물속에서 반짝이더니 반지를 삼키고는 고리를 흔들며 깊은 물속으로 자취를 감추었다.

반지를 잃어버린 술레이만은 깊이 상심했고 냇가를 따라 무작정 걸었다. 한참을 걷다가 그는 외딴 초가집을 보게 되었다. 그 집 옆에서는 그물을 말리고 있었다.

밤이 되었다. 칸은 초가집으로 들어갔다. 문지방을 넘자마자 칸은 콧소리가 섞인 목소리를 들었다.

"고맙게도, 포식할 수 있도록 우리에게 저녁 음식을 보내셨구나!"

칸은 깜짝 놀라서 그 자리에 얼어붙었다. 잔인한 잘마우즈 켐피르가 초가집 한가운데 서서 날카로운 손톱이 있는 손을 그에게 내밀고 있었다. 술레이만은 방어를 위해 사냥용 칼을 잡았다. 그때 꾀꼬리의 노래 소리보다 더 달콤한 다른 목소리가 들려왔다.

"손님을 건들지 마세요, 어머니! 보세요, 저 사람이 얼마나 잘 생겼고 얼마나 위풍당당해요. 아마도 술레이만 칸도 이 사람보다 더 낫지는 않을 거예요."

칸은 소리가 나는 곳을 바라보았다. 그러자 그의 심장은 떨리고 달아오르기 시작했다. 뛰어난 미모의 처녀가 난로 옆에 있는 화려한 양탄자에 앉아 있었다. 그녀를 위해서라면 죽음도 두렵지 않을 것 같았다.

"내 딸 불룩 마음에 든 것이 네놈에게는 행운인 줄 알아. 이번만은 네놈을 용서할 테니, 여기서 빨리 꺼져. 이제 곧 우리 노인네가 돌아올 거야. 그때는 누구도 네놈을 구해줄 수 없어." 라고 잘마우즈-켐피르가 말했다.

"아름다운 불룩이 내 팔짱을 끼고 나가지 않는다면 나는 여기서 한발도 물러가지 않을 것이야." 라고 술레이만 칸이 대꾸했다.

바로 그때 물결이 거칠어지기 시작했고 땅이 울리고 초가집이 흔들리기 시작했다. 마치 돌풍이 부는 듯했다. 잘마우즈-켐피르는 구석으로 달려가서 상자를 열고 술레이만에게 소리쳤다.

"이 안으로 빨리 들어가, 미친놈아! 꼼짝도 하지 말고 있어!"

상자의 뚜껑을 닫자마자 늙은 식인 괴물이 들어왔다.

"어서 와요, 거인!"

"사람의 숨소리가 느껴지는데!"라고 그는 고래고래 소리쳤다.

아내인 잘마우즈-켐피르가 그에게 욕설을 하며 대들었다.

"완전히 망령이 들었구먼, 멍청한 늙은이! 어제 우리가 잡아먹은 놈의 냄새잖아. 오늘 우리 집에 들른 놈이라곤 아무도 없었어."

밤이 지났다. 새벽에 거인은 물고기를 잡으러 시냇가에 갔다. 그는 많은 물고기를 잡아서 곧 돌아왔고 아내와 딸에게 지시했다

"아침을 준비해, 다시 사냥을 나갈 거야. 점심거리로 용사나 용사의 말을 잡아 올지도 몰라."

거인이 떠났다. 그러자 잘마우즈-켐피르는 술레이만 칸을 상자에서 꺼내 주었고 그의 등을 문으로 떠밀기 시작했다.

"내 눈에서 썩 꺼져, 망할 놈아! 네놈 때문에 나는 무서워 죽는 줄 알았어!"

그러나 술레이만은 자리에서 전혀 움직이지 않았으며 눈도 떼지 않고 아름다운 불룩만을 바라보았다.

아버지의 지시를 따라 처녀는 물고기를 씻었다. 그리고 커다란 잉어를 자르다가 갑자기 비명을 지르며 잉어의 뱃속에서 황금 반지를 꺼냈다. 그런데 반지가 그녀의 손에서 떨어져 곧장 술레이만의 발로 굴러왔다.

술레이만은 반지를 집어 들어 그것을 손가락에 꼈다. 바로 그 순간에 그는 전처럼 강력한 힘을 지니게 되었다.

"내가 술레이만 칸이오! 불룩, 내 아내가 되어 칸의 비妃가 되겠소?"

불룩은 칸의 비가 되었다. 이제 그녀는 비단 베개 위에서 잠을 잤고, 금과 은으로 된 접시 위에 담긴 음식을 먹었으며, 벨벳과 금은실로 짠 비단 옷을 입었다. 칸은 그녀를 위해서라면 어떠한 것도 아까워하지 않았다. 술레이만은 국정을 전혀 돌보지 않았고 무엇으로 그녀를 만족시킬 것인가에 대해서만 생각했다.

어느 날 칸이 아름다운 아내에게 말했다.

"불룩, 나는 당신을 위해 황금과 다이아몬드로 궁궐을 지을 것이오."

"저는 그렇게 화려한 궁궐이 필요하지 않아요. 폐하, 만일 저를 사랑하신다면 새들의 뼈로 궁궐을 지어주세요."라고 불룩이 떼를 쓰며 말했다.

강력한 권력을 가진 술레이만은 온 세상의 모든 새들은 신속하게 그에게 와서 사형선고를 순순히 받을 준비를 하라고 외쳤다.

불쌍한 새들은 자신의 운명을 묵묵히 기다리면서 소래 소리와 지저귐도 없이 술레이만의 궁궐로 검은 구름처럼 무리를 지어 날아왔다. 마법의 반지는 그렇게 대단한 힘을 가지고 있었다.

불룩은 새들의 수를 세기 시작했고 칸에게 짜증내며 말했다.

"한 마리의 새가 폐하의 지시를 따르지 않고 나타나지 않았어요. 그 새의 이름은 바이그즈예요."

술레이만은 노발대발했다. 칸은 지시를 따르지 않은 바이그즈를 찾아서 데려오라고 검은 갈가마귀에게 명령했다.

갈가마귀는 3일 동안 날아다니며 찾았지만 죄를 저지른 새의 흔적을 어디에서도 찾지 못하고 그냥 돌아왔다. 그러자 칸은 빨리 나는 송골매에게 바이그즈를 찾아오라고 시켰다. 송골매는 산에 있는 돌 아래에서 바이그즈를 찾아냈다. 바이그즈가 돌 아래에 숨어 있었기 때문에 송골매는 부리로도 발톱으로도 그를 잡을 수가 없었다.

"이보게, 바이그즈! 요즘 어떻게 지내나?"

"깊이 생각중이에요."

"뭐, 뭐라고 말했어, 못 들었어."

바이그즈가 돌 아래에서 머리를 들자 송골매는 그를 발톱으로 낚아채서 칸에게로 데리고 왔다.

바이그즈가 노래를 부르기 시작했다.

'아, 이런, 나는 끝장이다! 내 영혼이 죽는다!
적의 발톱의 애무는 잔인하다.'

송골매는 새를 술레이만의 발아래에 떨어뜨렸다. 바이그즈는 칸 앞에서도
계속 노래를 불렀다.

'내 머리는 손가락보다도 더 가늘다.
날개 아래에 있는 나의 실제 몸은 참새보다도 작다.
나는 고기도 적도, 피도 적다.
황조롱이의 한 끼 식사로도 충분치 않다.'

술레이만은 발을 구르며 그를 위협했다.
"바이그즈, 내가 처음에 불렀을 때 왜 오지 않았느냐?"
"저는 깊은 생각을 하고 있었어요."라고 바이그즈가 대답했다.
"무엇에 대해 생각 중이었느냐?"
"산과 평원 중에서 어느 것이 더 많은가에 대해 생각하고 있었어요."
"그래서?"
"산맥과 두더지들이 초원에 파놓은 흙더미를 포함시킨다면 산이 더 많아
요."
"또 무엇에 대해 생각했느냐?"
"살아 있는 사람과 죽은 사람 중에서 누가 더 많은가에 대해 생각했어요."
"그래, 누가 더 많은 것 같니?"

"잠자고 있는 사람들을 포함시킨다면 죽은 사람들이 더 많아요."

"또 무엇에 대해 생각했느냐?"

"남자와 여자 중에서 누가 더 많은가에 대해 생각했어요."

"그래, 어떻게 결정했느냐?"

"폐하, 이성을 상실하고 여자의 모든 변덕스러움을 다 들어주는 소심한 남자들을 포함시키면 여자가 훨씬 많아요."

바이그즈가 이 말을 했을 때 술레이만은 손바닥으로 눈을 감싸 쥐었고 얼굴을 붉혔다. 세상의 지배자인 술레이만은 새가 암시하고자 하는 것을 이해했다. 즉시 그는 날개 달린 자신의 모든 복종자들을 집으로 돌아가라고 명령했다. 그러자 새들은 노래를 부르고 지저귀면서 고향에 있는 둥지로 날아갔다.

이렇게 해서 새들의 뼈로 이루어진 궁궐을 짓지 않았다. 바이그즈의 재치가 모든 새들의 파멸을 막았으며 그를 영원한 재판관으로 뽑았다.

카디르의 행복

두 형제가 살았다. 형은 똑똑하고 근면했지만, 동생은 어리석고 게으르며 질투심이 많았다. 동생의 이름은 카디르였다. 그에 관한 이야기도 있다.

카디르가 형에게 와서 찌증을 내면서 말했다.

"형님, 왜 이렇게 되었는지 말 좀 해주세요, 제발! 나와 형님은 같은 가문이며, 한 아버지의 자식인데 운명이 달라요. 형님은 어떤 일을 해도 행운이 따르는데, 나는 되는 일이 없으니. 형님의 양들은 번식도 잘하고 살도 통통하게 찌는데 내 양들은 죄다 죽어버리네요. 형님의 말은 바이가(카자흐 민족의 민속놀이로 말 경주대회)에서 가장 앞서서 달리는데 내 말은 달리다가 도중에 나를 떨어뜨려버리네요. 형님의 식탁에는 언제나 고기와 쿠므즈가 있는데 내 식탁에는 맛없는 스프조차 충분하지 않네요. 형님에게는 상냥한 아내가 있는데 어떤 처녀도 나를 쳐다보지도 않네요. 노인들도 형님을 존중하는데 꼬마들조차 부끄럼 없이 나를 조롱하고…"

형이 웃으면서 말했다.

"내 복이 나를 돕는다고 밖에 말할 수가 없구나."

"어째서 내 복은 나를 돕지 않지요?"

"모든 사람은 다른 복을 가지고 있어, 카디르. 내 복은 일하는 것을 좋아하고, 네 복은 아마도 어딘가 느릅나무 아래에서 잠자고 있는 것 같다."

'기다려, 나도 내 복을 찾아서 나를 위해 일하도록 시킬 거야.'라고 카디르는 생각했다.

바로 그날 카디르는 느릅나무 아래에서 자신의 복을 찾을 수 있으리라 기대하며 그 느릅나무를 찾아 길을 떠났다.

가고 또 갔으며 아주 멀리까지 갔다. 털이 무성한 사자가 돌 아래에서 뛰어나와 길에 서서 그를 기다리고 있었다. 카디르는 깜짝 놀랐지만 달아나봤자 도망갈 데가 없었다. 주위는 어디에도 숨을 곳이라곤 없는 초원뿐이었다. 어쩌겠는가?

사자가 말했다.

"너는 대체 누구냐?"

"나는 카디르야."

"어디 가는 거니?"

"내 복을 찾으러 간다."

"그러면 내 말을 잘 들어, 카디르. 너의 복을 찾게 되면 내 뱃속에 있는 고통을 멈추게 하려면 어떻게 해야 하는지에 대해 그에게 물어봐 줘. 어떠한 약초도 도움이 되질 않아. 괴로워서 완전히 죽을 지경이야. 내 부탁을 들어 준다고 약속하면 너를 건드리지 않지만, 안 들어준다면 당장 죽여 버릴 거야."라고 사자가 말했다.

카디르가 사자를 위해 조언과 약을 구해오겠다고 맹세하자 사자는 그에게 길을 비켜주었다.

카디르는 계속 갔다. 태양이 이글이글 타오르는 들판 한가운데에서 노인, 노파 그리고 아름다운 처녀가 마치 죽은 사람을 추모하듯이 몹시 슬프게 울고 있는 모습이 눈에 띄었다.

카디르는 발걸음을 멈췄다.

"왜 울고 계신가요?"

노인이 대답했다.

"우리의 고통은 엄청나다네. 3년 전에 우리는 갖고 있던 모든 것을 주고 이 땅을 샀다네. 우리는 온힘을 다해서 이 땅을 일구었고 어머니가 아기를 돌보듯이 씨앗을 파종하고 보살폈지. 헌데 아직 한 번도 추수를 못했다네. 봄이면 싹은 잘 자라고 가을의 풍성한 수확을 약속하는 듯이 들판은 온통 푸르다. 그런데 여름만 되면 땅에 아무리 많은 물을 주어도 곡식들은 마르고 뿌리까지 다 타죽는다네. 왜 이런 재난이 반복되는지를 아는 사람이 없어. 이보게, 우리는 죽게 될 거야. 우리에게는 행복이 없다네."

카디르가 말했다.

"제게 복이 있다 해도, 그 복은 가지가 무성한 느릅나무 아래에서 자고 있어요. 저는 그를 찾아 나선 거예요."

그러자 노인이 카디르에게 애원했다.

"이보게, 바람이 자네 얼굴을 향해 불지 않고, 자네의 성공이 품속 안으로 완전히 꺼지지 않기를 바라네! 만일 자네의 복을 찾게 되면 우리의 곡식들이 왜 죽는지에 대해 그에게 물어봐주게. 나는 평생 동안 자네에게 감사할 거야."

카디르는 대답을 갖고 그 자리로 돌아오겠다고 노인에게 약속하고 다시 길을 떠났다.

얼마의 시간이 지난 뒤 카디르는 어느 나라의 수도인 커다란 도시에 도착했다. 그가 거리에 있는 소란스러운 군중 속으로 들어오자마자 보초병들이 그에게 달려들었고 불쌍한 카디르의 목덜미를 잡아서 궁궐로 끌고 갔다. 카디르는 이러한 뜻밖의 상황에 완전히 제정신이 아니었으며 최악의 경우를 대비했다. 그런데 칸은 친절한 미소와 상냥스러운 말로 그를 맞았다.

"낯선 사람이여, 우리의 손님이 되어 주시오. 당신은 누구이며 어디로 가고 있는 중인지 말 좀 해 주시오."라고 칸이 환영하며 말했다.

카디르는 무릎을 꿇고 앉았고 자신에 대해 칸에게 횡설수설 말했다.

그의 말을 들은 후에 칸이 부탁했다.

"일어나서 내게로 가까이 오시오, 카디르. 나를 두려워하지 마시오. 나는 자네를 노예가 아니라 친구로서 대하는 것이오. 부탁이 있소. 자네의 복을 만나거든 크고 부유하며 강력한 국가의 통치자인 내가 황금 궁궐 안에서 즐거움을 전혀 느끼지 못하고 이렇게 슬퍼하면서 지내는 이유를 그에게 물어봐 주시오. 그의 대답이 어떠하든 나는 자네에게 커다란 포상을 할 것이오."

그런 후에 카디르는 다시 길을 떠났다.

그는 찾고 있는 복을 발견할 때까지 3년 동안 세상을 돌아다녔다. 그는 높고 검은 산에 도착했고 가지가 무성한 느릅나무 한 그루가 가파른 절벽 근처에 서 있는 것을 보았다. 나무 아래 그늘에는 상의도 걸치지 않고 신발도 신지 않은 그리고 씻지도 않고 머리도 빗지 않은 사람과 닮은 어떤 존재가 깊은 잠을 자고 있었다.

'정말로 이놈이 내 복이야?' 라고 카디르는 생각했고 게으름뱅이를 깨우기 시작했다.

"일어나, 잠에서 깨어나라고, 일을 할 시간이야! 저 멀리에 있는 내 형님의 복은 그를 위해 열심히 일을 하는데, 너는 나를 위해 일을 하지 않니? 빨리 일어나!"

그는 오랫동안 소리쳤고 잠꾸러기를 주먹으로 때렸다. 마침은 복은 몸을 움직이며 기지개를 폈고 머리를 들어서 하품을 하면서 눈을 비비기 시작했다.

"네가 카디르야? 네가 세상을 돌아다녀도 소용없어, 다리만 아파. 가지가 무성한 느릅나무 아래에서 이렇게 누워있는 것이 더 낫고, 너도 더 평온하잖아. 복은 네 형처럼 똑똑하고 부지런한 사람에게 도움이 되는 것이지, 너처럼 멍청하고 나태한 사람에게는 도움이 안 돼. 그래도 일단 나에게 왔으니 여기 앉아서 원하는 것이 무엇인지, 이곳에 오는 길을 어떻게 알았는지, 도중에 무엇을 보았고 누구와 만났으며 그리고 무엇에 대해 얘기했는지를 나에게 말해 봐."

카디르는 이야기를 시작했지만 그의 복은 들으면서 하품을 해댔다. 그의 복은 카디르의 이야기를 끝까지 들었고, 돌아가는 길에 어떤 사람에게 무슨 말을 해줄 것인지를 알려준 후에 말했다.

"너에게 나쁜 일이 많았지만 좋은 일도 있었다는 네 얘기를 이해했어, 카디르. 좋은 일에 대해 너에게 포상을 해 줄게. 집으로 돌아가. 네 앞에 커다란 행복이 너를 기다리고 있으니까. 모든 사람에게 그런 행복을 주는 것은 아니야. 단 부주의로 인해 그 행복을 놓치지 않도록 조심해. 잘 가!"

카디르의 복은 느릅나무 아래 풀밭에 또다시 몸을 쭉 펴고 누웠고 온 계곡에 울리도록 코를 골기 시작했다. 카디르는 무엇이 자신을 기다리고 있는지를 알아보려고 온 몸이 땀으로 뒤범벅이 되도록 그의 복을 잡아 흔들었지만 복은 깨어나지 않았다. 카디르는 잠시 서 있었고 뒤돌아서서 자신이 왔던 길을 따라 움직이기 시작했다.

카디르는 수도에 도착해서 칸을 찾아갔다. 칸은 기뻐했고 모든 하인들과 호위병들에게 멀리 물러나 있으라고 지시했으며 카디르와 나란히 앉았다.

"말해주게, 카디르!"

카디르가 대답했다.

"왜 당신이 슬픈지에 대해서 내 복이 얘기했어요. 당신은 나라를 다스리고 있고, 모든 사람들은 당신을 남자라고 생각하여 칸이라고 칭합니다. 그러나 사실 당신은 여자입니다. 그 비밀을 숨기느라 당신은 힘이 들며, 군대에 대한 업무와 나라에 대한 통치를 당신 혼자서 한다는 것은 당신에겐 힘겨운 일입니다. 훌륭한 남편을 선택하시면 당신에게 행복이 다시 찾아올 것입니다."

"자네 복이 진실을 말했소, 카디르."라고 칸은 당황해서 중얼거렸고 머리에서 값비싼 모자를 벗었다. 검은 머리 타래가 다채로운 색깔의 양탄자까지 내려왔고 카디르는 눈앞에 있는 보름달처럼 아름다운 처녀를 보았다.

얼굴을 붉히며 칸이 계속 말했다.

"당신은 나의 비밀을 알고 있는 첫 번째 사람입니다. 부디 내 남편이 되어 내 나라의 칸이 되어 주세요."

칸의 말을 듣고 카디르는 그 자리에 얼어붙었지만 고개를 내젓고 손사래를 쳤다.

"아니오, 아니에요, 칸이 되고 싶지 않아요. 당신에게 바라는 것은 아무 것도 없어요. 앞에서 내 행복이 나를 기다리고 있어요!"

그리고 그는 계속 걸어갔다.

노인과 노파와 그들의 아름다운 딸이 인사를 하며 그를 반갑게 맞았다.

"우리에게 위로가 되는 말을 해 줄 수 있나, 사랑스런 카디르?"

"옛날에 타국인들의 침입에 놀란 어느 부자가 황금이 든 40개의 솥단지를 어르신의 땅 속에 묻었어요, 그래서 어르신의 땅은 농사가 잘 되지 않아요. 황금을 파내면 토양은 다시 비옥해질 거예요. 그리고 어르신은 이 지역에서 가장 부자가 될 거예요."라고 카디르가 대답했다.

가난한 사람들은 기뻐서 황홀해했고 웃고 울었으며 카디르를 끌어안았다.

노인이 말했다.

"카디르, 자네는 우리를 행복하게 해주었어. 이곳에 우리와 함께 남아주게. 황금을 캐내는 것을 도와주게. 보물의 반을 자네가 갖고 내 딸을 아내로 맞이하게. 내 아들이며 사위가 되어주게."

카디르는 노부부가 마음에 들었고, 그들의 딸은 더욱더 마음에 들었지만 그는 여전히 고개를 내젓고 말했다.

"아니에요. 앞에서 제 행복이 저를 아직 기다리고 있어요."

그는 계속해서 앞으로 걸어갔다.

그는 걷고 걸었으며 그의 장화가 다 닳았고, 다리를 문지르면서 황량한 좁은 길을 따라 절뚝거리며 걸어갔다. 돌을 보았고 그곳에 앉아서 생각에 잠겼다. '이제 곧 여행이 끝나는데, 약속된 행복은 어디 있을까?'

그런 생각이 들자마자 그 앞에 사자가 나타났다.

"그래, 카디르, 나에게 줄 조언을 가져왔니? 아니면 약을 가져왔어?"라고 사자가 말했다.

"약은 가져오지 않았지만 네가 고통에서 벗어날 수 있는 확실한 방법은 있어. 세상에서 가장 멍청한 놈의 뇌를 먹으면 너는 즉시 건강해질 거야."

"고마워, 카디르. 이제 그런 멍청이를 찾아야겠다. 네가 나를 도와줄래? 여행하면서 어떤 사람들을 보았고 그들과 무슨 얘기를 했는지 말해줘. 얘기하지 않으면 너를 놓아주지 않을 거야."

어쩔 수 없어서 카디르는 오래된 느릅나무 아래에 있는 자신의 복과의 이야기에 대해, 처녀인 칸에 대해, 노인들과 그들의 아름다운 딸에 대해 이야기해 주었다.

사자는 눈을 번쩍이기 시작했고 이빨을 드러냈으며 갈기를 세웠다. 사자가 말했다.

"너는 멍청이야, 카디르! 네 손에 그러한 행복이 있었는데, 너는 그것을 잡지 않았어. 너는 권력과 명예를 거절했고, 너는 부유함과 행복을 거절했고, 너는 아름다운 두 명의 처녀를 거절했어. 내가 온 세상을 세 번 돌아다녀도 너처럼 멍청한 놈을 찾을 수 없어. 바로 너의 뇌가 내 배의 고통을 치료해 줄 거야!"

그래서 사자는 뛰어오면서 카디르에게 펄쩍 뛰며 돌진했다. 카디르는 놀라서 죽은 양처럼 땅에 몸을 납작 엎드렸다. 이것이 그를 구했다. 점프를 생각하지 못한 사자는 돌에 가슴을 부딪쳤고 그 자리에서 즉사했다.

'오, 대단히 운이 좋았어! 피할 수 없는 죽음이 나를 위협했는데, 나는 살아남았어! 이것은 엄청난 행복이야!' 라고 카디르는 기뻐하며 속으로 생각했다.

카디르가 아울로 돌아왔을 때 아무도 그를 알아보지 못했다. 얼굴도 성격도 다른 사람이 되어 있었다. 완전히 다시 태어난 것이고 새로운 사람이 된 것이다. 언제나 즐거워했고 모두에게 친절하게 대했으며 어떤 것에 대해서도 불평하지 않고 그 누구도 부러워하지 않았다. 이제 그는 아침부터 저녁까지 노래를 부르면서 일을 하고, 모든 사람들은 그의 세심함과 선량한 성격에 대해 칭찬했다. 카디르의 재산은 매일 늘어났고 그는 가정을 꾸렸으며 기쁨과 존중 속에서 살아갔다.

"어떻게 지내니?"라고 친구들이 그에게 물었다.

"세상에서 그 누구보다도 행복하게 지내!"라고 카디르는 웃으면서 대답했다.

아름다운 미르잔과
수중 왕국의 통치자

가난한 미망인이 살았다. 그녀에게는 외동딸이 있었는데, 그 가문에서 가장 예뻤다. 그녀의 이름은 미르잔이었다.

어느 무더운 날 소녀들은 강으로 목욕하러 가면서 미르잔도 불렀다. 강물에 들어가자마자 소녀들이 말했다.

"미르잔, 너는 너무 예쁘다! 만일 칸이 너를 보면 '나의 사랑, 미르잔, 나의 모든 보물을 너에게 줄 테니, 나의 사람만 되어줘!' 라고 말할 거야!"

미르잔은 부끄러워서 눈을 아래로 내려뜨렸다.

"왜 그렇게 놀리니, 얘들아? 칸은 나를 쳐다보지도 않을 거야. 나는 아울에서 가장 가난하잖아."

그녀가 이 말을 하자마자 강물이 거칠게 일렁였고 소용돌이 속에서 누군가의 커다란 목소리가 들려왔다.

"나의 사랑, 미르잔, 나의 모든 보물을 너에게 줄 테니, 나의 사람만 되어줘!"

이 소리에 몹시 놀란 소녀들은 비명을 지르면서 강변으로 달려갔고 자신의 옷을 들고 아울로 달리기 시작했다. 그런데 그들은 미르잔에 대해서는 깜빡 잊어버렸다.

아름다운 미르잔은 강가에 서 있었고 커다란 뱀이 자신의 옷 위에 일곱 바퀴를 틀고 앉아 있는 것을 보았다. 그 뱀은 머리를 높이 쳐들고 그녀에게서 눈도 떼지 않고 있었다.

"나의 사랑, 미르잔! 나는 수중 왕국의 통치자이다. 누구보다도 너를 더 사랑한다. 제발, 내 아내가 되어 줘! 너에게 나의 수정궁을 선물할게, 결정해! 나에게 시집오겠다고 약속하면 옷을 돌려줄 것이고, 거절하면 옷을 물속으로 가져갈 거야. 그럼 너는 어떻게 하지? 어떻게 집에 갈래?" 라고 뱀이 말했다.

미르잔은 당황했고 두려움에 제정신이 아니어서 그에게 시집가겠다고 약속했다.

그러자 뱀은 사라졌으며 물에는 단지 소용돌이만 남아 있고 물결이 강변에 부딪칠 뿐이었다. 소녀는 재빨리 옷을 입고 친구들의 뒤를 따라 달려가기 시작했다. 유르트에 도착해서 어머니 앞에 엎드려 흐느껴 울었다.

"애야, 무슨 일이니? 누가 너를 화나게 했니?" 라고 어머니가 걱정하며 물었다.

미르잔은 그녀에게 있었던 일을 얘기하고 두 손을 쥐어짰다.

"어떻게 해요? 제가 약속했어요. 약속을 물릴 수가 있어요?"

어머니는 그녀의 머리를 쓰다듬으며 꼭 껴안아 주었고 위로했다.

"애야, 진정해. 아마도 무서운 뱀이 있었다고 네가 느꼈을 뿐이야. 세상에 그런 일은 없어. 어디 가지 말고 집에 있도록 해."

일주일이 지났다. 미르잔은 좀 즐거운 기분이 되었다. 어머니는 딸이 유르트 밖에 나가는 것을 허락하지 않았고 그녀 자신도 멀리 가지 않았다.

어느 날 어머니는 문 뒤를 살펴보다가 공포와 놀라움의 외침소리가 입에서 튀어 나왔다.

"아니, 세상에! 우리는 끝장이야! 검은 뱀들이 강에서 온통 우리 유르트로 오고 있네!"

미르잔의 얼굴은 창백해졌다.

"나를 데리러 오는 거예요!"

그들은 문을 잠그고 모든 살림도구로 문을 막았으며 담요 아래 숨어서 숨도 쉬지 않고 있었다.

그런데 뱀들은 기어오고 또 기어 왔으며 점점 더 가까이 다가왔다. 초원 위에서는 계속해서 소음이 들려왔다. 뱀들이 유르트에 다가왔는데 입구가 없었다. 뱀들은 쉬쉬 소리를 내기 시작했고 유르트를 습격하여 안으로 밀고 들어왔으며 실신한 미르잔을 잡아서 강으로 데려갔다. 미망인은 큰소리로 통곡하면서 따라갔고 딸에게 손을 뻗었지만 닿지 않았다. 뱀들은 물속으로 가라앉았고 아름다운 미르잔도 그들과 함께 사라졌다.

고통으로 인해 휘청거리면서 노파는 파괴된 집으로 돌아왔고 바닥에 쓰러져서 통곡했다.

"내 딸 미르잔이 죽었구나! 저주스러운 뱀들이 나를 영원히 불행하게 만들었다!"

하루하루 날이 지나고 시간이 흘렀다. 혼자 남은 미망인은 완전히 늙어버렸고 등은 굽었으며 머리는 새하얗게 되었다. 그녀는 무언가를 언제나 기다렸고, 검은 뱀들이 딸을 데려간 초원 먼 곳을 생기 없는 흐리멍덩한 눈으로 언제나 바라보고 있었다.

그러던 언젠가 그녀는 자신의 유르트 문 옆에 슬퍼하며 앉아 있었는데 갑자기 공주처럼 잘 차려입은 젊은 여인이 오른손으로 사내아이를 이끌면서 왼

손에는 여자아이를 안고 그녀에게로 오고 있는 것을 보았다.

노파는 떨면서 말했다.

"미르잔, 내 딸아! 맞지?"

그들은 끌어안고 서로 입을 맞추었으며 유르트 안으로 들어갔다. 노파는 딸과 손자손녀를 보았지만 자신의 눈을 믿을 수가 없었다.

"어디에서 오는 거니, 미르잔?"

"저는 수중 왕국에서 왔어요. 남편이 왕국의 통치자예요."

"수중에서 지내기는 괜찮니?"

"저보다 행복한 사람이 없을 거예요. 하지만 저는 엄마가 그리웠고 저의 아이들을 보여주고 싶었어요."

"얘야, 너는 정말로 그 저주스런 뱀에게로 다시 돌아갈 생각이야? 불행한 어미를 버리고 다시 갈 거야?"라고 노파는 물으면서 '절대로 그럴 수는 없어! 이제 나는 미르잔과 헤어질 수 없어.'라고 마음속으로 생각했다.

미르잔이 대답했다.

"사랑스러운 어머니, 용서하세요. 하지만 오랫동안 이곳에 머물 수가 없어요. 저녁 무렵까지 수중 궁궐에 도착해야만 해요. 남편이 우리를 기다리거든요. 저는 그를 사랑하고 존경해요. 그는 육지에서는 뱀의 모습을 하고 있지만, 자신의 영토 안에서는 인간들 사이에는 찾아볼 수 없는 훌륭한 용사거든요."라고 미르잔이 대답했다.

"이것이 우리의 운명이구나. 그런데 너는 수중 왕국으로 가는 길을 어떻게 다시 찾을 수가 있지?"

"이렇게 하면 돼요. 내가 강에 가서 '아흐메트, 아흐메트! 저는 당신 아내예요. 오세요, 나의 사랑, 바닥에서 올라오세요!'라고 말하면 남편이 즉시 나타나서 우리를 궁궐로 데려갈 거예요."

'음, 이제 어떻게 해야 하는지 알았어.'라고 노파는 생각했다.

그때 노파는 울면서 딸에게 애원하기 시작했다.

"영원히 나와 함께 살 수 없다면, 하루만이라도 고향집에서 자고 가라."

미르잔은 늙은 어머니가 불쌍했고 아침까지 집에 머물겠다고 동의했다. 노파는 기뻐했고 즉시 조금 젊게 되었다.

낮이 지나고 밤이 왔고, 아이들도 잠이 들고 아름다운 미르잔도 잠이 들었다. 그러자 노파는 잠자리에서 조용하게 일어나서 어둠속에서 도끼를 찾아냈고 유르트에서 몰래 나갔다.

그녀는 강으로 다가갔고 절벽 위에 올라서서 큰 목소리로 외쳤다.

"아흐메트, 아흐메트! 저는 당신 아내예요. 오세요, 나의 사랑, 바닥에서 올라오세요!"

바로 그 순간에 물 아래에서 뱀이 나타났고 머리를 강변에 놓고 상냥하게 말했다.

"마침내, 왔구나, 나의 미르잔! 나는 당신을 기다리다 지쳤고 아이들 생각에 몸이 여위었다."

노파는 지체하지 않고 도끼를 휘둘러서 뱀의 머리를 잘라버렸다. 뱀의 머리가 강변을 따라 뒹굴었다. 강은 피로 인해서 새빨갛게 물들었다.

아침에 미르잔은 일어나서 아이들을 준비시켰고 어머니와 이별을 했다.

"안녕히 계세요, 어머니. 일 년 후에 또 올게요."

아름다운 미르잔은 사내아이의 손을 잡고 여자아이를 안고 강에 도착했다. 물가에 서서 남편을 불렀다.

"아흐메트, 아흐메트! 저는 당신 아내예요. 오세요, 나의 사랑, 바닥에서 올라오세요!"

아무도 나타나지 않았다. 미르잔은 잠깐 기다렸다가 다시 소리쳤다.

"아흐메트, 아흐메트! 저는 당신 아내예요. 오세요, 나의 사랑, 바닥에서 올라오세요!"

수중 왕국의 통치자는 어두운 깊은 곳으로부터 전혀 나타나지 않았다. 미르잔은 가슴이 아파오기 시작했고 강을 살펴보았다. 그런데 물이 온통 피로 새빨갛게 되어 있었다. 그리고 뱀의 머리가 갈대숲 옆에 놓여 있었다.

미르잔은 모든 것을 알아차렸고 울기 시작했으며 아이들에게 입을 맞추었다.

"너희 아버지가 죽었구나! 내가 그 죽음에 책임이 있다. 이제 고아인 너희들과 내가 무엇을 할 수 있겠니?"

그녀는 눈물을 흘리면서 아이들을 바라보며 말했다.

"딸아, 너는 제비가 되어서 물 위로 낮게 날거라! 아들아, 너는 꾀꼬리가 되어서 새벽노을이 물들 때 노래를 불러라! 너희들의 어미인 나는 뻐꾸기가 되어서 여기저기 돌아다닐 것이고 남편을 그리워하며 슬프게 울 것이다!"

그녀가 말을 마치자, 셋은 새로 변신했고 날개를 퍼덕이며 각자 다른 방향을 향해 날아갔다.

대장장이와 충실한 아내

        이 일은 오래전에 있었다고 말들 한다. 어느 도시에 능숙한 솜씨를 가진 대장장이가 있었다. 그의 손은 사람이 생각해 낼 수 있는 모든 것을 만들 수 있었다. 그렇지만 그는 자신과 아내가 먹고 살 수 있는 충분한 생활비를 벌지 못했다. 도시의 주민들은 가난했지만 대장장이는 일이 없을 때면 그 누구보다도 궁핍한 생활을 해야 했다. 그러나 의기소침하지 않고 언제나 동료들과 농담을 하고 노래를 부르곤 했다. 단지 그의 가슴은 걱정으로 인해 숯처럼 까맣게 탔다. 자신은 어떠한 불행도 견딜 준비가 되어 있었지만, 백 년에 한 명 나올 정도로 그렇게 아름다운 미인인 젊은 아내가 궁핍한 생활로 인해 고생하는 것을 바라보는 것은 괴로웠다. 그래서 대장장이는 부유한 사람들이 그의 기술을 필요로 할 수 있는 수도에 가서 돈을 벌어야겠다는 생각을 하게 되었다.

    아내와 헤어지면서 그가 말했다.

    "당신은 나의 삶이요! 3년 동안 낯선 곳에 갔다 올 것이오. 나를 기억해 주겠소? 우리가 떨어져 있는 동안에 충실한 나의 아내로 남아 있겠소?"

아름다운 아내는 땅에 몸을 숙여 하늘색 꽃을 꺾었고 그 꽃을 남편에게 주면서 말했다.

"나의 사랑하는 연인이여! 이 꽃을 받으시고 제가 당신에 대한 충실함을 지킬 때까지 그것을 보관하세요. 당신이 어디에 있더라도, 몇 년을 있더라도 이 꽃이 시들지 않는 한 당신에 대한 나의 사랑도 시들지 않을 거예요."

수도에 도착한 대장장이는 차를 마시기 위해 찻집에 들렀다. 이곳에서 그는 많은 사람들 중에서 옷을 잘 차려입고 있는 세 명의 남자들을 보았다. 그들은 마치 어떤 괴로운 일이 있는 듯이 음식도 마실 것도 전혀 건드리지 않고 말없이 앉아 있었다. 낯선 사람이 들어 온 것을 알아차린 이 사람들은 대장장이의 기분이 불쾌할 정도로 그를 뚫어지게 바라보기 시작했다.

"왜 저를 그렇게 바라보시지요? 저는 가난하지만 정직한 사람입니다. 먼 곳에서 일을 찾아 수도에 왔습니다. 저는 대장장이며 어떠한 일이라도 저에게 맡기시면 결코 후회하지 않으실 겁니다."라고 대장장이가 말했다.

남자들은 서로 눈짓을 교환했고 그들 중에서 가장 연장자인 사람이 대장장이를 불러서 다정하게 말했다.

"내 말을 잘 듣게. 우리 세 명은 칸의 조언자들인 비즈리(이슬람 국가의 대신 大臣)이야. 우리가 시장과 카라반-사라이와 찻집과 사람들이 모이는 여러 장소를 돌아다니는 것은 나태하고 호기심이 있어서가 아니라 중요한 일 때문이야. 칸은 우리에게 그를 위해 황금과 은으로 궁궐을 지으라고 명령했어. 칸은 궁궐을 제대로 지으면 우리에게 포상을 내릴 것이지만 기간 내에 짓지 못하면 우리의 목숨을 빼앗겠다고 위협을 했어. 우리는 커다란 어려움에 봉착해 있어. 왜냐하면 시간은 흐르는데 수도를 다 돌아다녀도 그러한 특별한 일을 하려고 하는 기술자를 찾지 못했거든. 자네가 우리를 도와줄 수 있겠나? 만일 일을 할 수 없다면 조언이라도 해주게."

대장장이는 행복해서 얼굴이 밝아졌고 대답했다.

"현명하신 어르신들, 운명이 저에게 이 찻집의 문을 열게 했군요. 저에게 필요한 만큼의 황금과 은을 주시고 70명의 조수들을 주십시오. 그러면 지금까지 어느 칸도 가져본 적이 없는 그러한 멋진 궁궐을 기간 내에 짓도록 하겠습니다."

바로 그날 대장장이는 일에 착수했다. 대장간 화로에서는 불이 활활 타오르기 시작했고, 망치 아래에서는 귀금속들이 소리를 내기 시작했으며, 민첩한 일꾼들은 책임자인 대장장이의 지시를 수행하면서 이곳저곳을 뛰어다니기 시작했다. 정해진 날에 궁궐은 완성되었다. 사실 어느 나라의 수도도 그렇게 화려한 건축물로 장식된 적이 없었다. 궁궐의 벽과 지붕들은 황금과 은으로 건축되었으며 그 어느 건물도 새 궁궐의 아름다움과 비교할 수가 없었다.

새 궁궐을 보게 되었을 때 칸은 기뻐서 어린아이처럼 탄성을 질렀으며 그 자리에서 즉시 대신들에게 급료를 세 배나 더 주었다. 그런 후에 칸이 말했다.

"이 땅에 이렇게 신비로운 건축물을 세운 장인을 보고 싶다."

대장장이를 데리고 왔다. 칸은 그를 아들보다 더 부드럽게 끌어안았고 지금까지 칸에게서 들어본 적이 없는 말을 했다.

"지금부터 자네는 나의 가장 친밀한 조언자이자 친구가 될 것이다. 나는 내 왕국의 국민이나 외국의 군주들 가운데 그 어느 누구도 자네의 재능과 솜씨를 사용할 수 없기를 바란다. 자네는 이 멋진 궁궐에서 나와 함께 살면서 오로지 나만을 위해서 일할 것이다."

대신들은 자신들의 목숨과 많은 재산이 대장장이 덕분임에도 불구하고 그 순간부터 훌륭한 장인에 대한 질투와 악의를 품게 되었다. 그들은 대장장이를 비방하고 사악한 중상을 해서 어떻게 해서든지 그를 처치하려고 개별적으로 그리고 공동으로 궁리하기 시작했다.

대장장이는 궁궐에서 살게 되었다. 매일 그는 칸에게 신비로운 물건을 가져왔는데 매번 새로운 물건이 이전의 물건보다 더 아름다웠고 섬세했다. 칸은 대장장이에게 점점 더 애착을 느끼게 되었고 대신들은 그를 점점 더 증오하게 되었다. 그들은 순박한 장인의 일거수일투족을 감시하기 시작했고 얼마 지나지 않아 다음과 같은 사실을 알아차렸다. '장인은 때때로 품에서 어떠한 하늘색 꽃을 꺼내서 오랫동안 바라보고 입술을 움직이면서 부드럽게 입을 맞춘 후에 다시 품에 소중하게 숨겼다.'

대신들은 칸에게 와서 보고했다.

"폐하! 폐하께서 사랑하는 대장장이는 마법사이고 요술쟁이입니다. 그는 숨기고 있는 꽃의 도움을 얻어서 궁궐을 지었고 폐하의 총애를 얻었습니다. 저희들 생각에 그 악당은 폐하와 폐하의 신성한 목숨을 위협할 뭔가를 획책할 것입니다."

칸은 의심을 하고 감정이 격렬하게 되었다. 칸은 대장장이를 자신에게 신속하게 데려오라고 명령했고 대장장이가 다가오자 화를 내며 소리쳤다.

"네 품에 숨기고 있는 꽃은 대체 무엇이냐? 살고 싶으면 당장 대답해라!"

대장장이는 누군가가 자신의 비밀을 알아냈다는 것을 즉시 이해했다. 그래서 그는 시들지 않는 꽃을 꺼내서 칸에게 보인 후에 자신의 아름다운 아내와 작별의 말에 대해 솔직하게 이야기했다.

"저 뻔뻔한 놈이 폐하께 감히 거짓말을 아뢰고 있습니다. 아내가 이미 오래전에 그를 배반했다는 것을 우리는 잘 알고 있습니다. 돈과 선물에 현혹되지 않는 여인은 없습니다. 폐하께서 허락하신다면 제가 이것을 증명하겠습니다."라고 늙은 대신이 장인의 이야기를 중단시키고 말했다.

칸은 동의했고 첫 번째 대신이 증거를 갖고 돌아올 때까지 대장장이에게 해를 가하지 말고 구금에 처하라고 명령했다.

그래서 첫 번째 대신은 대장장이의 아내가 살고 있는 도시에 말을 타고 달려왔다. 그는 어떤 무지한 사람과 알게 된 후에 그를 매수했고 자신의 간계를 털어놨다.

그 사람이 말했다.

"대장장이 아내보다 더 순결하고 사랑스러운 여인은 도시에도 그리고 온 세상에도 없습니다. 잘마우즈-켐피르만이 어르신께서 궁리한 계획을 도울 수 있습니다."

그는 즉시 대신에게 사악한 노파를 데리고 왔다.

잘마우즈-켐피르가 콧소리로 말했다.

"대장장이 아내에게 줄 금화 천 개를 준비하시고, 저의 수고비를 후하게 계산해 주시겠다고 약속하신다면 저의 교활함을 발휘해서 어르신과 그녀의 만남을 주선해보겠어요."

천 개의 금화를 받고나서 잘마우즈-켐피르는 반은 자신이 챙기고 나머지 반을 대장장이 아내에게 가지고 가서 말했다.

"이 사람아, 자네 남편은 낯선 도시에서 돌아다니고 있어서 아마도 오래전에 자네에 대해서는 잊었을 거야. 자네를 몹시 좋아하는 어느 훌륭한 분이 용돈으로 쓰라고 이 돈을 자네에게 보냈어. 그 사람은 직위도 높고 재산도 많은 부자야. 그래서 자네가 그분에게 다정하게 대하면 돈도 더 주고 자네를 행복하게 해 줄 거야."

젊은 여인이 대답했다.

"친절하신 아주머니! 그 분을 모시고 오세요. 제가 쪽문을 열어둘게요. 그 분에게 입구를 알려주세요. 저는 집으로 갈게요. 그 분은 귀한 손님이니까 저는 손님 맞을 준비를 해야겠어요."

노파는 대신을 만나서 말했다.

"대장장이 아내는 돈을 받았어요. 그녀는 모든 것에 동의했어요. 오늘 저녁에 그녀의 집에 가시면 돼요. 제 수고비를 계산해 주세요."

대신은 성공적인 일에 만족해서 금화 한 움큼을 집어서 노파에게 주었다.

날이 어둑해졌을 때 대신은 대장장이의 집에 있었다. 아름다운 여인은 웃으면서 농담을 하면서 손님을 맞이했고, 그를 난로 옆에 앉게 했으며 그에게 쿠므즈와 온갖 음식을 대접했다. 그런데 대신이 편안한 마음이 되어 음식을 먹으려고 손을 뻗자마자 갑자기 쪽문을 격렬하게 두드리는 소리가 들렸다.

"이게 무슨 소리야?"라고 대신이 놀랐다.

대장장이 아내는 이것이 무슨 소리인지 잘 알고 있었다. 낮에 그녀는 쪽문에 남편의 망치를 걸어 놓았고 지금 그것이 저녁 바람에 의해 흔들리면서 나무 쪽문을 두들기는 것이다. 그러나 여인은 자신도 몹시 놀란 척하며 두 손을 꼭 쥐고 재빨리 말하기 시작했다.

"이것은 틀림없이 저의 오빠가 두드리는 거예요. 그는 오래 머물지 않을 거예요. 잠깐 동안 옆방에 숨어 계세요."

그리고 손님에게 문을 열어 주었다.

대신이 문지방을 밟자마자 여인은 그의 등을 밀어버렸고 불쌍한 대신은 깊고 어두운 구덩이로 떨어졌다. 대장장이 아내는 위에서 웃고 있었다.

그 시간에 칸의 방에 구금되어 있던 대장장이는 하늘색 꽃을 꺼내서 바라보았다. 꽃은 아내와 이별하던 날처럼 선명하고 향기가 났다. 대장장이는 꽃에 부드럽게 입을 맞추었다.

다음날에 대장장이 아내는 양모 더미를 구덩이로 던지며 자신의 포로에게 그것을 다듬으라고 명령했다.

"열심히 일하세요. 그렇지 않으면 한낮에 수수로 만든 빵조각도 못 얻어먹는 다는 것을 명심하세요."

대신은 수수로 만든 빵조각을 점심으로 받으며 구덩이 속에서 일하면서 며칠을 보냈다. 마침내 칸은 그를 기다리다 지쳐서 두 번째 대신에게 말했다.

"자네의 동료는 아무런 소득을 얻지 못한 것 같다. 내 눈앞에 나타나질 않네. 만일 자네들이 장인을 비방한 것이라면 자네들은 대가를 치를 거야!"

칸의 말을 들은 대신은 공포로 얼어붙었지만 대장장이에 대한 자신들의 흉계를 자백하고 싶지 않았다.

"폐하, 저희들은 진실을 말씀드렸습니다. 저에게 명령을 내리시면 제가 그것을 증명하겠습니다."라고 대신이 말했다.

칸은 동의했다.

얼마의 시간이 흘렀고 두 번째 대신에게도 첫 번째 대신에게 있었던 것과 똑같은 일이 벌어졌다. 노파와 만났고 쓸데없이 돈을 써버렸고 그도 어두운 구덩이 속에 빠졌다. 바닥에서 정신을 차린 두 번째 대신은 양모를 열심히 다듬고 있는 사람을 발견했다.

"당신 누구요?"라고 두 번째 대신이 물었다.

"그런데 당신은 누구요?"라고 첫 번째 대신이 그에게 물었다.

그들은 서로를 알아봤고 뜻밖에 재난에 빠진 것에 대해 서로를 비난하면서 다투기 시작했다. 대장장이 아내는 위에서 웃고 있었다.

얼마 후에 그녀는 구덩이 속으로 물레를 내려 보내고 두 번째 대신에게 양모로 실을 뽑으라고 지시했다.

"일을 제대로 못하면 수수로 만든 빵조각도 못 먹는다는 것을 명심하세요!"

어쩔 수 없이 두 번째 대신도 일을 시작했다.

바로 그 시간에 대장장이는 하늘색 꽃을 다시 꺼냈는데 전처럼 여전히 신선했고 여전히 향기가 났다. 그는 기쁘게 웃었다.

칸은 두 번째 대신을 더 이상 기다릴 수 없어서 대장장이 아내에게 세 번째 대신을 보냈다.

"만일 3주가 지나도록 돌아오지 않으면 네 놈과 두 악당 놈들은 교수형을 면치 못할 것이다."

나쁜 일을 예감하면서 우울함과 당혹감 속에서 세 번째 대신이 길을 떠났다. 그의 예감은 적중했다. 얼마 지나지 않아 공범자들의 비극적인 운명이 그에게도 닥쳤다. 그는 어떠한 즐거움도 없이 동료들과 축축한 구덩이 바닥에서 만나게 되었다. 세 사람은 일어난 일에 대해서 서로 서로를 비난했다. 대장장이 아내는 위에서 단지 웃기만 했다.

새로운 죄인은 여인에게서 직조기와 다음과 같은 지시를 받았다.

"3주 동안 당신은 나를 위해 멋진 양탄자를 짜야만 해요. 게으름 피우지 말고 빨리 일을 해요. 한낮에 수수로 만든 빵조각을 받느냐 못 받느냐는 당신에게 달려 있으니까."

대장장이의 하늘색 꽃은 마치 아내가 방금 전에 꺾은 듯이 여전히 신선했고 향기가 났다.

어느 날 칸은 대장장이를 데려오라고 명령했다.

"세 명의 대신들이 네 아내에게 갔다가 아직까지도 돌아오지 않았다. 네 아내가 요술을 부려서 그들을 죽이지 않았는가 하고 나는 의심하고 있다. 만일 그렇다면 너와 너의 아내의 목은 달아날 것이다. 그러나 만일 대신들이 너를 이유 없이 비방했다면 훨씬 준엄한 징벌이 그들에게 내려질 것이다. 나랑 함께 가보자."

얼마의 시간이 지난 후에 칸의 화려한 카라반은 대장장이의 고향에 들어섰다. 집에 가까이 다가가면서 대장장이는 귀한 손님이 온 것에 대해 아내에게 미리 알릴 수 있도록 허락해 달라고 칸에게 부탁했다. 칸은 허락했고 대장장이는 쪽문으로 들어갔다.

남편을 보자 아름다운 여인은 그의 가슴으로 달려들었고 그들은 자신들이 헤어진 이후에 일어난 일에 대해 서로에게 잠깐 동안 이야기했다. 그런 후에 대장장이는 칸과 그의 호위병들을 집으로 공손하게 안내했다.

여인은 강력한 권한을 가진 손님을 공손하게 예의를 갖추어 맞았다. 그녀는 아름다웠고 그녀의 행동은 품위가 있었으며 말은 지혜로웠다. 그래서 칸의 마음은 즉시 누그러졌고 순박한 여인의 손으로 만든 음식 접대를 친절하게 받아들였다.

아름다운 양탄자 위에 앉아서 쿠므즈를 앞에 놓고 칸이 물었다.

"남편이 없는 동안 나의 세 명의 대신들이 차례대로 이곳에 오지 않았느냐?"

"폐하, 폐하의 시대가 오랫동안 지속되기를 바랍니다! 대신들이 있어야 할 자리는 바로 통치자 옆입니다. 그들이 부도덕한 의도 이외에 어떤 의도를 갖고 가난하고 혼자 있는 여인의 집으로 왔겠습니까?"

칸은 침묵을 지켰고 자신의 당황함을 숨기기 위해 다시 물었다.

"내가 앉아 있는 이 훌륭한 양탄자는 어디서 구했느냐?"

"폐하, 이 양탄자는 저의 하인들이 짰습니다."

칸은 놀라서 눈썹을 움직였다.

"하인들? 네 남편은 너무 가난해서 너를 남겨두고 일을 찾아 떠나왔다고 말을 했는데. 너는 하인을 거느릴 수 있는 돈이 어디서 났지?"

"저의 하인들은 하루에 한 번씩 수수로 만든 빵 조각만 주어도 제가 시키는 모든 일을 수행합니다."

"그건 믿기 어려운데."라고 칸은 놀라서 말했다.

"이제 폐하께서는 직접 저의 하인들을 보게 될 것입니다. 그들은 제 말을 증명해 줄 것입니다."라고 말하고 여인은 문 뒤로 사라졌다.

그녀는 구덩이에서 세 명의 대신들을 불러내어 그들에게 속삭였다.

"재난이 닥쳤어요. 제 남편이 돌아왔어요. 당신들이 제 집에 있는 것을 남편이 보게 되면 당신들은 끝장이에요. 저는 당신들의 파렴치한 행동에 대해 벌을 주었지만 당신들의 죽음을 원치는 않아요. 여기 면도기가 있으니 콧수염과 턱수염을 신속하게 깎으세요. 그리고 이것은 저의 낡은 옷이에요. 꾸물거리지 말고 이 옷으로 갈아입으세요. 저는 당신들을 제 여자 친구인 것처럼 꾸며서 집에서 데리고 나갈 거예요."

대신들은 아무런 항변도 하지 않고 여인이 요구한 대로 모든 것을 했다. 그러자 그녀는 대신들에게 서로 서로 손을 잡으라고 명령했고 그들을 호위병들에 의해 둘러싸인 칸이 앉아 있는 방으로 데리고 들어갔다.

자신들 앞에 무서운 통치자가 있는 것을 보고 대신들은 그 자리에 얼어붙었다. 칸은 의혹에 사로잡혀 그들을 오랫동안 바라보았고 마침내 말했다.

"이상한 하인들이네. 큰 키와 외모로 보면 이들은 남자들인데, 옷을 보면 여자들이네. 안면이 있는 얼굴인 것 같은데. 이 도깨비들은 누구야?"

"이들은 폐하께 저를 모함하고 저의 충실한 아내의 명예를 훼손한 자들입니다."라고 대장장이가 아내를 대신해서 대답했다.

그러자 대신들은 무릎을 꿇고 자신들의 모든 음모를 인정했다.

칸은 처음에는 분개하며 그들의 이야기를 들었다. 그러나 대신들이 대장장이의 집에서 불행을 겪은 이야기를 들었을 때 그의 입술은 움직였고, 그의 어깨는 흔들리기 시작했으며, 잔에 담긴 쿠므즈를 자신의 비단 옷에 엎지를 정도로 그렇게 크게 웃어대기 시작했다.

대장장이와 아내는 자신들의 운명을 기다리고 있었다.

눈물을 흘릴 정도로 웃고 나서 칸은 거드름을 피우며 말했다.

"오랫동안 나에게는 이렇게 즐거운 날이 없었다. 여인에게 속아 넘어갔고, 과거에 내가 존경해서 나의 대신들이라고 불리었던 이 세 명의 명청이들은 이 순간부터 내 앞에서 멸시당하는 광대로 일하게 될 것이다. 나의 훌륭한 장인이여, 자네와 충실한 아내는 나와 함께 수도로 가서 나의 소중한 손님이 되어주게. 그러면 내가 자네의 공로와 직위에 맞게 포상을 내릴 것이네."

세월이 흘렀다. 칸과 광대가 된 교활한 대신들과 대장장이와 그의 아름다운 아내의 유골은 이미 오래전에 썩어서 부패했다. 모든 것은 지나가 버린다. 생각과 인간이 손으로 창조한 것들만이 영원히 불멸할 따름이다.

방랑자 형제들

       옛날 옛적에 덕망이 있고 학식이 있는 사람이 살았는데 그에게는 세 명의 아들이 있었다. '사냥꾼의 아들은 활쏘기를 연마하고 재단사의 아들은 옷을 재단한다.'라는 말이 있다. 학자의 아들들은 어릴 때부터 지혜로운 책들을 가지고 많은 시간을 보냈다. 큰 아들이 말도 탈 수 없이 어린데도 불구하고 사람들은 삼 형제들에게 판결을 위해 그리고 조언을 구하러 찾아왔다.

    어느 날 두 명의 사람이 어미 낙타 두 마리와 새끼 낙타 한 마리를 데리고 그들에게 왔다. 그들이 말했다.

    "우리들의 일은 이러하다. 우리는 각자 어미 낙타를 한 마리씩 가지고 있었어. 그들은 언제나 초원에서 함께 풀을 뜯어 먹었지. 며칠 전에 우리는 낙타를 데리러 갔다가 새로 태어난 두 마리의 새끼를 보게 되었어. 한 마리는 살아있었고, 다른 한 마리는 죽어있었어. 우리는 살아 있는 새끼 낙타가 어떤 어미 낙타에게서 태어났는지 알 수가 없어. 두 마리의 어미들은 어린 낙타를 귀여워하고 젖을 먹이며, 새끼 낙타도 두 마리의 어미에게 똑같이 응석을 부린

단다."

큰아들이 말했다.

"어미 낙타들을 강으로 데려가세요."

둘째아들이 말했다.

"새끼 낙타를 통나무배에 실어서 반대편 강변으로 데려가세요."

그러자 막내가 말했다.

"그러면 아저씨들의 일은 저절로 해결될 거예요."

사람들은 어린아이들이 조언해준 대로 그렇게 했다.

새끼 낙타가 반대편 강변에 혼자 남게 되자 새끼 낙타는 두려워서 몸부림치고 슬프게 울기 시작했다. 어미 낙타들도 불안해하고 울부짖기 시작했다. 한 마리는 강변을 따라 불안하게 뛰어다녔는데, 다른 한 마리는 갑자기 절벽에서 물로 뛰어들어 새끼 낙타에게 헤엄쳐 갔다. 그러자 모든 사람들은 바로 그 낙타가 실제 어미라는 것을 알게 되었다.

비상하게 똑똑한 아이들에 대한 소문은 말을 탄 사람에서 말을 탄 사람에게로, 여행자에게서 여행자에게로 온 초원을 따라 퍼져나갔고 늙은 학자는 자신의 아들들에 대해 자랑스러워했다.

세월이 흘렀다. 아버지는 더 늙어갔고 아이들은 성장했다. 아이들이 성년의 나이가 되었을 때 학자는 아들들에게 말했다.

"오래 산 사람이 아니라, 많은 것을 본 사람이 아는 것이다. 황금의 진정한 가치는 누가 알겠느냐? 그것을 아는 사람은 부자가 아니라 금을 세공하는 사람이다. 음식의 품질이 좋은지 나쁜지는 누가 알겠느냐? 그것을 아는 사람은 음식을 먹는 사람이 아니라 요리한 사람이다. 누가 진정한 길을 가르쳐 줄 수 있겠느냐? 그것은 여행을 떠날 준비를 하는 사람이 아니라 여행을 했던 사람이다. 너희들의 책을 그냥 두고, 세상 밖으로 나가서 삶에 대한 가장 지혜로운 공부를 하면서 다녀라."

아들들은 아버지와 작별을 했고 오랜 기간을 예정으로 고향집을 떠났다.

언젠가 그들은 수천 개의 길 가운데 어느 한 길을 따라 걸어가면서 서로 이야기를 나누었다.

큰아들이 말했다.

"얼마 전에 이 도로를 따라 지친 낙타가 지나갔구나."

둘째아들이 동의했다.

"맞아, 그런데 그 낙타는 왼쪽 눈이 멀었구나."

그러자 막내아들이 덧붙였다.

"그가 싣고 있던 것은 꿀이었네."

그때 그들은 불안해하고 숨을 헐떡이는 사람과 우연히 만나게 되었다.

"길에서 낙타를 보지 못했나요? 도둑들이 내 낙타를 끌고 갔어요."라고 그가 물었다.

"당신의 낙타는 먼 길을 여행하고 있어서 매우 지쳐있군요. 그렇죠?"라고 큰아들이 물었다.

"그래요."라고 마주친 사람이 말했다.

"그리고 당신의 낙타는 왼쪽 눈이 애꾸지요?"라고 둘째아들이 정확하게 표현했다.

"그래요, 그래!"라고 낯선 사람은 기뻐했다.

"낙타는 꿀을 싣고 있지 않나요?"라고 막내아들이 물었다.

"꿀이요! 꿀! 내 낙타가 어디 있는지 빨리 말해 주겠어요?"

"낙타가 어디에 있는지를 우리는 몰라요. 우리는 낙타를 보지 못했어요."라고 형제들이 대답했다.

낯선 사람은 분개하기 시작했다.

"네놈들은 낙타의 특징을 모두 잘 알고 있으면서 어떻게 낙타를 보지 못했다고 거짓말을 할 수 있어? 네놈들이 낙타를 훔쳐서 어딘가 비밀 장소에 숨겨 놓은 것이 분명해."

그는 소동을 일으켰고 그곳에서 멀지 않은 곳을 지나가던 칸의 무사들이 그의 말을 들었다. 무사들은 소동이 일어난 곳으로 달려왔고 네 명 모두를 칸에게로 끌고 갔다.

칸이 심문을 시작했고 학자의 아들들에게 물었다.

"너희들은 사라진 낙타를 보지 못했다고 주장하고 있는데, 그러면 어떻게 너희들은 그렇게도 정확하게 낙타에 대해 말할 수가 있었지? 대답해라!"

큰아들이 설명했다.

"낙타가 먼 길을 여행하고 있다는 것을 저는 그의 발자국을 보고 알았습니다. 피로한 동물은 다리를 끌게 마련인데 낙타는 발자국을 질질 끌고 있습니다."

둘째아들이 계속했다.

"낙타가 걸어가면서 도로의 오른쪽에 있는 풀만 뜯어먹은 것을 보고 저는 낙타의 왼쪽 눈이 멀었다는 것을 알았습니다."

막내아들이 마무리를 지었다.

"도로 위에 파리 떼들이 달라붙어 있는 것을 보고 낙타에게 실려 있었던 것이 꿀이라는 것을 추측하기란 어렵지 않습니다."

형제들의 관찰력과 자신의 질문에 대답하는 그들의 품행은 칸을 놀라게 했다. 그렇지만 칸은 그들의 영특함을 한번 더 시험해보고 싶었다. 칸은 익은 석류를 수건에 몰래 싼 후에 형제들에게 보여주며 물었다.

"내 손에 있는 것이 무엇이냐?"

큰아들이 말했다.

"그것은 무언가 둥근 것입니다."

둘째아들이 덧붙였다.

"게다가 매우 맛있는 것입니다."

막내아들이 마무리를 지었다.

"한 마디로 그것은 석류입니다."

칸의 얼굴은 밝아졌으며 소리쳤다.

"맞다! 나는 이렇게 통찰력이 있는 사람들을 결코 만나본 적이 없다. 너희들은 매우 젊다. 그러나 덥수룩한 수염을 한 나의 대신들은 너희들에 비하면 하잘 것 없다. 이곳에 3일 동안 머물면서 사람들의 소송을 교대로 판정하도록 해라. 만일 너희들의 판결이 정당하다고 여겨지면 나는 너희들을 대신으로 삼을 것이다."

그 말을 들은 늙은 대신들은 세 명의 현명한 젊은이들을 증오하고 미워했으며, 돈과 권력과 칸의 총애를 나눠 갖지 않기 위해 어떻게 해서든 그들에게 해를 끼치기로 결심했다.

첫째 날은 큰아들이 재판을 처리했다. 두 사람이 그를 찾아왔고 그 중 한 사람이 말했다.

"나는 가난한 목동이네. 어제 내가 갖고 있는 양 중에서 가장 좋은 양을 잡아야만 했고 오늘 온종일 그 양고기를 시장에서 팔았네. 모든 돈을 지갑에 넣었는데, 바로 이 사람이 내 주머니에서 지갑을 훔쳐갔어."

다른 사람은 격분해서 자신은 죄가 없다고 항변했다.

"목동이 거짓말을 하고 있는 거네. 나는 돈이 들어 있던 지갑을 갖고 있었고 바로 이것이 내 지갑이네. 이 사기꾼이 나를 허위 중상해서 내 것을 빼앗으려고 하는 거야."

재판관인 큰아들이 말했다.

"지갑을 이리 주세요. 곧 돈이 누구의 것인지 명확하게 밝혀질 것입니다."

그는 칸의 하인에게 뜨거운 물이 담긴 사발을 가져오라고 명령했고 지갑에 있던 돈을 사발에 쏟았다. 즉시 사발 속의 물은 양고기를 끓인 것처럼 지방층으로 뒤덮였다. 이제 목동의 말이 옳다는 것은 의심의 여지가 없었다. 재판관은 목동에게 그 돈을 주고 도둑을 체포하라고 명령했다.

둘째 날은 둘째아들이 재판을 처리했다.

가득 채워진 자루처럼 뚱뚱한 부자가 누더기를 걸친 어느 불행한 사람의 소매를 끌고 재판을 받으러 왔다.

부자가 말했다.

"이 누더기를 걸친 놈이 자신의 아이가 죽어간다고 말하면서 내게서 고기 500킬로그램을 빌려갔어. 이놈은 일주일 후에 꼭 갚겠다고 하면서 만일 여의치 않으면 고기 대신에 제 다리에서 그 만큼의 살을 도려내서 갚겠다고 맹세했어. 몇 주가 지났는데도 이 사기꾼은 고기를 갚으려고 하지도 않고 제 살을 도려내어 갚으려고도 하지 않는 거야."

재판관인 둘째아들이 가난한 사람에게 물었다.

"어째서 빌린 것을 부자에게 갚지 않나요?"

"나는 가진 것이 아무 것도 없어. 그래서 가을이 될 때까지는 부자 어르신께 갚을 수가 없어."라고 가난한 사람은 두려움에 떨면서 대답했다.

"하지만 나는 가을까지 기다릴 생각이 없어!"라고 부자가 소리쳤다.

재판관이 말했다.

"그러면 이렇게 판결을 내리겠어요. 부자는 칼을 갖고 피고의 다리에서 500킬로그램의 살을 도려내세요. 정확히 500킬로그램이요! 그러나 만일 수수낱알만큼이라도 더 도려내거나 덜 도려낸다면 당신을 채찍으로 다스릴 것이오."

부자는 놀란 나머지 입을 벌리고 멍하니 있었고 옷의 앞깃도 풀어 헤친 채 도망갔다. 모든 사람들은 부자를 비웃었고 가난한 사람은 친절한 선고에 대해 재판관에게 감사했다.

셋째 날은 막내아들이 재판을 맡았다. 젊은 두 사람이 그에게 왔다. 키가 크고 어깨가 벌어진 사람이 불평했다.

"이 친구가 내 황금을 빼앗았었어."

그러자 두 번째 사람이 자신의 정당함을 주장했다.

"나는 정당한 노동을 하고 황금을 벌었어. 나는 사람을 절대로 속이지 않아."

재판관인 막내아들이 첫 번째 사람에게 물었다.

"당신 친구가 당신에게 달려들었을 때 증인이 있었나요?"

"아니, 증인이 없어."

"그러면 당신들 논쟁은 쉽게 해결돼요. 내가 잠시 생각하는 동안에 두 사람이 잠시 씨름을 해보세요. 이긴 사람에게는 선물을 줄 거예요."

재판관은 생각에 잠기었고 두 사람은 가죽 끈을 매고 씨름을 시작했다. 네 번도 하지 않았는데 소송을 하러 온 사람이 세 번 모두 상대방을 쳐서 쓰러뜨렸다.

"이제 충분해요. 제 결정은 준비되었어요. 세 번 연속 상대방을 그렇게 쉽게 무찌르는 사람에게 허약한 사람이 달려들어 돈을 빼앗을 수 없다는 것은 누가 봐도 명백해요. 따라서 비방한 사람을 엄격하게 처벌해야 합니다. 그러나 제가 약속했듯이 씨름에서 이겼기 때문에 용서를 하도록 하겠어요. 이제 돌아가서 친하게 지내고 다시 친구가 되도록 하세요."

모든 군중들은 삼 형제의 공정한 판결을 환영했고 칸 역시 그들의 판결에 만족했다. 단지 늙은 대신들만이 악감정을 품었고 격분했다. 대신들은 이 형제들은 수상한 사기꾼들이며, 들도 보도 못했던 떠돌이들을 믿는다는 것은 경솔한 것이고, 이들은 분명히 적들이 비밀리에 파견한 자들이기 때문에 무엇인가 나쁜 짓을 꾸밀 것이라는 생각을 칸에게 불어 넣으려고 했다. 그러나 칸은 중상자들에게 소리치고 모든 사람들이 들을 수 있도록 선언했다.

"세 명의 현명한 젊은이를 대신으로 임명한다. 이들은 낮에는 나의 통치를 도울 것이고, 저녁에는 이야기로 나를 즐겁게 해줄 것이며, 밤에는 내가 편안하게 잘 수 있도록 나를 지킬 것이다."

며칠이 지났다. 칸은 젊은이들에게 점점 더 애착을 느끼게 되었다. 저녁이면 몇 시간씩 젊은이들의 이야기를 들었고 신기한 이야기를 들으면서 잠이 들었다. 형제들은 교대로 칸을 돌봤고, 칸은 그들 모든 형제에게 관심을 기울였지만 특히 막내를 총애했다. 늙은 대신들은 막내에게 더 화가 났고, 서로 상의한 후에 그를 없애버리기로 했다.

어느 날 막내가 칸을 보필하는 차례가 되었을 때 대신들은 독을 품은 뱀을 궁궐 침실에 몰래 들여보냈다. 대신들은 칸이 뱀을 보게 되면 막내의 사악한 의도를 의심하게 될 것이며, 그러면 칸에게 모든 형제들에 대한 징벌을 쉽게 권유할 수 있을 것이라고 여겼다.

밤이 왔다. 칸은 침실에 누웠고 젊은 대신인 막내아들은 마치 눈에 보이지 않는 책을 앞에 놓고 있듯이 한 단어도 막힘없이 옛날 전설들을 연이어서 칸에게 들려주고 있었다. 자정이 되어서야 칸은 잠이 들었다.

그런데 램프의 불을 끄려고 하는 순간에 젊은 대신은 칸의 침상으로 기어가는 무시무시한 뱀을 보았다. 당황하지 않고 그는 칼을 뽑아서 뱀의 머리를 베어버렸고 칼날 끝을 사용해서 잘린 뱀의 몸통을 침상 밑으로 던져버렸다. 그가 칼을 칼집에 넣으려는 순간 소음에 방해받은 듯이 칸이 몸을 뒤척였고 눈을 떴다.

칸은 젊은 대신이 손에 칼을 들고 자신 앞에 있는 것을 보고 벌떡 일어나서 소리쳤다.

"호위병, 나를 죽이려는 자가 있다!"

즉시 호위병들이 침실로 달려왔고 젊은 대신을 포박하여 감옥에 가두었다. 아침이 되자 칸은 사건을 심사하고 감금에 처해진 사람의 운명을 결정하기 위해 모든 대신들을 회의에 소집했다.

대신들은 연장자 순서대로 이야기를 했는데, 그들은 하나같이 변절과 배신행위 그리고 군주이자 은인인 칸에 대한 살해를 기도했다고 열변을 토하면서 젊은 대신을 비난했고, 그를 엄벌에 처할 것을 요구했다. 대신들의 이야기를 들으면서 칸은 점점 더 우울한 기분이 되었고, 그들의 웅변이 끝날 때마다 동의의 표시로 머리를 끄덕였다. 대신들은 자신들의 뻔뻔스러운 음모가 성공했다고 확신하고 마음속으로 환호했다.

이제 피고의 큰형 순서가 되었다.

"폐하, 법정 연설을 하는 대신에 수많은 밤 동안 저의 형제들이 폐하의 머리맡에서 들려주웠던 것과 같은 옛날 우화를 말할 수 있도록 허락해 주십시오."라고 큰아들이 말했다.

옛날 아주 옛날에 강력한 권력을 가진 왕이 살았습니다. 그는 세상에서 그 무엇보다도 그의 침실의 황금 새장 안에 있는 말하는 앵무새를 좋아했습니다. 현명한 앵무새는 왕에게 어려운 문제가 닥치면 조언을 해주었고, 왕이 슬퍼할 때면 위로를 해주었으며, 심심할 때면 즐겁게 해주었습니다.

어느 날 왕은 새장에 다가왔고 앵무새가 우울한 모습을 하며 슬퍼하고 있는 것을 보았습니다.

"나의 친구여, 무슨 일이니?"라고 왕이 물었습니다.

그러자 앵무새가 대답했습니다.

"먼 고향에서 나의 친구들이 창가로 날아왔어요. 그들은 나의 누이가 결혼을 할 것이며, 내가 결혼식에 참석하는 것을 바란다는 소식을 전해주었어요. 주인님, 고향에 갔다 올 수 있도록 허락해 주세요! 은혜에 대한 보답으로 값진 선물을 가져다 드릴게요."

"며칠이 걸리겠느냐?"라고 왕이 물었다.

"40일이 걸려요, 주인님. 40일이 되는 날에 저는 주인님과 다시 함께 할 거예요."

왕이 새장 문을 열자 앵무새는 기쁜 소리를 내며 창문 너머로 자유롭게 날아갔습니다.

그곳에 있던 대신이 말했습니다.

"폐하, 교활한 앵무새가 폐하를 속였고 더 이상 돌아오지 않으리라는 것을 제가 무엇을 걸고라도 장담합니다."

친애하는 폐하, 사악한 사람들은 믿지 않고 의심합니다. 바로 이 대신이 사악한 사람입니다.

40일이 지났고 앵무새는 자신의 약속을 어기지 않고 다시 돌아왔습니다. 왕은 매우 기뻤고 농담으로 물었습니다.

"고향에서 어떤 선물을 가져왔느냐?"

앵무새는 부리를 열었고 왕의 손바닥에 작은 씨앗이 떨어졌습니다.

왕은 놀랐지만 앵무새의 현명함을 알기 때문에 수염이 하얀 자신의 정원사를 큰 소리로 불렀고 씨앗을 심으라고 지시했습니다. 하루가 지나자 씨앗에서 사과나무가 자랐고 이틀이 지나자 꽃이 피었으며 사흘이 지나자 향기로운 과일이 수없이 많이 열렸습니다.

정원사는 가장 빨간 사과를 따서 왕에게 가져갔습니다. 그런데 도중에 대신이 그를 멈춰 세웠습니다. 그는 사과를 손으로 들고 왔다고 정원사를 꾸짖었으며 황금접시를 가져오라고 명령했습니다. 노인이 떠나자 대신은 그 순간을 이용해서 사과에 독을 발랐고 정원사를 기다렸다가 그와 함께 왕에게 갔습니다. 정원사는 신비로운 나무에 대해 이야기했고 사과접시를 탁자에 놓은 후에 물러갔습니다. 그러자 교활한 대신이 말했습니다.

"폐하, 이 사과는 겉보기에 아주 멋집니다. 그러나 멋진 것은 종종 속일 때가 있습니다. 저는 이 사과에 독이 들어 있다고 생각합니다. 사형 선고를 받은 살인자를 감옥에서 이곳으로 데려와서 폐하 앞에서 사과 조각을 먹어보도록 시키십시오."

왕은 대신이 말한 대로 그렇게 했습니다. 줄에 묶인 강도를 데려왔고 그에게 사과 조각을 먹도록 시켰습니다. 그러자 그 사람은 즉시 죽었습니다.

왕은 화를 내기 시작했고 옆방으로 달려가서 앵무새를 새장에서 꺼내 목을 비틀어 죽였습니다.

대신이 왜 그렇게 행동을 했느냐고 폐하께서는 묻겠지요. 사악한 사람들은 질투심이 있고 악의가 있으며 교활하고 무자비합니다. 바로 이 대신이 사악한 사람입니다.

얼마의 시간이 흐른 후에 왕은 직접 사과나무를 둘러보고자 하는 생각이 들었습니다. 그는 정원으로 나가 정원사를 불렀습니다. 몸매가 좋고 잘생긴 젊은이가 그에게 달려왔습니다.

"너는 누구냐?"라고 왕이 물었습니다.

"폐하, 저는 폐하의 정원사입니다."

"무슨 소리, 나의 정원사는 늙은 노인인데!"라고 왕이 놀라서 소리쳤습니다.

그러자 젊은 정원사가 대답했습니다.

"그 사람이 바로 저입니다. 폐하께서 앵무새를 죽인 후에 폐하의 노여움 때문에 저 자신도 성치 못할 것이라고 생각했습니다. 부당한 고통을 견디느니 차라리 독이 든 사과를 먹고 죽기로 결심했습니다. 사과 하나를 따서 조금 베어 물자 저에게 즉시 젊음이 되돌아왔습니다."

마법에 걸린 사람처럼 놀란 왕은 신비로운 나무로 다가갔고 사과를 따서 입으로 가져갔습니다. 말로 표현할 수 없는 행복이 그의 몸에 넘쳐 났고, 그는 마치 열여덟 살의 나이처럼 젊고 힘이 넘치는 것을 느꼈습니다.

그 자리에서 왕은 충실한 앵무새를 부당하게 죽였다는 것을 깨달았고 슬픔과 후회의 눈물을 흘렸지만 이미 늦었습니다. 통치자들은 목숨을 빼앗을 수는 있어도 목숨을 돌려놓을 수는 없습니다.

큰아들은 침묵을 지켰고, 칸도 깊은 생각에 잠겨 말없이 앉아 있었다. 그런 후에 그는 둘째에게 말을 하라고 지시했다. 둘째아들이 말했다.

"폐하, 저도 유사한 이야기를 하고 싶습니다. 이것은 오랜 옛날에 있었던 것이고 다른 나라에서 그리고 다른 왕에게 일어났던 이야기입니다. 이 왕은 어려서부터 사냥을 좋아했습니다. 날마다 왕은 잘 달리는 말을 타고 초원에서 야생 동물과 민첩한 새들을 사냥했습니다. 왕은 어느 사냥꾼도 가진 적이 없는 멋진 독수리를 갖고 있었습니다.

한번은 왕이 영양을 쫓다가 생명이 없는 죽은 사막에 있게 되었습니다. 태양은 매우 강렬하게 내리쬐었고 그 어디에도 물이 없었으며 왕은 목이 말라 괴로워했습니다. 그는 뜻밖에도 바위의 갈라진 틈을 보게 되었고 그 밑으로부터 물이 조금씩 흐르고 있었습니다. 왕은 황금 사발을 꺼내 물줄기 밑에 댔고 물을 마시려고 하는데 독수리가 갑자기 사발에 달려들어 물을 엎질러 버렸습니다.

왕은 화가 나서 독수리에게 소리쳤으며 다시 사발에 물을 받았습니다. 그러나 이번에도 독수리는 가슴으로 세게 부딪쳐서 사발을 왕의 손에서 떨어뜨려 버렸습니다. 몹시 화가 난 왕은 빈 사발을 집어서 그것으로 독수리의 목을 내리쳤습니다. 독수리는 그 자리에서 죽고 말았습니다. 왕은 샘으로 다가 갔다가 놀라서 그 자리에 얼어붙었습니다. 바위의 갈라진 틈에서 거대한 뱀이 기어 나왔습니다. 바위에서 흘러 나왔던 것은 물이 아니라 뱀의 독이었던 것입니다. 왕은 말에 올라타서 먼 곳으로 달려갔습니다. 그날부터 왕은 신중함이 성급함보다 나으며, 높은 직위라도 치명적인 잘못된 판단을 피할 수 없으며, 강력한 힘이 아니라 현명함이 선과 악을 구별할 수 있다는 것을 알게 되었습니다."

칸은 소리를 지르고 무섭게 눈을 번득이며 자리에서 일어났다.

"됐어! 그만해! 동생과 함께 음모를 꾸민 네놈들은 형벌을 피하고 곤경에서 벗어나려고 그 나쁜 놈이 결백하다는 것을 주장하고 있는 거야. 네놈들 생각에 그놈은 죄가 없고, 나는 경솔하고 불공정하지. 만일 그렇다면 어째서 그놈이 잠자고 있는 주인 앞에서 칼을 들고 있었지?"

"그것에 대해서는 저희들은 모릅니다. 그에게 직접 물어보십시오."라고 형들이 말했다.

"죄인을 끌고 와라."라고 칸이 호위병에게 소리쳤다.

그래서 막내아들은 칸과 대신들 앞에 오게 되었다.

그는 겸손함을 유지했지만 당당하게 두려움 없이 모든 사람들을 바라보았다.

젊은이의 눈을 주의 깊게 보면서 칸이 말했다.

"숨김없이 말해라. 네놈이 아무리 교활하게 굴어도 극형을 면할 수는 없어. 어제 밤에 너는 무슨 목적으로 내 침실에서 칼을 뽑았느냐?"

"죽음으로부터 폐하를 구하려고 했습니다."라고 막내는 침착하게 대답했다.

"네놈 말고 도대체 누가 내 목숨을 위협했다는 거냐?"

"뱀이 폐하를 물려고 했고 저는 칼로 그 뱀을 죽였습니다."

"뱀이라고? 네놈이 무슨 수작이야! 뱀이 어떻게 내 침실에 들어온단 말이야?"라고 의심하며 칸이 물었다.

"폐하께서 그렇게 신뢰하는 많은 경험을 가진 대신들이 그 질문에 대답할 것입니다."

칸은 침실로 달려가서 침대 밑을 둘러보았고, 얼마의 시간이 지나자 고개를 숙인 채 눈물을 흘리면서 법정이 열렸던 장소로 느린 걸음으로 터벅터벅 돌아왔다. 칸은 젊은이에게 다가가서 두려움에 떨며 말했다.

"나의 진실한 친구이며 나를 구해준 사람이여, 나를 용서해 주게! 이제 나는 진실을 알았네. 자네를 모욕한 대가로 원하는 것을 뭐든지 말해 보게. 모든 사람들 앞에서 맹세하건데 나는 자네와 자네 형들에게 어떤 것도 거절하지 않고 들어줄 것이네."

그러자 젊은이가 말했다.

"폐하, 저희들을 놓아주십시오. 폐하를 위한 일로부터 자유롭게 해주십시오. 저희들이 여행을 계속할 수 있게 허락해 주십시오. 저희들의 여행은 끝나지 않았으며 저희들은 책 가운데서 가장 지혜로운 인생의 책을 아직 반도 읽지 못했습니다."

칸은 그러한 요청을 전혀 예상하지 못했다. 칸은 다시 화를 냈고 그의 얼굴은 확 붉어졌지만 약속했던 맹세를 거절하는 것은 이미 불가능했다.

결국 형제들은 칸에게서 떠났다.

그 이후로 형제들은 많은 길을 지나갔고, 다양한 사람들과 여러 나라들을 많이 보았으며, 인간이 살면서 알 수 있는 모든 것을 다 이해하게 되었을 때 그리고 인간의 이성이 설명할 수 있는 것을 모두 이해하게 되었을 때 그들은 고향으로 자신의 민중에게로 고령의 아버지에게로 돌아왔다.

한편 칸과 그의 대신들에게 무슨 일이 있는지에 대해서는 아무도 알지 못하며 아마도 결코 알지 못할 것이다.

나무꾼의 딸

옛날 언젠가 나무꾼 노인이 아홉 살 된 딸과 함께 연기가 나는 움막에서 살고 있었다.

그는 굉장히 가난했다. 날이 망가진 도끼가 그가 가진 살림 도구의 전부이며, 옴이 있는 여윈 말과 늙은 당나귀는 그가 갖고 있던 모든 가축이었다. 그러나 현명한 사람들은 '부자의 행복이란 그가 갖고 있는 가축 속에 있고 가난한 자의 행복은 그의 자식 속에 있는 것이다.' 라고 말한다. 사실, 나무꾼은 자신의 어린 딸을 바라보면서 모든 불행과 궁핍함에 대해 잊어버렸다.

소녀의 이름은 아이나크즈였다. 그녀를 본 모든 사람들이 첫눈에 그녀를 사랑할 정도로 소녀는 예쁘고 똑똑하고 공손했다. 멀리 있는 아울에서 아이나크즈와 놀기 위해 아이들이 찾아왔고, 그녀와 이야기를 나누기 위해 노인들이 찾아왔다.

어느 날 나무꾼은 옴이 있는 여윈 말위에 장작 다발을 잔뜩 싣고 딸과 작별 인사를 나누었다.

"사랑하는 아이나크즈, 나는 시장에 갔다가 저녁 무렵에 돌아올 거야. 내가 없다고 심심해하지 마. 장작을 다 팔게 되면 네게 선물을 사다 주마.”

“아버지의 바람대로 될 거예요. 잘 다녀오세요, 조심하시구요. 시장에서
는 무슨 일이든 벌어질 수 있어요. 빨리 돌아오세요. 식사를 해 놓고 기다릴
게요.”라고 소녀가 대답했다.

나무꾼은 옴이 있는 여윈 말에게 채찍질을 가하고 길을 떠났다.

시장에서 그는 한쪽 옆에 멈춰서 손님을 기다리기 시작했다. 시간은 흘렀
지만 노인에게 다가오는 사람이 아무도 없었다.

그 무렵 젊은 부자가 자신의 검은 턱수염과 비단 옷을 사람들 앞에서 자랑
하면서 시장을 어슬렁거리며 왔다 갔다 했다.

그는 장작을 갖고 있는 누더기를 걸친 노인을 보고는 그를 놀려줘야겠다
고 생각했다.

“이봐, 할아범, 장작을 파는 거야?”라고 부자가 물었다.

“팝니다.”라고 나무꾼이 대답했다.

“장작 값으로 얼마를 원해?

“한 냥입니다.”

“장작을 있는 그대로 그 가격에 파는 거야?”

나무꾼은 손님의 말뜻을 이해하지 못했지만 어떤 악의가 있을 것이라고
느끼지 않고 대답했다.

“네, 그렇게 팔고 있습니다.”

“좋아, 여기 한 냥 받게. 말을 끌고 나를 따라오게.”라고 부자가 말했다.

이렇게 말한 후에 부자는 나무꾼에게 낡은 동전을 주었다.

부자의 집 뜰에 도착했을 때 나무꾼은 집 근처에 장작더미를 내리기 위해
줄을 풀기 시작했다.

“이봐, 멍청한 할아범, 뭐 하는 거야? 말을 끌고 가려고 그래? 내가 장작을

'있는 그대로' 구입했잖아. 그것은 이 말은 이제 내 것이라는 의미야. 돈은 이미 받았으니, 내 집에서 썩 나가."

나무꾼이 이의를 제기하려고 했지만 부자는 전혀 들으려고 하지 않았다. 그는 손을 내저으며 점점 더 크게 소리를 질렀고 마침내 노인의 소매를 움켜잡고 재판관에게 끌고 갔다.

'사악한 주인은 경주용 말을 여윈 말로 바꾸어 놓고, 사악한 재판관은 너의 소유물을 타인의 소유물로 바꾸어 버린다.'라는 말이 있다. 재판관은 두 사람의 얘기를 들은 후에 턱수염을 쓰다듬고 부자의 비단 옷을 쳐다보았고 어떤 이득을 기대하면서 자신의 결정을 선고했다. '나무꾼은 받아야 할 것을 모두 받았다. 만일 구매자의 조건에 동의했다면 잘못은 나무꾼 자신에게 있는 것이다.'

재판관의 판결 후에 부자는 자신의 책략에 만족해하며 오랫동안 껄껄대고 웃었고 나무꾼은 서글프게 울기 시작했고 비통한 감정에 사로잡혀 자신의 아울로 천천히 걸어서 돌아왔다.

아이나크즈는 아버지를 기다리면서 솥단지 밑에 마른 나뭇가지를 여러 번 넣었다. 아버지가 힘겹게 문지방을 넘을 때 아이나크즈는 아버지의 눈에 있는 눈물을 보았고 소녀의 가슴은 걱정으로 인해 떨리기 시작했다.

소녀는 아버지의 가슴에 와락 안기어 왜 그렇게 슬퍼하는지에 대해 말해 달라고 설득했다. 나무꾼은 딸에게 자신의 슬픔에 대해 이야기를 했다. 소녀는 현명한 말과 부드러운 입맞춤으로 아버지를 위로하기 시작했다.

그러나 소녀는 단지 새벽녘이 되어서야 아버지의 눈물을 멈추게 할 수 있었다.

이튿날 아침에 나무꾼은 고통 때문에 완전히 병이 났고 시장에 다시 갈 힘도 없었다. 아이나크즈는 아버지에게 애교를 떨면서 요청했다.

"사랑하는 아버지! 아버지는 오늘 몸이 불편해서 자리에서 일어나면 안돼요. 제가 시장에 갔다 올 수 있도록 허락해 주세요. 제가 아버지보다 더 운이 좋아서 장작을 더 좋은 값을 받고 팔 수 있을지도 몰라요."

노인은 처음에는 무슨 일이 있어서 딸을 시장에 보낼 수 없다고 했지만 아이나크즈는 결국 아버지를 설득했다.

"아이나크즈, 만일 네가 그렇게 원한다면 갔다 오거라. 그러나 네가 집에 돌아올 때까지 내 마음은 편히 있을 수 없다는 것을 명심해라."라고 노인이 말했다.

그래서 아이나크즈는 늙은 당나귀위에 장작 다발을 잔뜩 싣고 채찍질하며 길을 떠났다.

시장에 멈춰선 후에 아이나크즈는 군중들 사이에서 검은 턱수염을 하고 비단 옷을 입은 젊은 부자를 곧 알아차렸다. 부자는 시장을 왔다 갔다 했는데, 장작을 갖고 있는 소녀를 보자 교활하게 미소를 짓고 그녀에게 곧장 다가갔다.

"어이, 애야! 장작을 파는 거야?"라고 부자가 물었다.

"팝니다."라고 아이나크즈가 대답했다.

"그 장작 값으로 얼마를 원하니?"

"두 냥입니다."

"장작을 있는 그대로 그 가격에 파는 거야?"

"저에게도 돈을 '있는 그대로' 주신다면 그렇게 팔겠습니다."

"좋다, 좋아, 당나귀를 끌고 나를 따라 오너라."라고 부자는 몰래 싱글거리면서 서둘러서 동의했다.

부자의 집 근처에서 아이나크즈는 물었다.

"아저씨, 제가 '아저씨의' 당나귀를 어디에 묶어놓아야 하는지 자리를 알려주세요."

소녀가 순종하는 것에 놀란 부자는 집 뜰 한가운데 있는 기둥을 말없이 가리켰다. 아이나크즈는 당나귀를 묶고 계산을 요구했다. 부자는 웃으며 동전 두 개를 그녀에게 내밀었는데, 아이나크즈는 그에게 이렇게 말했다.

"아저씨, 아저씨는 제 장작을 '있는 그대로' 구입했고 장작과 함께 당나귀도 받았습니다. 그런데 아저씨는 돈도 '있는 그대로' 주겠다고 약속했습니다. 저는 동전 두 개 이외에도 아저씨의 손도 함께 받길 원합니다."

부자는 소녀의 말을 듣고 놀라서 일순간 그 자리에 얼어붙었지만, 얼마 후 그녀에게 욕을 퍼붓고 위협을 가했다. 그러나 아이나크즈는 물러서지 않았다. 그래서 두 사람은 재판관의 판결을 받기 위해 함께 갔다.

재판관은 그들의 말을 들었다. 재판관은 자신의 턱수염을 아무리 쓰다듬어도 그리고 부자의 비단 옷을 아무리 쳐다보아도 부자를 곤경에서 구출해 낼 수 있는 묘안이 떠오르지 않았다. 재판관은 다음과 같이 결정했다.

'구매자는 소녀에게 장작 값으로 두 냥과 손 값으로 황금 50개를 지불해야만 한다.'

부자는 화를 내며 장작도 옴이 있는 야윈 말도 당나귀도 모두 포기하겠다고 했지만 이미 늦었다.

그는 아니나크즈에게 돈을 주면서 말했다.

"너는 나보다 더 교묘하게 나를 속였어, 그렇지만 다른 사람들 앞에서 이것을 떠벌릴 생각은 하지 마라. 나는 여전히 너보다 더 똑똑하니까. 너에게 이것을 확신시키고자하니 내기를 하자. 우리는 각자의 인생에서 가장 놀라운 사건에 대해 이야기 하도록 하자. 믿을 수 없는 이야기를 하고 상대방으로부터 그 이야기는 거짓말이라는 소리를 듣게 되는 사람이 이기는 거야. 내 조건에 동의하겠느냐? 나는 금화 500개를 걸 테니 너는 무엇을 걸겠느냐?"

"아저씨, 저는 동의하며 제 목숨을 걸겠습니다. 만일 아저씨가 내기에서 이기면 제 목숨을 마음대로 처리하세요. 아저씨가 저보다 연장자니까 법에 따라 이야기를 먼저 할 우선권은 아저씨에게 있어요."라고 소녀가 대답했다.

부자는 재판관에게 눈짓을 하고 이야기를 시작했다.

어느 날 나는 주머니에서 밀알 세 개를 발견하고 그것을 창밖으로 버렸다. 얼마 지나지 않아 우리 집 창 밖에는 밀이 자랐는데 낙타와 말을 탄 사람들이 종종 며칠 동안 길을 잃을 정도로 밀은 그렇게 무성하고 높이 자랐다. 어느 날 이러한 일이 벌어졌다. 40마리의 가장 훌륭한 나의 염소들이 밀밭에 들어갔다가 그만 자취를 감추고 말았다. 아무리 불러 봐도 그리고 아무리 찾아 봐도 염소들은 흔적도 없이 사라졌다.

가을이 왔고 밀이 익었으며 수확을 시작해서 일꾼들이 밀을 거두어들였지만 그 어디에서도 염소의 뼈들조차 발견되지 않았다. 그런 후에 밀을 탈곡하고 빻았다. 그래서 모든 사람들이 염소에 대해서는 잊어버렸다.

어느 날 나는 아내에게 신선한 빵을 구워달라고 부탁했다. 그래서 아내는 빵을 구워서 나에게 가져왔다. 나는 빵을 잘라서 씹어 먹기 시작했다. 갑자기 내 입에서 염소 목소리가 들렸고 나는 입을 벌린 채 그대로 있었다. 그러자 내 입에서 염소가 한 마리, 두 마리, 세 마리, 모두 40마리의 염소가 뛰어 나왔다. 게다가 염소들은 살이 쪄서 모두가 4살 난 황소 같았다.

부자가 침묵을 지키자 재판관조차 책망하는 듯이 머리를 흔들었지만 아이나크즈는 눈썹조차 움직이지 않았다. 그녀가 말했다.

"아저씨, 저는 아저씨 얘기가 정말로 진실된 것이라는 것을 알아요. 훨씬 더 기이한 사건들이 아저씨처럼 그렇게 지혜로운 사람들에게도 벌어지니까요. 이제 제 이야기를 들어보세요."

아이나크즈가 이야기를 시작했다.

"어느 날 저는 제가 살고 있는 아울 한 가운데에 면화 씨앗을 심었어요. 무슨 일이 벌어졌겠어요? 다음 날 그 자리에는 목화의 줄기가 구름까지 자랐는데 그 그림자가 3일 동안 말을 타고 다녀야 할 정도로 길게 늘어졌어요. 목화가 다 익었을 때 저는 목화를 수확했고 다듬어서 팔았어요. 저는 목화를 판매한 돈으로 낙타 40마리를 샀어요. 저는 이 단봉낙타들에게 귀한 직물을 잔뜩 실었고 그래서 저의 오빠는 부하라(서역과 중국을 잇는 실크로드에 자리하고 있는 중앙아시아 도시) 지역으로 장사를 하러 갔어요. 오빠가 떠난 지 3년 동안 그에게서 어떠한 소식이 없었는데, 오빠가 도중에 강도를 당했고 검은 턱수염을 기른 자에 의해 살해당했다는 소문을 얼마 전에 듣게 되었어요. 아저씨, 저는 살인자를 찾을 수 있는 희망이 없었는데 우연한 기회가 저를 도와주네요. 저는 그 살인자가 바로 아저씨라는 것을 알아냈어요. 왜냐하면 아저씨가 입고 있는 비단 옷이 바로 불행을 당한 저의 오빠의 옷이거든요."

아이나크즈가 마지막 말을 했을 때 재판관은 자리에서 갑자기 펄쩍 뛰었고 부자는 바닥에 털썩 주저앉았다. 이제 어떻게 될까? 소녀가 거짓말을 했다고 말하면 계약에 따라 그녀에게 금화 500개를 주어야하며, 소녀가 진실을 말했다고 하면 상황은 훨씬 나빠진다.

소녀는 살해된 오빠에 대해 그리고 값비싼 물건을 실었던 40마리의 낙타에 대한 보상을 요구할 수 있다.

마침내 부자는 자제력을 잃고 말하기 시작했다.

"말도 안 되는 소리하네! 너는 거짓말을 하고 있어, 완전히 거짓말이야, 나쁜 년! 금화 500개를 가져라, 내 옷도 갖고. 네 목을 비틀어 버리기 전에 목숨이 붙어 있을 때 당장 꺼져."

아이나크즈는 황금을 받아서 부자의 비단 옷으로 쌌으며 아버지에게 전속력으로 달려갔다.

딸이 많은 시간이 지나도록 돌아오지 않아서 걱정이 된 아버지는 딸을 마중 나왔다. 아버지는 달려오는 아이나-크즈를 보았다. 그는 딸을 가슴에 껴안고 걱정하며 묻기 시작했다.

"사랑스런, 아이나-크즈! 이렇게 오랜 시간동안 어디에 있었고, 왜 우리의 늙은 낙타를 데리고 오지 않았니?"

아이나-크즈가 대답했다.

"아버지 머리 위에 푸른 하늘이 영원히 함께 하기를 바랍니다, 아버지! 저는 아무런 탈 없이 돌아왔어요. 당나귀는 검은 수염을 가진 사람에게 장작과 함께 '있는 그대로' 팔았어요."

"불쌍한 애야, 바로 잔인한 부자가 너를 속인거야. 우리가 모두 팔아버렸으니 이제 모든 죄는 나에게 있다."라고 나무꾼은 슬프게 말했다.

"사랑스런 아버지! 낙담하지 마세요. 저는 당나귀와 장작을 좋은 값을 받고 팔았어요."

그리고 나서 그녀는 둘둘 말은 비단옷을 아버지에게 내밀었다.

"이것은 아름답고 비싼 옷이구나. 힘들 일을 하는 나에게 이런 옷이 왜 필요하니? 말과 늙은 당나귀가 없으면 우리는 구걸하면서 살아야 할 텐데."라고 나무꾼은 여전히 슬프게 말했다.

그때 아이나-크즈는 아무런 말도 하지 않고 아버지 앞에 옷을 펼쳤고 옷에서 번쩍이는 금화들이 바닥으로 쏟아졌다. 나무꾼은 놀라서 딸과 보물을 바라보았으며 이 모든 것이 현실이라고 믿을 수가 없었다. 그러자 소녀는 아버지의 목을 껴안고 도시에서 있었던 모든 일에 대해서 애기했다.

나무꾼은 딸의 말을 들으면서 웃기도 하고 울기도 했다. 그러나 아이나-크즈는 자신의 애기를 다음과 같이 마쳤다.

"아버지, 부자가 교활함을 소중히 하는 곳에서 가난한 사람은 지혜를 소중히 합니다. 검은 수염의 부자는 응분의 벌을 받은 거예요. 그의 금화 덕분에 우리는 이제부터 행복하고 살 것이고 우리의 모든 이웃 사람들은 즐겁게 살 거예요."

누르잔의 아들들

언젠가 누르잔이라는 이름을 가진 좋은 사람이 살고 있었다. 그는 오랫동안 살았고 천천히 늙어 갔다. 그가 정확히 99세가 되었을 때 그는 유르트로 세 명의 아들을 불러서 말했다.

"사랑스런 나의 아들, 사비트, 타비트, 하미트! 온갖 노동과 걱정과 즐거움과 슬픔으로 점철되었던 내 삶은 이제 끝이 났다. 밤이 다가오고 어둠이 시선을 막는구나. 나는 이제 쉬어야 할 시간이 되었다. 세상을 떠나면서 너희들과 헤어지고 아버지로서의 유언을 남기고 싶다."

"아버지, 저희들은 존경스러운 마음을 갖고 주의를 기울이며 아버님 말씀을 듣고 있습니다!" 라고 아들들이 말했다.

그러자 아버지가 계속 말을 이어갔다.

"내가 죽은 후에 내가 모은 모든 가축과 재산을 사랑과 양심에 따라 나누어 가지고 친척들이나 다른 사람들이 너희들을 흉보지 않도록 살림을 잘 꾸려나가도록 해라. 내 소유의 가축 무리 중에는 속임수를 쓰거나 교활하게 손에 넣은 새끼 양 한 마리, 망아지 한 마리도 없다는 것을 기억해라. 늑대로부터 가축을 보호하고 거짓된 마음을 경계하도록 해라. 서로 우애 있게 지내고 곤경에 처한 형제를 못 본 척 하지 마라. 그래서 혹시 너희 모두가 한꺼번에 재난에 빠지는 경우가 있을 수 있으니 그 재난으로부터 너희들을 구해 줄 수 있는 수단을 주겠다."

이렇게 말을 하고 아버지는 황금이 가득 들어 있는 가죽 자루를 떨리는 손으로 자식들에게 주었다.

"나의 사랑하는 아들들아, 이것을 받아라! 여기에 금화 99개가 들어 있는데, 이것은 내가 하늘 아래 초원에서 살았던 세월과 같은 것이다. 이 돈을 안전한 곳에 보관하고 너희들이 갖고 있는 마지막 빵 한 조각이 고갈될 때까지는 이것을 절대로 건드리지 마라. 단지 가장 힘든 시기에만 이 금화를 나누어 가지도록 해라. 내게 있어서 이 돈은 노동과 땀과 고통과 눈물이었으니 이것이 너희들에게 복을 가져다 줄 것이다."

수염이 하얀 누르잔은 마지막으로 깊이 숨을 쉬었고 죽음이 그의 눈꺼풀을 영원히 닫아버렸다. 그래서 여주인들은 잔뜩 찌푸린 가을날에 연기가 빠져나가도록 열어 놓았던 유르트의 연기 구멍을 닫았다.

아들들은 늙은 아버지의 장례를 존경하는 마음으로 치렀고 관습에 따라 추모식을 거행했으며 슬퍼하며 울었다. 그 누구보다도 막내아들인 하미트가 아버지의 무덤에서 서글프게 흐느껴 울었고 비탄에 빠져 있었다. 온 초원에서 누르잔의 장례식에 참석했던 사람들도 이렇게 말했다.

"자식을 누르잔의 아들들처럼 키운 아버지는 영광스러운 것이다. 세 명 모두가 훌륭한데, 그 중에서도 막내가 가장 훌륭하구나."

추모의 날들이 끝났을 때, 형제들은 논쟁이나 모욕감을 갖지 않고 재산을 세 몫으로 나누었다. 그러나 금화가 든 자루를 어디에 숨기는 것이 더 좋은지에 대해서는 오랫동안 합의에 이르지 못했다. 그러자 그들은 산꼭대기 높은 곳으로 올라가서 동굴을 찾았고 그곳에 보물을 숨겼다. 그 어느 교묘한 도둑도 이곳에 보물이 숨겨져 있을 것이라고 감히 생각할 수 없게 입구를 돌로 막아버렸다.

형제들은 죽음의 공포 아래에서도 비밀을 누설하지 않을 것이며 공동의 재산을 횡령하지 않겠다고 맹세를 한 후에 뜨거운 포옹을 나누었고 각자 다른 오솔길로 산에서 내려왔다.

누르잔의 무덤에서는 풀과 꽃들이 자라기 시작했고 초원을 따라 카라반들이 다녔으며 시간이 흘렀다. 처음에 삼 형제는 화목하고 대단히 사이좋게 지냈으며 아주 먼 아울에서조차 모든 부모들이 자식의 예로 그들을 이야기했다. 그 후에 막내아들은 게으름뱅이, 건달들과 어울리게 되었고 방탕한 생활에 빠져들었으며, 돈이 없어도 술판을 벌리거나 경마대회를 개최했고 가축을 돌보지도 않고 방치한 채 말을 타고 토끼를 잡으러 다녔다.

형들이 그를 다그쳤다.

"왜 그래? 너는 아버지의 가르침을 잊어버렸구나. 더 늦기 전에 정신을 차려라. 그러지 않으면 너에게는 누더기 옷 한 벌도 남지 않게 될 거야."

하미트는 그런 말을 단지 비웃었다.

"내일에 대해 아는 사람은 없어요."

"물론 그렇지. 하지만 내일이 어떨지 모르더라도 우리는 '어두워질 때까지는 일을 해라, 숨을 쉴 수 있다면 밤까지라도 일해라.'라는 속담처럼 살아가야 하는 거야."

당연히 일어나야만 하는 일이 벌어졌다. 얼마 지나지 않아서 하미트는 완전히 파산하고 말았다. 남은 가축을 다 팔아버린 후 하미트는 형들을 찾아와서 초원의 강도들이 자신의 가축을 훔쳐갔다고 말했다. 사비트와 가비트는 슬픔에 사로잡혀 머리를 가로저었다. 그러나 그들은 아버지가 돌아가시기 전에 했던 말씀을 기억하고 동생을 꾸짖지 않았으며, 동생이 자립하고 가족을 부양할 수 있도록 자신들의 가축을 동생에게 나누어주었다. 그러나 얼마 후에 그 지역에는 이전에 없었던 엄청난 재난이 닥쳤다.

여름은 매우 무더웠고 모든 풀들은 모조리 타버렸다. 그러더니 가을에는 비가 쏟아졌고, 때 이른 강력한 추위가 강타해서 땅은 얼음으로 뒤덮였다. 그러자 형제들은 자신들의 귀중한 보물에 대해 생각하게 되었다.

형제들은 동굴로 갔고 육중한 돌을 치우고 동굴 안을 살펴보았다. 자루는 전에 있던 바로 그 자리에 놓여있었는데 그 속에 있던 돈이 줄어들었다. 형제들은 심적으로 동요하면서 금화를 모자에 쏟아 세 번을 세어보았지만 돈이 없어진 게 확실했다. 금화는 아버지 말씀처럼 99개가 아니라 겨우 66개 밖에 없었다.

누르잔의 아들들은 망연자실해서 황금 더미 위에 말없이 앉아있었고 서로를 의혹의 눈초리로 바라보았다.

사비트가 말했다.

"다른 사람이 돈을 훔쳐 갔을 리는 없다. 만일 도둑이 숨겨 놓은 보물에 대해 기적적으로 알았다면, 그는 하나도 남기지 않고 모두 가져갔을 거야. 이것은 우리 중에서 누군가가 훔쳤다는 것을 의미하는 거야. 그런데 누굴까?"

"맹세해요, 나는 돈을 훔치지 않았어요."라고 가비트가 말했다.

"맹세해요, 나도 훔치지 않았어요."라고 하미트도 말했다.

"그러면, 너희들은 이것을 내가 했다는 거네!"라고 사비트가 화를 내서 말했다.

"누가 알아, 그럴 수도 있지요!"라고 가비트가 적대감을 갖고 말했다.

큰아들은 둘째아들에게 달려들어 그의 목을 움켜잡았고 동굴의 어스레한 어둠속에서 칼들이 번득였다.

하미트가 소리치기 시작했다.

"그만해요, 형님들, 멈춰요! 형님들은 내가 아버지의 마지막 말씀을 잊었다고 이미 오래전에 나를 비난하더니 형님들 스스로가 그렇군요. 제 말을 듣고 일을 평화적으로 해결합시다. 우리가 아무리 싸워도 비밀은 들어나지 않아요. 귀신이 동굴에 있어서 황금을 약간 훔쳐갔을 수도 있어요. 사라진 이유에 대해 추측하지 말도록 해요. 돈은 아직도 남았잖아요. 아버지 유언대로 그것을 똑같이 나누어 갖고 이 싸움에 대해 영원히 잊도록 해요."

두 형제는 칼을 버렸고 숨을 가쁘게 내쉬며 사비트가 말했다.

"고맙다, 하미트. 네가 무익한 살육으로부터 우리를 구했다. 아무리 많은 황금도 사람의 피보다 귀하지는 않아. 그러나 만일 우리들에게 이전과 같은 서로에 대한 믿음이 없다면, 이제 우리 사이에 화목함이 과연 가능할까? 아니야, 아버지의 친구인 가장 현명한 벨테케이 어르신만이 판결을 내리고 우리들을 화해시킬 수 있어. 벨테케이 어르신에게 심판받으러 가자!"

형제들은 산을 내려와서 말안장을 얹고 온 초원을 가로질러 흰 수염의 벨테케이 부족들이 겨울을 지내는 곳으로 달려갔다.

아무리 멀고 힘든 여행길도 언젠가는 끝이 나는 법이다. 40일째 되는 날에 형제들은 훌륭한 벨테케이가 살고 있는 아울에 도착했다. 노인은 친구의 아들들을 친절하게 맞이했고 좋은 음식과 쿠므즈를 대접했다. 식사 시간에 노인은 손님들과 조심스러운 대화를 나누었으며 그들 사이에는 논쟁이 있었고 그래서 한겨울의 위험한 여정을 무릅쓰고 길을 나서야만 했던 모든 것에 대해 점차로 알게 되었다.

현명한 어르신이 말했다.

"내일 아침까지 편안히 쉬게. 내일 내가 자네들 논쟁에 대해 판결을 내리겠네."

밤이 지났다. 이른 아침 흰 수염의 벨테케이는 형제들에게 식사를 대접하면서 말했다.

"밤새도록 자네들의 일을 생각하느라 나는 잠을 못 잤네. 나는 내 친구 누르잔의 아들 가운데 누군가가 도둑이라는 것을 믿을 수가 없어. 그러나 자네들은 자신의 무죄를 증명해야만 해. 이것을 위해서는 오직 한 가지 방법만 있어. 지금 당장 아버지의 무덤으로 가서 그 무덤을 파헤치고 각자 고인의 수염 세 가닥씩을 나에게 가져오도록 하게. 그렇게 해야만 자네들은 내 앞에서 그리고 서로서로 앞에서 정당하다는 것을 증명하는 거야."

형제들은 생각하기 시작했다. 사비트가 처음으로 침묵을 깨뜨렸다.

"저는 도둑이 아닙니다. 그러나 존경하는 벨테케이 어르신, 어르신이 말씀하신 것을 하느니 차라리 제가 의심과 죄를 떠안겠습니다."

가비트가 말했다.

"저 또한 도둑이 아닙니다. 그러나 비록 어르신께서 저의 아버님의 친구 분이시고 연세가 저희보다 두 배나 많지만 저도 어르신의 말씀을 따르는 것을 거절하겠습니다."

그러자 하미트가 말했다.

"형님들은 진실을 두려워하는 이유가 있는 것 같습니다. 두 분이 나 몰래 동굴에 있었던 것이 아닙니까? 존경하는 벨테케이 어르신, 저 역시 도둑이 아닙니다. 그렇기 때문에 저는 지금 당장 아버지 무덤으로 가서 어르신의 명령을 정확하게 수행하겠습니다. 진실이 승리할 테니까요!"

이렇게 말을 하고 하미트는 문으로 발걸음을 옮겼다.

그러자 흰 수염의 벨테케이는 손바닥을 뻗어 위로 들고 말했다.

"이보게, 멈추게. 너무 서두르지 말게! 진실이 이제 승리했다. 하미트, 자네가 돈을 훔쳤다, 다른 사람이 아니라 바로 자네야. 자기 아버지의 무덤을 욕되게 할 수 있는 사람은 무슨 일이든 할 수 있지. 도둑질도 죄악 행위도 비열한 속임수도 그리고 약속을 깨뜨리는 것조차. 불쌍한 이 사람아, 자네는 무엇으로 자신의 수치심과 자신의 죄악을 보상하려고 하느냐?"

하미트는 백발의 현자 앞에 눈처럼 창백한 얼굴이 되어 서 있었다. 머리를 가슴에 박고 시선을 내리뜨고 나서 그는 유죄 판결을 들었다. 그런 후에 아무런 말도 못하고 손으로 얼굴을 가린 채 유르트에서 멀리 달려 나갔으며 말에 올라타서 초원 먼 곳으로 도망갔다.

그때 이후로 어느 누구도 아울에서 그를 보지 못했고 유목민들의 숙박지에서도 마주치지 못했다. 어느 누구도 과거와 현재에 대한 대화에서 그의 이름을 듣지도 못했고 말하지도 않았다.

한편 두 형은 눈물을 흘리며 현명한 판결에 대해 늙은 벨테케이에게 감사를 드렸고 아버지의 황금을 갖고 자신의 가족에게로 돌아왔다. 그들 사이에는 더 이상의 반목이 없었으며, 그들은 함께 가축을 길렀고 함께 자식들과 손자들을 키웠으며, 노동과 걱정과 즐거움과 슬픔 속에서 삶의 마지막 날이 올 때까지 오래오래 살았다.

칸과 가난한 사람

현명하지만 가난한 사람이 살았다. 그에게는 아들이 하나 있었다. 어느 날 아버지가 아들에게 말했다.

"바보와는 절대로 친하게 지내지 마라. 최근에 부자가 된 사람에게는 절대로 돈을 빌리지 마라. 아내에게 비밀을 말하지 마라."

아들은 아버지의 조언에 대해서 의구심을 가졌다. 그는 아버지의 말들이 얼마나 현명한가를 확인하기로 결심했다.

그는 바보와 친하게 지냈고, 최근에 부자가 된 사람에게 돈을 빌렸다. 그는 아내 몰래 양을 잡았고 옷에 묻은 피를 가리키며 아내에게 말했다.

"이를 피를 닦아줘. 내가 어제 사람을 죽였어. 아무에게도 이것에 대해 말하지 마."

"무슨 소리를 하세요! 제가 누구에게 그런 얘기를 해요? 지금까지도 나를 모르세요?"라고 아내가 대답했다.

며칠이 지났다. 가난한 사람의 아들은 아내와 일부러 다투었다. 그녀는 칸에게 달려가서 자신의 남편이 사람을 살해했다고 말했다. 칸은 재판을 정했고 살인자를 데려오라고 명령했다. 재판정으로 가는 도중에 가난한 사람의 아들은 바보 친구에게 들러서 증인이 되어 달라고 부탁했다. 바보 친구는 옷에 묻은 피가 사람의 피가 아니라 양의 피라는 것을 알고 있었다. 그러나 그는 지나치게 신중을 기하면서 증인으로 가는 것을 거절했다.

"시간이 없어, 지금 바빠서!"

가난한 사람의 아들은 계속 걸어갔다. 그는 며칠 전에 돈을 빌린 최근에 부자가 된 사람과 길에서 만났다.

"어디에 가는가?"

가난한 사람의 아들은 칸의 재판정에 간다고 이야기했다. 그러자 채권자는 안절부절 못했다.

"이보게, 친구. 어쨌든 내 빚을 갚도록 하게."라고 채권자 친구가 말했다.

가난한 사람의 아들은 칸의 재판정에 도착했다. 그는 칸에게 모든 사실에 대해 이야기했다. 칸은 사실을 확인한 후에 그의 무죄를 인정했다.

칸은 아버지의 현명함과 아들의 집요함에 깜짝 놀랐다.

'이 사람들이 나보다 더 지혜롭구나. 현명하지만 가난한 사람이 스스로 칸이 되려고 하면 어쩌지?' 라는 생각에 칸은 갑자기 불안을 느끼게 되었다.

그래서 칸은 현명한 사람과 그의 아들을 없애 버리기로 결심했다.

칸은 깊은 구덩이를 파고 그곳에 가난한 사람과 그의 아들을 버리라고 명령했다.

몇 년이 지났다. 현명하지만 가난했던 사람을 알고 있던 사람들은 그에 대해 이미 오래전에 잊었다.

그런데 칸에게 재난이 닥쳤다. 그의 목에 가시가 걸렸고 누구도 그를 구할 수가 없었다.

"폐하, 현명한 사람과 그의 아들을 구덩이에 버렸습니까? 그들이 폐하를 치료할 수도 있을 것 같습니다."라고 대신들이 말했다.

"글쎄, 그 사람들이 아직도 살아 있을까? 어서 가서 그들을 데려오게!"라고 칸이 말했다.

대신들이 구덩이로 갔다. 현명한 사람과 아들은 살아 있었다. 그들을 구덩이 속에 버렸을 때, 가난한 사람은 쿠르트(중앙아시아 유목민들의 전통적인 음식으로 소나 양, 염소의 젖을 짜서 건조시킨 유제품)를 한 자루 갖고 있었다. 이것들 덕분에 그들은 굶어 죽지 않았다.

현명한 사람은 칸의 요청을 듣고 대신들에게 대답했다.

"우리는 가지 않을 것이라고 칸에게 전해주세요. 칸은 죄 없는 우리들을 구덩이 속에 가둬버렸어요."

대신들은 칸에게 돌아와서 현명한 사람의 말을 전했다.

그런데 칸은 자신의 죽음이 임박했다는 것을 느끼고 말했다.

"그들에게 내 재산과 칸의 지위를 줄 테니 나를 구해만 달라고 그들에게 다시 부탁해라."

그러자 현명한 사람과 그의 아들이 칸에게 왔고 칸은 용서를 빌고 도움을 요청했다.

"대단히 귀중한 것으로만 폐하를 치료할 수 있습니다. 폐하께서는 외아들을 죽여야만 합니다."라고 현명한 사람이 말했다.

칸은 오랫동안 동의하지 않았다. 그러나 대신들이 이 희생을 감수해야 된다고 칸에게 간청했고 결국 칸은 동의했다.

칸의 아들을 데리고 왔고 그의 손과 발을 묶었다. 칼을 준비했다. 가시가 목에 걸린 칸은 공포에 떨며 이런 모든 준비 과정을 지켜보았다.

현명한 사람은 손에 칼을 들고 말했다.

"펠트 조각을 걸고 아들의 눈을 가려야 한다. 그러지 않으면 칸은 죽을 것이다.”

펠트 조각을 걸었다. 칸은 숨을 죽이고 기다리고 있었다. 갑자기 그는 죽음 직전의 소리를 들었다. 칸의 눈에서 눈물이 떨어졌다. 그는 울기 시작했고 바로 그 순간에 목에 걸렸던 가시가 빠져나갔다.

칸의 외아들을 칸에게 데려왔다. 현명한 사람이 죽이려고 준비했던 것은 죽은 양이었고 그것을 칸에게 보여주었다.

칸은 자신의 약속을 지켰다. 칸은 현명하지만 가난한 사람에게 재산과 칸의 지위를 양보했다.

아름다운 쿤케이

가난한 노파에게 아들이 하나 있었다. 어느 날 그는 염소들을 방목하다가 초원에 있는 사슴의 무리들을 보았다. 그들 중에서 황금 뿔을 가진 얼룩무늬의 사슴이 눈에 띄었다. 다음 날도 그리고 그 다음 날도 그는 황금 뿔을 가진 사슴을 보았다. 젊은이가 어머니에게 말했다.

"황금 뿔을 가진 얼룩무늬 사슴을 세 번 만났어요. 그 사슴을 잡아서 칸에게 가져다주겠어요. 칸께서 저에게 포상을 할까요?"

"만일 그렇게 하면 아마도 칸께서 네게 포상을 할 거야."라고 어머니가 대답했다.

다음 날 젊은이는 황금 뿔을 가진 얼룩무늬 사슴을 잡아서 칸에게 가져갔다. 궁궐 근처에서 대신이 그를 만났고 말했다.

"사슴을 내게 다오!"

"안 돼요. 칸에게 드릴 거예요."라고 젊은이가 말했다.

칸은 황금 뿔을 가진 얼룩무늬 사슴을 받고 대신에게 물었다.

"젊은이에게 무엇으로 포상할까?"

"지금은 포상하지 마십시오! 이 세상에는 황금 뿔을 가진 사슴을 위한 받침대가 있습니다. 그 받침대에는 두 개의 날개 부분이 있는데, 한쪽은 금도금이 되어 있고 다른 한쪽은 은도금이 되어 있습니다. 그 받침대에 황금 뿔을 가진 사슴을 세워두면 궁궐에 좋은 장식이 될 것입니다. 먼저 받침대를 가져오라고 지시하고 그 다음에 그에게 포상하십시오."라고 대신이 말했다.

그래서 칸이 젊은이에게 말했다.

"이 세상 어딘가에는 황금 뿔을 가진 사슴을 위한 받침대가 있다. 그 받침대에는 두 개의 날개 부분이 있는데, 한쪽은 금도금이 되어 있고 다른 한쪽은 은도금이 되어 있다. 그것을 찾아서 가져오면 크게 포상할 것이다. 만일 찾지 못한다면 네 목이 달아날 줄 알아라."

젊은이는 슬펐고 집으로 돌아와서 칸의 명령에 대해서 어머니에게 말했다. 어머니가 그를 진정시켰다.

"슬퍼하지 마라, 아들아! 내가 직접 가서 황금 뿔을 가진 사슴을 위한 받침대를 찾을 것이다."

어머니는 초원을 따라 걸어갔다. 사슴의 무리들이 방목되고 있고, 그곳에서 멀지 않은 곳에 노파가 앉아서 땅의 균열을 꿰매고 있는 것이 보였다.

어머니는 노파 옆에 앉아서 자신이 어디 가고 있는지에 대해 말했다. 어머니의 이야기를 듣고 노파가 말했다.

"내가 자네의 슬픔을 도와줄 수 있어요. 므이스르에서 멀지 않은 곳에 숙련된 장인이 살고 있어요. 오직 그 장인만이 사슴을 위한 받침대를 만들 수 있어요. 자네 아들에게 천 딜라를 줘서 그 장인에게 보내도록 해요."

어머니는 집에 돌아와서 자신의 염소를 팔고 부자에게 일꾼으로 고용되어 천 딜라를 마련했다.

젊은이는 돈을 갖고 므이스르에서 멀지 않은 곳에 살고 있는 숙련된 장인을 찾아 나섰다. 젊은이는 장인을 찾아가서 황금 뿔을 가진 사슴을 위한 어떠한 받침대가 필요한지에 대해 말했다.

"천 딜라를 지불하면 그러한 받침대를 만들어 주겠네." 라고 장인이 말했다.

젊은이는 돈을 주었고 장인은 받침대를 만들어 주었다. 단지 날개 부분이 평범했다.

젊은이는 집으로 돌아오다가 길가에 큰 나무가 서 있고, 그 아래에 두 개의 깊은 우물이 있는 것을 보았다. 한 우물의 물은 황금빛이었고 다른 우물의 물은 은빛이었다.

젊은이는 한쪽 날개 부분을 황금빛 물에 담그고 다른 쪽 날개를 은빛 물에 담갔다. 그런 후에 칸에게로 갔다.

황금 뿔을 가진 사슴을 받침대에 세우자 사슴은 반짝이기 시작했고 온 궁궐은 즉시 유쾌하게 되었다.

칸이 대신에게 물었다.

"애를 쓴 젊은이에게 무엇으로 포상할까?" 라고 칸이 대신에게 물었다.

"아무 것도 주지 마십시오. 그는 아직 포상을 받을 자격이 없습니다. 그에게 한 가지 더 분부를 내리십시오. 먼 나라의 땅 밑에는 황금 나무가 자라고 있습니다. 그에게 그곳에 가서 나무를 가져다 궁궐 앞에 세우라고 지시하십시오. 그런 후에 그에게 포상해도 됩니다." 라고 대신이 대답했다.

그래서 칸이 젊은이에게 말했다.

"땅 아래에서 자라고 있는 황금 나무를 찾아서 내 궁궐 앞에 세우도록 해라. 그러면 네게 포상할 것이다."

젊은이는 황금 나무를 찾아 나섰다. 그는 며칠 동안 걸어갔고 길에서 한 노인을 만났다.

"어디 가니?"라고 노인이 물었다.

젊은이가 대답하자 노인이 말했다.

"황금 나무를 어떻게 구할 수 있는지 내가 알려 줄게. 높은 산이 있는 곳까지 똑바로 걸어가거라. 산에 도달하면 산에서 달려오는 토끼를 볼 수 있을 거야. 토끼의 뒤를 따라 가라. 곰의 굴에는 두 개의 구멍이 있다. 토끼는 왼쪽에 있는 구멍 속으로 숨을 것인데, 너는 오른쪽에 있는 구멍으로 들어가거라. 네 앞에는 커다란 동굴이 펼쳐질 거야. 그 동굴 안에는 40명의 도둑들이 있다. 그들이 너를 죽이려고 하면 그들에게 '저는 식사를 순식간에 준비할 줄 알아요!'라고 말하도록 해라. 도둑들은 너에게 고기를 요리하라고 시키고 뒤에서 지켜볼 것이다. 고기를 가마솥에 넣고 이 철로 된 방망이로 가마솥을 톡 치거라."

노인은 철로 된 방망이를 젊은이에게 주었고 계속 말했다.

"아침에 도둑들은 동굴에 너를 혼자 남겨둘 거야. 어두운 구석에 있는 하얀 상자를 찾아내서 그것을 열어라. 그 안에 푸른 상자가 놓여 있을 거야. 그 상자를 열면 그 속에 종이에 싼 소금이 있다. 고기를 끓인 가마솥에 그 소금을 뿌리도록 해라. 도둑들이 돌아오면 그 고기를 먹게 해라. 도둑들은 즉시 죽을 거야. 그러면 동굴 속에서 황금 나무를 찾아봐라. 찾게 되면 줄기를 손으로 잡고 뿌리를 발로 버티고 눈을 감아라. 그러면 황금 나무는 칸의 궁궐에 있게 될 거야!"

젊은이는 노인과 헤어져서 자신의 길을 계속 걸어갔다.

그는 돌로 된 높은 산에 다가갔고 토끼가 산에서 달려오는 것을 보았다. 젊은이는 토끼의 뒤를 따라 뛰기 시작했다. 토끼는 곰의 굴이 있는 곳까지 달렸고 젊은이도 토끼의 뒤를 따랐다.

곰의 굴에는 노인이 말한 것처럼 두 개의 구멍이 있었다. 토끼는 왼쪽에 있는 구멍 속으로 들어갔고 젊은이는 오른쪽에 있는 구멍 속으로 들어갔다. 그는 커다란 동굴을 보게 되었고 동굴 안에는 40명의 도둑들이 있었다. 도둑들이 젊은이를 죽이려고 하자 그가 말했다.

"저는 식사를 순식간에 준비할 줄 알아요!" 도둑들은 그에게 음식을 준비하라고 시켰고 그가 준비하는 것을 직접 지켜봤다. 젊은이는 고기를 가마솥에 넣고 아무도 모르게 철로 된 방망이로 가마솥을 톡 건드렸다. 고기가 순식간에 요리되었다.

도둑들은 깜짝 놀랐고 젊은이를 죽이지 않기로 했다. 그들은 젊은이를 자신들의 요리사로 일하게 했다.

젊은이는 동굴에서 오랫동안 살았다.

어느 날 그는 점심 식사 후에 깊은 잠이 들었다. 철로 된 방망이를 주었던 노인을 꿈에 보았다. 노인은 손가락으로 위협하며 말했다.

"실컷 먹고 모든 것을 잊어버렸구나!"

젊은이는 깜짝 놀라서 잠에서 깨어났고 칸이 내렸던 명령이 떠올랐다.

그는 동굴에서 하얀 상자를 찾기 시작했고 가장 어두운 구석에서 그것을 발견했다. 그 상자를 열었고 그 속에서 푸른 상자를 찾아냈다. 푸른 상자를 열어보니 종이로 싸인 꾸러미가 있었고, 종이를 펼쳐보니 그 안에 소금이 있었다.

젊은이는 상자를 닫았고 소금을 솥 안에 뿌린 후에 도둑들이 식사하러 오기를 기다렸다.

도둑들이 돌아왔고 자리에 앉으며 말했다.

"고기를 다오!"

젊은이가 고기를 내놓았고, 도둑들은 고기를 먹었고 모두 죽었다.

젊은이는 동굴 속의 모든 구석을 살펴봤고 은밀한 장소에 있는 황금 나무를 발견했다.

젊은이는 줄기를 손으로 움켜잡고 뿌리를 발로 버티면서 눈을 감았다.

얼마나 시간이 흘렀는지 알 수가 없었다.

그가 눈을 뜨자마자 자신이 칸의 궁궐 앞에 있는 것을 발견했다. 황금 나무는 햇빛에 반사되어 반짝이기 시작했다.

아침에 칸은 잠에서 깨어났고 창가로 갔다가 정원에 있는 황금 나무를 보았다.

칸은 몹시 기뻤고 대신들에게 물었다.

"젊은이에게 무엇으로 포상할까?"

대신들은 질투심에 얼굴이 파래졌다. 그들은 젊은이가 다시 돌아오지 못하도록 세상 끝으로 보내서 그를 없애기로 획책했다.

"폐하! 폐하의 나이는 많은데 아직 후손이 없습니다. 태양 바로 아래에 있는 먼 나라에는 아름다운 쿤케이가 살고 있습니다. 그녀가 폐하의 후손을 낳아줄 것입니다. 쿤케이를 데려오라고 젊은이를 보내십시오. 만일 그가 그 일을 완수하면 그때 그에게 많은 포상을 하십시오."라고 대신이 말했다.

그래서 칸은 태양 바로 아래에 살고 있는 아름다운 쿤케이를 찾아오라고 젊은이를 먼 나라로 보냈다.

젊은이는 길을 떠났다. 길에서 젊은이는 거인과 만났다. 거인은 각각의 손에 커다란 산을 들고 있었다. 거인이 젊은이에게 물었다.

"너는 누구이고, 어디 가는 거냐?"

젊은이가 말해주었고 그 말을 들은 거인이 말했다.

"만일 태양 바로 아래에 살고 있는 아름다운 쿤케이를 찾으러 가는 것이라면, 나도 너와 함께 가야겠다!"

그래서 그들은 함께 길을 가게 되었다.

도중에 그들은 땅에 귀를 기울이고 있는 말을 탄 사람을 만났다.

"뭐하고 있어요?"라고 젊은이가 물었다.

"아름다운 쿤케이를 찾는 사람들이 오는지 소리를 듣고 있다. 나는 땅과 땅속에서 울리는 아주 작은 소리도 들을 수 있어."

"우리와 함께 갑시다. 내가 아름다운 쿤케이를 찾고 있어요!"

그들은 셋이서 함께 갔다. 도중에 그들은 커다란 뺨을 가진 거인을 만났다. 두 개의 호수에 있는 물이 그의 입안에 들어 있었다.

"뭐하고 있어요?"라고 젊은이가 물었다.

"태양 바로 아래에 살고 있는 아름다운 쿤케이를 찾고 있는 사람을 기다리고 있다. 그가 오면 나도 그와 함께 갈 거야."라고 거인이 대답했다.

"내가 아름다운 쿤케이를 찾고 있는 중이에요."라고 젊은이가 말했다.

그래서 그들은 넷이서 함께 가게 되었다.

도중에 그들은 빨리 걷는 용사를 만나게 되었다. 그의 각각의 발에는 스프링이 붙어 있어서 그는 아주 빨리 달릴 수 있었다.

"서둘러서 어디를 가고 있나요?"라고 젊은이가 물었다.

"태양 바로 아래에 살고 있는 아름다운 쿤케이를 찾고 있는 사람을 만나러 달려가고 있다."라고 빨리 걷는 용사가 대답했다.

"그럼 우리와 함께 갑시다. 내가 아름다운 쿤케이를 찾고 있는 중이에요."라고 젊은이가 말했다.

그래서 그들은 다섯 명이 함께 가게 되었다. 도중에 그들은 날개 달린 개미를 만났다. 그 개미는 아무리 애를 써도 구멍에서 새끼들을 데리고 나올 수 없었다. 젊은이가 도와주자 개미가 말했다.

"당신이 우리를 죽음에서 구해 주었어요. 절대 잊지 않을게요. 어려움이 닥치거든 내 날개를 태우세요. 그러면 내가 즉시 나타나서 도와줄게요."

개미는 날개 한쪽을 떼어서 젊은이에게 주었다. 친구들은 계속 길을 갔다.

가장 빛나는 태양 아래에 살고 있는 쿤케이는 칸의 딸이었다. 그 칸은 오를 수 없이 높은 산 뒤에 살고 있었다. 그에게는 커다란 갈색 개가 있었다. 만일 누군가가 쿤케이를 유괴하기 위해 오면, 개는 이틀 걸리는 거리에서 적을 감지하고 적을 향해 달려갔다. 악한이 아무리 힘이 세고 수가 많아도 어느 누구도 그곳을 살아서 떠날 수가 없었다.

젊은이와 그의 동료들이 다가오는 것을 감지한 갈색 개는 그들을 향해 달려오기 시작했다.

거인은 길에서 먼지가 일어나는 것을 보았다. 그는 산 하나를 집어서 사악한 개에게 던졌다. 개는 산에 깔려 죽었고 산 밑에 영원히 남게 되었다.

친구들은 계속 걸어갔고 마침내 칸의 궁궐에 도착했다.

칸은 초대하지 않은 손님들을 맞이했고 그들이 어디서 오는지 그리고 어떻게 그의 영토에 오게 되었는지 자세하게 물었다.

"우리는 가장 빛나는 태양 아래에 살고 있는 아름다운 쿤케이를 찾고 있습니다!"

"길에서 갈색 개를 만나지 않았느냐?"라고 칸이 물었다.

"네, 조그만 강아지 새끼 한 마리를 만났는데 제 친구가 돈을 던져서 돌 밑에 얌전히 있습니다."라고 젊은이가 대답했다.

칸은 손님들의 엄청난 힘에 놀랐다. 칸은 그들을 극진히 대접했고 다음날 신하들을 소집했으며 시합을 개최하기로 했다.

"경기에서 이기는 자가 내 딸 쿤케이를 아내로 맞이할 것이다."라고 백성들에게 선언했다.

칸은 자신의 측에서 강력한 황소를 내보냈다. 젊은이가 힘이 센 거인에게 말했다.

"저놈을 이기면 쿤케이는 우리 거야."

거인은 황소에게 다가가서 그의 뿔을 잡아 순식간에 승리를 거두었다.

그러나 칸은 자신의 약속을 지키지 않고 백성들에게 달리기 시합을 하겠다고 선언했다.

칸은 마법사 노파를 내보냈고 젊은이는 빨리 걷는 용사를 내보냈다. 시합이 시작되었다. 마법사는 포도주 두 병을 빨리 걷는 용사에게 먹였다. 빨리 걷는 용사는 도중에 잠이 들었고 마법사 노파는 계속 달렸다.

젊은이는 땅과 땅 속에서 울리는 아주 작은 소리도 들을 수 있는 친구에게 말했다.

"누가 앞서 달리는지 들어봐."

친구는 땅에 귀를 대고 대답했다.

"우리 친구의 소리는 들리지 않아. 노파 혼자 달리고 있어."

젊은이가 철로 된 방망이로 땅을 두드리자 그 소리가 빨리 달리는 용사에게까지 전달되어 그를 깨웠다. 노파가 보이지 않자 빨리 걷는 용사는 달리기 시작했고 노파를 따라 잡았다. 그는 노파의 얼굴에 한 줌의 모래를 던졌다. 노파는 울부짖으며 두 손으로 눈을 감싸 쥐었다. 노파는 그 자리에 남았고 빨리 걷는 용사가 앞서 달렸다.

칸은 자신의 약속을 또다시 지키지 않았다. 칸은 자신의 딸을 숨긴 후에 말했다.

"쿤케이를 찾는 사람이 그녀의 남편이 되는 거야."

젊은이의 친구가 귀를 땅에 기울이고 듣기 시작했다.

그는 쿤케이가 지하 궁궐에서 수를 놓고 있는 소리를 들었다.

그녀는 바늘을 바닥에 떨어뜨렸고 귀가 예민한 용사가 그 소리를 들었던 것이다.

"그녀가 바늘을 찾도록 도와주러 가자!"라고 용사가 말했다.

친구들은 지하 궁궐로 향했다. 칸이 보기에 자신이 패배한 것 같았다. 그래서 손님들을 철로 된 궁궐로 초대했다. 이곳에서 칸은 그들에게 식사를 배불리 대접했고 잠자리에 들게 했다.

손님들이 잠이 들었을 때 칸은 궁궐 주위에 거대한 모닥불을 지피라고 명령했다. 그는 용사들을 태워 죽이기로 결심했다. 밤에 친구들이 눈을 떠보니 궁궐이 화염에 휩싸여있었다.

그들은 당황해서 어찌할 바를 몰랐다. 그때 각각의 볼에 호수 하나에 있는 물을 보관하고 있는 용사가 일어났다. 그는 순식간에 불을 꺼버렸다. 그런 후에 친구들은 편안하게 다시 잠을 잤다.

칸은 손님들이 오래전에 타 죽었을 것이라고 생각했다. 아침에 칸이 창밖을 보니 젊은이가 친구들과 함께 철로 된 궁궐에서 편안하게 나오고 있었다.

그러나 칸은 항복하려고 하지 않았다. 새로운 교활한 생각을 궁리해 냈다.

40명의 미인들을 모아서 그들에게 똑같은 옷을 입혔고 그들을 같은 의자에 나란히 앉혔다.

"40명의 미인들 중에서 내 딸 쿤케이를 알아내는 사람이 그녀의 남편이 될 것이다!"라고 칸은 선언했다.

젊은이가 미인들 곁을 한 번, 두 번 지나갔다. 그러나 그들 중에서 누가 쿤케이인지 전혀 알 수가 없었다. 그는 개미의 날개에 대해 생각이 났고 그것을 태웠다.

개미가 바로 나타났다! 개미는 쿤케이의 발로 걸어가서 멈추었다. 그렇게 해서 젊은이는 태양의 미인을 알아볼 수 있었다. 칸은 어쩔 도리가 없었다. 자신을 딸을 젊은이이게 줘야만 했다.

친구들은 아름다운 쿤케이를 데리고 길을 떠났다.

그들은 며칠 동안 계속 갔고 그들 중에서 빨리 걷는 용사가 맨 먼저 뒤에 남게 되었다.

그들이 커다란 호수까지 왔을 때 두 개의 호수에 있는 물을 입에 보관하고 있는 용사가 그곳에 남기로 했다.

그 다음에 땅과 땅속에서 울리는 아주 작은 소리도 들을 수 있는 용사가 뒤에 남았다.

그들이 거대한 산에 도달했을 때 각각의 손에 커다란 산을 들고 있는 용사가 그곳에 남기로 했다.

이렇게 해서 젊은이와 쿤케이만 둘이서 남았다. 젊은이는 어디로 그녀를 데리고 갈 것인지 그리고 누구를 위해서 데리고 가는 것인지 그녀에게 이야기했다. 쿤케이는 젊은이의 얘기를 듣고 생각에 잠겼다. 젊은이의 공적에 대해 알고 나서 쿤케이는 그를 사랑하게 되었다.

며칠이 지난 후에 아름다운 쿤케이가 젊은이에게 물었다.

"칸의 영토까지 많아 남았나요?"

"이틀 남았습니다."

"그러면 저보다 먼저 칸에게 가서 대신을 데리고 직접 저를 맞으러 오라고 전해주세요. 그리고 당신도 나를 맞으러 오세요. 단 모든 사람들 뒤에 따라 오세요."

젊은이는 칸에게 가서 쿤케이가 한 말을 전했다.

칸은 대신을 데리고 아름다운 미인을 맞으러 나왔다.

쿤케이는 현명한 처녀였고 많은 신비로운 능력을 소유하고 있었다. 칸이 그녀에게 다가오자마자 그녀는 그를 늑대로 변신시키고, 대신을 여우로 변신시켰다. 늑대는 여우를 추격하기 시작했고 그녀는 젊은이의 손을 잡고 칸의 궁궐로 갔다.

백성들은 젊은이를 자신들의 칸으로 추대했다. 그런 후에 그는 아름다운 쿤케이와 결혼을 했고 커다란 축연을 베풀었다.

아닥

옛날 아주 옛날에 어떤 칸이 살고 있었다. 그는 엄격했고 잔인했다. 그의 배는 포식으로 인해 언제나 불러있었고, 그의 눈은 새로운 희생양을 찾는데 혈안이 되어 있었으며, 그의 등은 무거운 중압감을 느끼지 않기에 전혀 굽지 않았고, 그의 성격은 오르기 힘든 절벽처럼 까다로 웠으며, 그의 몸은 태어날 때부터 추위라는 것을 알지 못했지만 그의 심장은 죽을 때까지 얼음장처럼 차가웠다. 그는 모든 사람들에게 엄청난 세금을 부과했다. 사람들은 음식물과 쓰레기에 대해서도, 화창한 날씨와 궂은 날씨에 대해서도, 낙타의 발자국과 아궁이에서 나오는 연기에 대해서도 세금을 내야만 했다. 민중들은 고통 속에서 이렇게 말했다. '공명정대하게 통치되는 국가에서는 봄이 절대로 떠나지 않을 것이며, 전횡을 일삼는 국가에서는 봄이 절대로 돌아오지 않을 것이다.'

칸은 수많은 군사를 이끌고 이웃 나라를 자주 침략했으며 피비린내 나는 전투 이후에 초원에는 오랜 세월 동안 풀조차 자라지 않았다. 승리를 거두고 돌아오면 칸은 새로운 원정을 떠날 때까지 술판을 벌였고 군사들의 흥을 돋

우기 위한 경마대회와 사냥을 개최했으며, 칸의 방탕한 생활은 끝을 모르고
이어졌다.

언제가 칸과 군사들은 많은 전리품을 갖고 돌아왔고 천막을 치고 승리를
떠들썩하게 축하했다. 축제를 위해 천 마리의 살찐 말들과 만 마리의 양을 잡
았으며 쿠므즈를 강물처럼 많이 만들어졌다. 노래를 부르는 찬미자들은 칭송
의 노래를 목이 쉬도록 불렀으며 돔브라와 코브즈(카자흐 민족의 민속 현악기)의
줄을 40번이나 바꿀 정도로 술판이 계속되었지만 칸은 흥을 돋우는 새로운
오락을 계속해서 요구했다.

흥겨움이 한창일 때 그는 다채로운 색깔의 양탄자에서 일어나서 아무에게
도 들어오는 것이 허용되지 않는 유르트에 들어갔고 포로의 신세가 된 아름
다운 처녀의 손을 끌고 나왔다.

군사들이 젊은 미인을 보자 군중 속에서 웅성거리는 소리가 흘러나왔고
그녀에게서 눈을 떼지 못했다.

그러자 칸이 큰소리로 물었다.

"이 처녀를 아내로 맞고 싶은 사람이 있는가? 말해보라!"

군중들은 동요했고 수천 명의 무사들이 칸에게로 손을 뻗었으며 우레와
같은 목소리들이 주변으로 흩어졌다.

"저요! 저요! 저에게 주세요!"라고 무사들은 소리쳤고 모든 군사들은 다른
사람보다 더 크게 소리치려고 필사적이었다.

수수한 옷을 입고 있던 어느 무사만이 빛나는 눈빛과 용맹한 얼굴을 한 채
구석에 말없이 서 있었고 처녀를 애틋하게 바라보았다. 이 사람은 무사들 가
운데서 나이가 가장 어렸으며, 양치기의 아들이었고 이름은 아닥이었다.

칸이 손을 들어 올리자 모든 사람들이 즉시 잠잠해졌다.

"신부는 한 명인데 신랑감들이 너무 많구나!"라고 기분이 매우 유쾌해진

칸이 말했고 처녀를 향해 돌아섰다.

"네가 직접 신랑감을 선택해라. 그러면 우리가 즉시 결혼식을 올려줄 테니까."

처녀는 얼굴이 창백해졌고 슬픔에 잠겼지만 당황하지 않고 단호하게 칸에게 대답했다.

"폐하, 저는 다른 누구보다 더 용감하고 지적인 사람을 남편으로 원합니다."

"그것을 어떻게 알아 볼 수 있지?"

"흰색 깃발이 있는 가느다란 막대기를 호수 위에 높이 솟아있는 산 정상에 세워주십시오. 활을 쏴서 한 번에 그 깃발을 떨어뜨리는 사람이 바로 용감한 사람입니다. 그 다음 저는 이야기를 하나 들려줄 것인데, 그 이야기의 의미를 알아차리는 사람이 바로 지적인 사람입니다."

"좋다."라고 칸이 동의했다.

그래서 상상할 수도 없는 높은 곳에서 흰색 깃발이 흔들리기 시작했고 깃털이 달린 화살들이 수없이 많이 날아올랐다. 그러나 어떤 화살도 목표에 명중되지 못했고 절벽 아래로 비 오듯이 쏟아졌다.

칸은 화를 냈다. 그는 처녀의 댕기머리를 잡아서 자신의 말 아래에 내동댕이쳤으며 그녀를 때리기 위해 손을 쳐들었다.

"포로가 된 네년이 나보다 더 교활한 짓을 궁리해서 나의 무사들을 능멸하고 있는 거야! 네 년은 해결할 수도 없는 과제를 요구한 거야. 저렇게 높은 곳에 이르도록 활을 쏠 수 있는 무사는 세상에 없어."

갑자기 하늘에서 애처로운 외침이 들려왔다. 모든 사람들이 고개를 들어 바라봤다. 야생오리가 놀라서 산 위로 질주했고 흉포한 검둥수리가 오리를 쫓아가더니 거의 따라잡았다. 그때 누군가가 쏜 화살이 군중들 위로 휙 소리

를 내고 날아가더니 순식간에 공중에 있는 흰 깃발을 떨어뜨렸고, 계속 더 높이 날아가서 검둥수리의 목을 관통했다. 검둥수리는 호수에 떨어졌고 오리는 상처 하나 입지 않고 푸른 하늘에서 숨어버렸다.

"누가 쏜 거야?"라고 몹시 놀란 칸이 물었다.

대답이 없었다.

"누가 쏜 거야?"라고 칸이 다시 물었다.

그러자 무사들이 동시에 대답했다.

"아닥입니다!"

"이리 가까이 오거라, 아닥. 대단한 무사인데, 자네 얼굴을 보고 싶다."

아닥이 가까이 다가오자 칸은 다음과 같이 말하며 그를 끌어안았다.

"너의 활솜씨를 칭찬한다, 아닥. 실제로 네가 가장 용감한 무사라는 것을 나는 오늘까지도 모르고 있었다. 저 포로를 네가 가져라. 그녀는 네 것이다!"

"시합은 아직 끝나지 않았습니다, 폐하! 저 아름다운 여인은 우리에게 들려 줄 이야기를 또 갖고 있습니다."라고 아닥이 이의를 제기했다.

칸이 그녀에게 시선을 향하자 그녀는 소매로 눈물을 닦고 나서 이야기를 시작했다.

어느 날 사악한 솔개가 비둘기 둥지를 파괴하고 새끼 비둘기를 죽이려고 했습니다. 어미 비둘기는 통곡하면서 초원 위로 날아갔고 매를 만나게 되었습니다. 비둘기의 슬픔을 알게 된 매는 솔개에게 달려들었습니다. 새들의 이 싸움은 매의 승리로 끝이 났습니다.

"구원자님, 무엇으로 감사를 드려야 하나요?"라고 비둘기가 물었습니다.

그러자 매가 대답했습니다.

"네 새끼의 날개가 실해지면, 내가 가슴살 고기라도 한 점 먹어볼 수 있도록 나에게 보내라."

여러 날이 지났습니다. 매는 오래전에 이 일에 대해 잊었지만 어미 비둘기는 언제나 이것을 기억했고 새끼 비둘기가 자라는 것을 보면서 걱정 때문에 초췌해져갔습니다. 그런데 새끼 비둘기는 무럭무럭 자랐고 비둘기 무리 중에서 가장 아름답게 되었습니다.

용감한 송골매가 새끼 비둘기를 몹시 사랑했고 새끼 비둘기도 그 송골매를 사랑했습니다.

"영원히 나의 것이 되어 주시오!"라고 송골매는 간청했습니다.

그러나 어린 비둘기는 대답했습니다.

"무엇보다도 먼저 저는 매에게 진 빚을 갚아야 해요."라고 말하면서 어린 비둘기는 연인에게 자신의 구조에 대해 이야기했습니다.

"잘 가요! 약속이 행복보다 더 중요해요. 나는 당신을 잡을 수가 없네요."라고 말하면서 송골매는 흐느꼈습니다.

두 연인들은 눈물을 흘리면서 이별을 했고 어린 비둘기는 매를 찾아서 초원을 지나 날아갔습니다.

비둘기는 도중에 수리매와 마주쳤습니다. 수리매는 비둘기를 쪼아 먹으려고 했지만 비둘기의 얘기는 수리매의 심금을 울렸고 수리매는 비둘기를 그냥 놓아주었습니다.

또 세 마리의 수리부엉이가 비둘기를 쫓아가서 잡았습니다. 수리부엉이들도 비둘기에게 자비를 베풀었습니다.

그래서 마침내 어린 비둘기는 먼 지역에서 매를 찾아냈습니다.

"네가 누구지?"라고 매가 아름다운 비둘기에게 물었습니다.

비둘기는 매에게 과거에 있었던 일에 대해 상기시켰고 매는 놀라서 말했습니다.

"너보다 더 아름답고 더 깨끗한 마음씨를 가진 새를 본적이 없다. 그런데 언젠가 네 어미에게 했던 말은 그냥 농담이었던 거야. 젊은 너에게 모욕감을 주려고 어린 너를 구해주었던 것이 아니야. 걱정 말고 집에 있는 연인에게로 날아가거라."

비둘기는 대단히 기뻐하면서 사랑하는 송골매에게로 날아가기 시작했고 고향 근처까지 오게 되었습니다. 그런데 갑자기 자비심이 없는 검둥수리가 비둘기를 낚아챘고 비둘기의 애원에 귀를 기울이지 않고 낯선 나라로 데려갔습니다. 검둥수리의 자비심이 없는 발톱에 있는 불쌍한 비둘기에게 무슨 일이 일어나게 될지 누가 알겠습니까.

처녀가 이야기를 마칠 때까지 그 어느 누구도 한마디의 말도 하지 않았고, 갑옷에서 딸랑거리는 소리도 들리지 않았으며, 호수의 물결은 철썩거리지도 않았고, 나리새 식물조차 전혀 움직이지 않았으며, 칸도 생각에 잠겨 오랫동안 앉아있었다. 마침내 칸이 이야기를 했다.

"네 이야기는 신비롭고 의미가 있구나. 그 이야기의 의미를 추측할 수 있겠느냐, 아닥?"

"추측할 수 있습니다. 그런데, 폐하! 무엇보다도 제 말로 인해 포로로 잡힌 처녀에게도 그리고 저에게도 보복하지 않겠다는 것을 모든 무사들 앞에서 먼저 약속해주십시오."라고 아닥이 대답했다.

"약속한다! 어서 말해 보거라!"라고 칸은 호기심에 사로잡혀 말했다.

아닥이 말하기 시작했다.

"여러분들이 지금 들었던 것은 옛날이야기가 아니라 슬픈 진짜이야기입니다. 아름다운 처녀는 그 이야기를 통해서 바로 자신에 대해 이야기를 했습니다. 이 처녀가 아주 어린아이였을 때 초원의 강도들이 유르트를 약탈했지만 근처에 살던 너그러운 용사가 죽음으로부터 아이를 구조하고 약탈자들을 징벌했습니다. 용사는 어린아이가 성년의 나이가 되면 자신에게 와서 아내가 되길 바란다"고 농담으로 말했습니다. 세월이 흘렀습니다.

어린아이는 자랐고 여러분들이 지금 눈앞에서 보고 있는 것과 같은 모습을 하고 있습니다. 그녀는 말을 잘 타는 훌륭한 젊은이를 사랑했습니다. 그러나 처녀가 그에게 모든 것을 털어놓았을 때 약혼한 젊은이는 자신의 행복을 거절했습니다. 정직한 사람에게 약속을 깨뜨린다는 것은 죽음보다 더 나쁘기 때문입니다.

처녀가 용사를 찾아가는 길은 쉽지 않았습니다. 어느 날 그녀는 다른 지역에서 온 어떤 사람과 만나게 되었는데, 그 사람은 너무도 특이한 그녀의 이야기를 알고 난 후에 그 처녀에게 존경심을 표시했고 그녀를 건드리지도 않았습니다. 그런 후에 사람이 없는 숲에서 세 명의 도둑들과 마주쳤습니다. 그녀의 용기와 불굴의 정신에 감동한 도둑들도 "과연 우리가 금수보다도 못하고 불행한 사람에게 모욕을 줘야겠느냐?"라고 말하면서 그녀를 놓아주었습니다.

오랫동안 방랑을 한 후에 아름다운 처녀는 용사의 숙영지를 찾아냈습니다. 그들이 만났을 때 너그러운 용사가 그녀에게 했던 말은 여러분들은 이야기를 들어서 이미 알고 있습니다.

그래서 처녀가 희망과 즐거움을 갖고 고향에 있는 약혼자에게 돌아오다가 우리의 칸이 숲에서 그녀를 발견했습니다. 칸은 자비심이 없는 검둥수리처럼 그녀를 잡았고 포로로 삼았으며 낯선 땅으로 끌고 왔습니다. 그리고 당신의 손아귀에 놓여있는 이 불행한 처녀에게 어떤 운명이 기다리고 있는지는 아무도 모릅니다.

"아닥이 말한 것이 사실이냐?"라고 칸이 처녀에게 물었다.

"아닥이 말한 것이 사실입니다."라고 처녀가 대답했다.

칸은 침울해졌고 분노와 화를 억제하면서 말했다.

"만일 포로의 운명이 이미 결정되었다면, 그것에 대해 말하는 것이 무슨 의미가 있겠느냐? 아닥, 시합에서 네가 이겼다. 그녀를 너에게 줄 테니, 약속한대로 네 아내로 삼도록 해라."

무사들은 질투심에 사로잡혀 아닥을 향해 돌아섰고 처녀는 뭔가를 기대하는 듯이 그를 뚫어지게 바라보았다. 젊은 무사인 아닥은 가볍게 미소를 띠며 말했다.

"폐하, 당신은 오늘까지도 저의 용맹함을 알지 못했고, 당신의 무사 가운데서 가장 가난한 사람의 머릿속에도 분별력이 있다는 것을 추측조차도 못했으며, 지금도 저의 마음을 알지 못하고 있습니다. 제 것이 아닌 것을 어떻게 가질 수 있겠습니까! 남의 것을 약탈하는 비천한 도둑들도 젊은 약혼녀를 안타까워했습니다. 제가 그들보다도 더 부도덕하단 말입니까? 그렇지만 일단 저에게 포로를 주셨으니 그녀의 운명을 결정할 권리는 제가 갖고 있습니다. 아름다운 처녀, 내 말을 타고 연인에게 가십시오. 여행길에서 그리고 앞으로의 삶에서도 행운이 있기를 빕니다!"

모든 무사들은 아닥의 말을 듣고 꼼짝도 하지 못하고 서 있었다. 칸도 역시 침묵을 지켰다. 처녀는 아닥을 끌어안고 입을 맞추며 말했다.

"아닥, 당신은 가장 훌륭한 사람입니다. 고맙습니다. 고백하건데, 당신이 나를 아내로 삼았다면 나는 차가운 호수에 빠져 죽었을 것입니다. 당신은 저에게 목숨과 기쁨을 주었습니다. 부디 저의 오빠가 되어주시고, 제 여행의 안내인이 되어주시어 제 결혼식의 귀한 손님이 되어 주세요!"

그러자 무사들도 아닥을 끌어안기 시작했다. 그의 행동에 매혹된 무사들은 아닥이 처녀의 결혼식에 손님으로 갈 수 있도록 아닥을 놓아주라고 칸을 설득했다. 아닥과 아름다운 처녀는 말에 올라탔고 채찍을 휘두르며 끝없는 초원을 바람처럼 달려갔다.

부유한 사람과
가난한 사람

푸른 새

두 명의 형제가 살고 있었다. 동생은 자식이 없었
으며 큰 장사를 했고 부유하게 살았다. 형은 가난하게 살았지만 우센과 아산
이라는 두 명의 아들이 그에게 유일한 즐거움이었다.

여름에 딸기가 나타하자마자 우센과 아산은 딸기를 모으러 다녔다. 어머
니는 그것을 시장에 내다 팔았다. 온 가족이 그것으로 생계를 꾸려갔다.

어느 날 모든 자연이 활동을 멈추고, 그림자가 가장 짧게 드리워지며, 강한
햇빛 때문에 강물이 흐르는지조차 분별하기가 어려운 한낮에 우센과 아산은
강변에서 자라고 있는 덤불을 헤치며 지나가고 있었다.

놀랄 만큼 아름다운 푸른 새가 그들 발아래에서 갑자기 날아갔다. 그들이
황홀해하며 바라볼 사이도 없이 새는 높이높이 날았고 곧 시야에서 완전히
사라졌다. 그러자 우센과 아산은 그 새의 둥지를 찾기 시작했다. 그들은 둥지
를 발견했다. 푸른색 줄이 있는 흰색 알들이 둥지 안에 놓여 있었다. 아이들

은 배가 몹시 고팠기 때문에 알들을 발견하게 되어 기뻤다. 그렇지만 알들이 너무 작아서 우센과 아산은 이렇게 결정했다. '우리가 이것을 먹어도 배가 고프기는 마찬가지야. 이것을 부유한 삼촌에게 가져가는 것이 좋겠다.' 그들은 집에 들르지 않고 삼촌에게로 가서 푸른색 줄이 있는 흰색 알들을 사지 않겠냐고 물었다.

"어디에서 주었니?"라고 삼촌이 물었다.

"딸기를 모으던 강변에서 주웠어요."라고 형제들이 대답했다.

삼촌은 알을 집어 들고 작은 동전 100개를 주었다. 우센과 아산은 깜짝 놀랐다. 그리고 삼촌은 말을 덧붙였다.

"만일 새를 잡아오면 내가 동전 200개를 더 줄게."

삼촌이 푸른 새를 좋아하는 이유에 대해 우센과 아산은 몰랐지만 그것에 대해서 오랫동안 생각하지도 않았다. 아이들은 올가미를 들고 새를 보았던 장소로 출발했다. 그들은 둥지를 찾아서 그곳에 올가미를 설치한 후에 덤불 속에 숨어있었다.

얼마의 시간이 지난 후에 새가 날아와서 사방을 둘러보며 살폈으며 둥지에 앉았다. 그래서 새는 올가미에 걸려들었다. 아이들은 신비로운 푸른 새가 가여웠지만 어쩔 수 없이 그 새를 삼촌에게 가지고 갔다. 보통 쩨쩨하게 굴던 삼촌이 이번에는 자신의 약속을 지키는 것을 보니 새가 삼촌에게 굉장히 소중한 듯했다! 우센과 아산은 동전 200개와 설탕과 옷을 받았다. 형제들은 모든 것을 집으로 가져왔다.

그러나 가난한 사람의 집에서는 행복이 오래가지 못했다.

푸른 새의 심장

아이들은 몰랐지만, 삼촌은 푸른 새를 집으로 가

져와서 죽였고 아내에게 주며 말했다.

"내가 저녁에 집에 올 때까지 이것을 끓이도록 해. 이 새의 어느 한 조각도 다른 누군가에게 주면 안 돼, 명심해! 알았어?"

'남편은 양 한 마리를 다 먹어치우는데, 도대체 이 새를 가지고 무슨 요리를 만들어?' 라고 아내는 생각했다. 그러나 아내는 남편 말에 반박하지 않았다. 그녀는 새의 털을 뽑고 여러 조각으로 잘라서 솥단지에 넣고 물도 부었으며 불을 지폈다. 그리고 그녀는 이웃집에 가서 놀면서 수다를 떨었다.

바로 그 시간에 우셴과 아산은 새를 가지고 무엇을 하는지에 대해 몹시 궁금해서 삼촌 집에 가보기로 결심했다. 집 안으로 들어가면서 그들은 집에 아무도 없다는 것을 알았고, 솥단지에서 구수한 맛의 김이 올라오는 것을 보았다.

"우리가 준 새를 끓이는 거야?" 하고 우셴은 놀랐다.

"우리가 준 새인 것 같아." 아산도 적잖이 놀라서 말했다.

그들이 솥단지로 다가가서 뚜껑을 열어 보았더니 그 안에는 푸른 새가 끓고 있었다.

"맛 좀 보자!" 하고 우셴이 제안했다.

"그러자!" 하고 아센도 동의했다.

그들은 숟가락으로 새의 심장을 떠서 반씩 나누어 먹고 떠났다.

여주인은 집에 돌아와서 숟가락으로 고기를 들어올렸다. 그리고는 얼굴이 창백해졌다. 심장이 사라졌다! '이를 어쩌지, 남편에게 꾸지람을 듣겠네! 왜 그렇게 오랫동안 머물렀을까!' 하고 그녀는 스스로를 책망했다.

그러나 말만하고 있다고 상황에 도움이 되지는 않는다. 그녀는 뜰로 나갔고 수탉을 잡았으며 수탉의 심장을 꺼내서 솥단지에 넣었다. 그녀의 마음은 진정되었다.

저녁에 남편이 돌아왔다. 음식은 굉장히 맛있는 것으로 밝혀졌다.

"마누라, 신께서 우리에게 행운을 보냈어! 아침에 우리가 눈을 뜨면 우리 베개 밑에 황금이 있을 거야."

아내는 아무런 대꾸도 하지 않았다.

다음 날 아침에 일어나서 베개 밑을 살펴보았는데 어떠한 황금도 없었다. 모든 잠자리를 뒤집어보았지만 역시 황금을 발견할 수 없었다.

숲에서

아침에 우센과 아산이 자신의 베개 밑에서 황금이 가득 들어 있는 자루를 발견했을 때 그들의 놀라움은 대단했다. 그들의 부모들도 마찬가지로 놀랐다. 그렇게 많은 황금을 본 적이 없는 아이들의 아버지는 너무 놀라서 조언을 구하러 동생에게로 달려갔다.

"오, 부유한 동생, 이게 도대체 무슨 일인지 말 좀 해주게? 아침에 아이들의 베개 밑에서 황금이 들어 있는 자루를 발견했어. 이것이 좋은 거야, 나쁜 거야?"

동생의 눈은 질투심으로 번쩍이기 시작했다. 그는 눈썹을 찌푸리고 바닥을 보면서 위협적으로 말하기 시작했다.

"그 일은 나빠요, 나빠! 귀신이 씌었어요. 언젠가 내가 물라(이슬람교의 법과 교리에 정통한 사람으로 종교학자나 성직자에게 붙여주는 칭호임)와 이야기를 할 때 그는 '사악한 영혼이 사람을 망쳐놓는다!'라고 말했어요. 사악한 영혼으로부터 벗어나야만 해요. 아이들을 어딘가로 데려가서 죽이도록 하세요. 그렇지 않으면 그 아이들 때문에 형님 삶에서 좋은 일은 없을 거예요. 그리고 황금은 저에게 주세요."

아버지는 슬퍼하며 집으로 돌아왔다. 그는 이렇게 저렇게 생각하다가 마침내 결정했다. '안 돼, 내가 우리 아이들을 죽일 수는 없어. 내 눈이 그들을

보지 못하고 내 귀가 그들의 소리를 들을 수 없도록 초원이나 숲으로 멀리 데리고 가야지.'

아침에 그는 이웃사람에게 마차를 빌렸고 아이들을 태운 후에 말했다.

"지금 나는 너희들을 딸기가 많이 있는 곳으로 데리고 갈 거야. 저녁에 내가 너희들을 데리러 올 테니까 딸기를 한 바구니 모으도록 해라."

그들은 초원을 따라 오랫동안 갔고 마침내 울창한 숲에 도달했으며 숲의 맨 끝에 왔다는 것을 느꼈다. 나무줄기 사이에 있는 모든 것들은 뒤엉켜서 무성한 덤불을 이루었고 온통 딸기로 가득했다.

"자, 애들아, 이곳에서 딸기를 모으도록 해라."

아버지는 더 이상 아무 말도 하지 않았으며 뒤돌아서 울기 시작했고 말이 있는 곳으로 걸어갔다. 아버지는 집에 돌아와서 황금을 동생에게 주었고 이제 사악한 영혼으로부터 벗어났다고 생각했다.

우센과 아산은 오랫동안 딸기를 모았고 한 바구니를 가득 채웠다. 그들은 아버지를 기다리며 앉아서 쉬었다. 그런데 아버지가 오지 않았다. 형제는 숲에서 밤을 지내야만 했다.

아침에 그들은 잠에서 깨어났고 그들의 머리가 있었던 곳에는 황금 자루가 하나씩 다시 놓여 있었다. 형제들은 그것을 건드리지도 않고 초원을 따라 무작정 걸어갔다. 길에서 말을 탄 늙은 사냥꾼을 만났다.

"안녕하세요, 할아버지!"라고 그들은 한목소리로 말했다.

"애들아, 안녕! 너희들은 어디서 오는 길이고, 어디로 가는 것이냐?"

"어디서 오는 것인지는 잘 모르겠는데 큰 숲이었어요. 사람을 만날 때까지 가고 있는 거예요. 그 사람에게 딸이 없으면 딸 노릇을 할 것이고, 아들이 없으면 아들 노릇을 할 거예요."

"나는 자식이 없다, 내 자식이 되어다오. 그렇게 할 테냐?"

"네, 그렇게 하겠어요."라고 아이들은 동의했다. 형제를 말에 태우고 노인이 말했다.

"타고가거라, 말이 너희들을 내 집까지 데리고 갈 거야."

형제는 노인에게 감사의 인사를 했다.

저녁이 되었고 노인은 아이들에게 소박한 저녁을 먹이고 잠을 재웠다. 아침에 아이들이 말했다.

"할아버지, 우리가 누웠던 곳에 황금 자루 두 개가 놓여있어요."

형제들이 어느 정도 성장할 때까지 오랜 기간 동안 매일 아침마다 이런 일이 반복되었다.

예전에 굉장히 가난했던 노인은 이제 주위에서 가장 부유한 사람이 되었다.

우센과 아산은 숲에서의 생활에 익숙해졌고 활을 잘 쏠 수 있게 되었으며 노련하고 용맹한 사냥꾼이 되었다. 어느 날 그들은 서로 이야기를 나누다가 자신의 삶을 회상하게 되었다. 우센이 물었다.

"아산, '돌아다니는 개는 뼈다귀를 발견한 장소로 언제나 돌아오고, 사람은 자신이 태어난 곳에 끌리게 마련이다.'라는 속담을 아니? 아산, 우리의 부모님을 찾으러 가자!"

"내 형제의 생각은 바로 나의 생각이야. 네가 가는 곳에 나도 가는 거야. 가자."라고 아산이 대답했다.

그래서 그들은 작별 인사를 드리기 위해 노인에게 갔다. 노인은 젊은이들에게 성공을 축원해 주었다.

"너희들에게 선물로 가축의 무리를 주고 싶은데. 보아하니 그것이 필요하지 않을 것 같구나. 조심해서 가고 성공을 기원한다!"

노인은 우센과 아산에게 잘 달리는 말을 한필씩 주었고 그들은 그 말을 타고 떠났다.

일곱 개의 머리를 가진 뱀

형제들은 한 달 동안 말을 타고 갔고 마침내 길이 나누어지는 것을 보게 되었다.

"여기에서 길이 나누어지는구나. 너는 오른쪽 길로 가도록 해, 나는 왼쪽 길로 갈 테니까."라고 우센이 말했다.

"그렇게 하도록 하자. 길이 우리를 어디로 이끌더라도 돌아올 때는 이곳에서 만나도록 하자."라고 아산이 대답했다.

그들은 길이 나누어지는 분기점에 손잡이가 나무로 되어 있는 칼을 땅에 꽂았다.

"이 칼은 우리가 살아있는지 죽었는지를 알려줄 거야. 만일 누군가가 죽게 되면 그가 떠난 길 방향의 손잡이가 타버릴 거야."라고 우센이 말했다.

작별 인사를 나누고 형제들은 각자의 방향으로 출발했다.

아산은 그의 길을 가도록 놔두자. 지금은 우센에 대해 이야기할 것이다.

우센은 몇 개의 작은 숲을 지나갔고 탁 트인 초원으로 나오게 되었다. 그의 앞에는 커다란 도시가 펼쳐져 있었다.

도시로 가까이 다가갈수록 우센은 더욱 놀랐다. 도처에 검은 깃발이 보였고 커다란 검은 색깔의 천 조각이 모든 집을 뒤덮고 있었다.

"어째서 도시가 비탄에 빠져 있나요?"라고 우센은 처음으로 마주친 노파에게 물었다.

이 말을 듣고 노파가 대답했다.

"자네는 우리 도시 사람이 아닌 듯하네. 원한다면 내가 말해 주리다! 엄청난 양을 먹어 치우는 일곱 개의 머리를 가진 뱀이 우리 도시에 나타났네. 매일 그는 처녀 한명과 토끼 한 마리를 먹어 치우지. 오늘은 칸의 딸을 뱀에게 바칠 차례야. 칸은 누군가가 뱀을 죽이고 자신의 딸을 구해내면 그 사람과 딸을 혼인시키겠다고 선언했어. 그런데 그런 용감한 사람이 아직 도시에 나타나지 않아서 칸은 도처에 검은 깃발을 내걸라고 지시를 했어."

우쎈은 곧장 칸에게로 갔다. 궁궐에는 칸이 없었다. 칸의 침실과 나란히 있는 방에서 우쎈은 묶여 있는 토끼와 굉장히 아름다운 처녀를 보았다. 그녀의 검은 댕기머리는 비단과 같았으며 그녀의 시선은 태양 빛처럼 눈부셨다. 우쎈을 보자 칸의 딸은 몸을 떨었다.

우쎈은 그녀를 진정시키며 말했다.

"놀라지 마세요. 내가 뱀에게서 당신을 구해드릴게요. 그러면 당신은 무엇으로 나에게 보답하겠습니까?"

"만일 저를 구해주시면, 저는 당신과 결혼하겠어요."

우쎈은 잠시 생각한 후에 말했다.

"나는 먼 곳에서 와서 피곤하군요. 좀 누워서 쉴 테니, 뱀이 나타나면 나를 깨워주세요."

우쎈은 이미 깊은 잠에 빠져들었다. 갑자기 무엇인가가 쿵쾅거리기 시작했고 소란스럽기 시작하더니 문이 활짝 열렸다. 문지방에 뱀의 머리가 하나, 둘, 셋… 차례차례 나타나는 것을 본 칸의 딸은 공포에 질려서 꼼짝도 못했다.

그런데 우쎈은 깊은 잠을 자고 있었다. 처녀가 아무리 크게 소리를 질러도 그는 깨어나지 않았다. 뱀이 처녀에게 다가왔고 칸의 딸은 우쎈 위로 몸을 기울어 슬프게 울기 시작했다. 처녀의 뜨거운 눈물이 우쎈의 얼굴에 떨어지자 우쎈이 깨어났다.

잠에서 깨어난 우쎈은 자신 앞에 있는 커다란 뱀을 보았다. 그는 허리춤에서 무거운 칼을 잡아 뽑아서 휘둘렀다. 일곱 개의 머리가 단칼에 날아갔다.

칸의 딸은 손가락에서 황금반지를 빼서 우쎈에게 주었다. 그러자 우쎈은 궁궐을 떠났다.

그런데 바로 그 순간에 칸의 대신이 문 안을 우연히 들여다보게 되었다. 처녀는 살아있고 뱀이 죽어 있는 것을 보고 대신은 깜짝 놀랐다. 그 순간 그는 칸 앞에서 자신의 지위를 높일 수 있는 기회가 왔다고 판단했다.

그는 처녀 앞에 모습을 나타내지 않고 뜻밖의 기쁜 소식을 갖고 서둘러서 칸에게로 갔다.

"제가 직접 뱀을 죽이고 따님을 구출했습니다! 약속을 지켜주십시오. 따님을 제 아내로 삼도록 해 주십시오."라고 대신이 칸에게 말했다.

"그렇게 하도록 하게!"라고 칸이 대답했다.

칸은 일곱 개의 머리를 가진 뱀이 죽었고 자신의 딸이 구출되었다는 것을 알리기 위해 흰 깃발을 걸고 흰 색깔의 천 조각으로 집을 장식하라고 명령을 내렸다. 그런 후에 칸은 자신의 딸과 대신의 결혼을 축하하기 위해 온 도시의 물라들을 이슬람 사원으로 소집했다.

뱀을 자신이 물리쳤다고 대신이 떠벌리는 것을 우셴이 들었을 때, 우셴은 대신을 가리키면서 말했다.

"저 사람은 거짓말쟁이고 겁쟁이입니다! 저 사람이 자기 말의 정당성을 과연 무엇으로 증명할 수 있습니까? 뱀을 죽인 것은 저 사람이 아니라 바로 저입니다!"

모든 사람들은 우셴을 향해 돌아섰으며 그를 자세히 살펴보기 시작했다.

"그러면 너는 그것을 무엇으로 증명할 수 있느냐?"라고 대신이 거만하게 반박했다.

"저는 증거를 갖고 있습니다."라고 말하면서 우셴은 주머니에서 반지를 꺼내서 그곳에 모여 있는 사람들에게 보여주었다.

"저 놈이 칸의 따님에게서 반지를 훔쳤구나!"라고 대신이 화를 냈다.

"만일 당신이 뱀을 죽였다면 뱀의 시체를 들어 창밖으로 내던져 보십시오."라고 우센이 말했다.

대신은 뱀을 들어 올리려고 애를 썼지만 전혀 움직일 수조차 없었다. 그러나 우센은 뱀을 쉽게 들어서 창 너머 강으로 던져버렸다. 그때 칸은 자신의 딸을 불렀다. 그녀는 우센을 보고 확인해 주었다.

"저를 구해준 사람은 바로 이 젊은이입니다. 그리고 제가 그에게 반지를 직접 주었습니다."

칸은 대신을 쫓아내고 자신의 딸을 우센에게 주었으며 그를 자신의 측근 자로 만들었다.

얼마의 시간이 지난 후에 우센은 궁궐에서의 호화로운 생활에 싫증이 났고 자주 사냥을 하러 나갔다. 어느 날 무더운 한낮에 그는 강변을 따라 말을 타고 달리고 있었다. 그와 나란히 사냥개도 달리고 있었다. 우센은 붉은 버드나무에서 나뭇가지를 꺾었고 그것을 사용해서 말을 몰았다. 갑자기 바람이 불었다. 날이 추워졌고 많은 눈이 내리기 시작했다. 우센은 바람과 눈을 피하고 몸을 따뜻하게 할 수 있는 장소를 찾기 시작했고, 홀로 서 있는 높은 전나무를 보게 되었다. 부드러운 눈으로 뒤덮인 전나무는 커다란 천막을 연상시켰다. 우센은 말과 사냥개를 나무 아래로 피신시키고 나뭇가지를 꺾어서 모닥불을 피워서 따뜻하게 했다. 그때 그는 나무 위 나뭇가지 사이에 노파가 있는 것을 알아차렸다. 그녀는 앉아서 눈보라가 윙윙거리듯이 슬프게 울고 있었다.

"왜 울고 계세요? 추워서 그러세요? 나무에서 내려와 모닥불 곁으로 오셔서 몸을 녹이세요."라고 우센이 말했다.

"나도 내려가고 싶어. 그런데 나는 개를 무서워해. 나에게 자네가 갖고 있던 막대기 좀 주게!"라고 노파가 말했다.

우센은 버드나무에서 꺾은 그 나뭇가지를 노파에게 주었다. 그는 그 나뭇

가지의 신비로운 능력에 대해서 전혀 상상도 못했다. 노파는 나뭇가지를 말과 사냥개와 우센의 머리 위에다 흔들었다. 그러자 이 셋은 세 개의 돌로 변했고 전나무 아래에 그대로 남아있게 되었다.

형제를 찾아서

　　　　　　　　이제 아산에게로 돌아가자. 형제와 헤어진 직후에 그는 칸이 되었고 큰 도시에서 살았다. 우센에게 돌발적인 사건이 일어났던 바로 그날 아산은 우울하게 되었고 형제를 찾아 나서기로 결심했다. 아산은 말을 준비하고 길을 떠났다. 마침내 길이 나누어졌던 곳까지 오게 되었다. 칼은 이전의 자리에 그대로 있었지만 손잡이의 반쪽은 완전한데 다른 반쪽이 타버렸다. 아산은 우센이 죽었다는 것을 알아차렸다. 그는 울기 시작했고 '살아있지 않고 죽었어도 찾을 것이야!'라고 결심했다.

아산은 우센이 살았던 도시에 도착했다. 그곳에서는 공손하게 예의를 갖추어 그를 맞이했고 궁궐로 안내했다. 궁궐에서 아산은 칸의 딸을 만났고 그녀가 사라진 형제의 아내라는 것을 알게 되었다.

우센이 사라진 후에 대신이 궁궐로 돌아왔고, 그가 보여준 지나치게 정성스러운 환영은 아센에게 의혹을 불러 일으켰다. '이곳에 뭔가가 이상해. 나의 가련한 형제는 저 대신에 의해 희생된 것이 아닐까?' 아산은 밤새도록 이것에 대해서 생각했다. 다음 날 아침에 아산은 우센이 사냥을 나갔다가 사라졌다는 것을 칸의 딸에게서 듣고 형제를 찾아 길을 나섰다.

우센처럼 아산도 눈보라와 만나게 되었다. 우센에게 은신처를 제공했던 전나무는 아산에게도 은신처를 제공했다. 모닥불을 지핀 후에 아산은 나뭇가지 사이에 있는 노파를 보게 되었고 우센처럼 그녀를 동정했다.

"할머니, 나무에서 내려와서 몸 좀 녹이세요."라고 아센이 말했다.

"나도 내려가고 싶은데, 나는 개를 무서워해. 기다려봐, 내가 막대기로 개를 위협해 볼게."

아산은 노파를 바라보았는데 무언가가 그의 심장을 찌르는 것 같았다. 아산은 노파가 마법의 막대기를 흔들도록 놔두지 않고 앉아 있던 돌에서 펄쩍 뛰어내려 총을 재빨리 겨누고 명령했다.

"자, 당장 내려와. 그렇지 않으면 쏴 버릴 거야!"

노파는 두려움에 떨면서 나무에서 내려왔다.

"내 형제에 대해서 네가 뭔가를 알고 있는 것 같아. 말해, 그렇지 않으면 죽여 버릴 거야."

그러자 노파가 말했다.

"당신이 앉았던 그 돌이 당신의 형제예요. 대신이 그를 이곳으로 유혹해서 마법을 걸라고 저에게 지시를 내렸어요. 저를 용서해 주세요. 당신에게 형제를 돌려드릴게요. 전나무 가지 사이에 숨겨놓은 막대기를 들고 흔들어 보세요."

아산은 그렇게 했다. 그러자 즉시 그 앞에는 자신이 앉았던 돌 대신에 우센이 나타났고 그 옆에는 그의 충실한 말과 사냥개가 나타났다. 오랜 시간 동안 헤어진 후에 만나게 되어 형제들이 얼마나 기뻐했는지를 글로 표현할 수가 없다.

부모님에게로 귀환

아산은 우센의 궁궐에서 오랫동안 머물렀다. 어느 날 아산이 말했다.

"우센, 사냥꾼 노인의 집에서 너에게서 들었던 '개는 먹이가 있던 곳에서 자리를 찾고 사람은 태어난 곳에서 자리를 찾는다.'라는 속담이 생각난다. 부모님을 찾아 나서야 할 때라고 생각하지 않니?"

"비록 네가 제대로 속담을 옮기지는 않았지만 나도 동의해. 만일 우리가 살아계신 부모님을 만나고자 한다면 찾아나서는 것을 더 이상 미뤄서는 안 돼."

그들은 결심하자마자 바로 그렇게 했다. 우센과 아산은 최고 수준의 카라반들과 함께 길을 나섰고 축제날에 고향의 시장에 있는 광장에 도착했다. 이곳에서 그들은 부유한 상인인 삼촌을 만났다. 그는 물건을 가지고 온 엄청난 규모의 카라반들과 만나면서 상품 진열대 옆을 지나갔다. 삼촌은 조카들을 알아보지 못했다. 그들이 자신들에 대해 알리자 삼촌은 조카들에게 아양을 떨며 그들의 손에 입을 맞추려고까지 했다.

"우리의 부모님은 어디에 계시나요?"라고 우센과 아산이 한목소리로 물었다.

"이곳 도시에 있어. 그들은 이미 오래전부터 빛도 보지 못하는 늙어빠진 노인들인데, 너희들에게 왜 필요하니? 너희들은 부유하고 고귀한 사람이 되었잖아."라고 삼촌이 대답했다.

우센과 아산은 사람들에게 자신의 부모님에 대해 묻기 시작했다. 그들에게 낡고 반쯤 허물어진 농가를 알려주었다. 그 농가에는 창문도 없었고 어두워서 그곳에 누가 있는지 분별할 수도 없었다. 우센과 아산은 불을 켰고 더럽고 조각조각 헤진 옷을 입고 있는 눈이 먼 노인들이 자신들 앞에 있는 것을 보았다.

"아버지, 어머니! 도대체 무슨 일입니까?"라고 아들들이 소리쳤다.

어머니는 친숙한 목소리를 듣고 울기 시작했다. 아버지는 흥분하기도 하고 기뻐하기도 하면서 손을 꼭 쥐고 말하기 시작했다.

"나를 찾는 누군가가 아직도 세상에 있단 말인가? 우리가 이미 오랜 전에 머릿속에서 묻어버렸던 우리의 아들들이 나를 방문하러 왔단 말인가?"

우셴과 아산은 부모님에게 그동안 어디에서 살았고 무엇을 보았으며 이제 어떻게 오게 되었는지에 대해 차례차례 모든 것을 이야기했다.

"그때 왜 아버지는 우리를 숲에 버리셨나요? 황금 때문에 우리를 쫓아냈나요?"라고 우셴이 아버지에게 물었다.

"왜 우리를 데리러 오시지 않았나요? 우리에게는 더 많은 황금이 있었는데!"라고 아산도 아버지를 질책했다.

"화내지 마라, 얘들아. 너의 삼촌이 말하길, 알라신의 뜻에 따라 내가 황금을 그에게 주어야하고, 너희들에게 귀신이 씌었기 때문에 너희들을 죽여야 한다고 했다. 너희들과 헤어지는 것이 우리도 고통스러웠다. 그리고 보다시피 우리는 이렇게 살아가고 있다. 부유한 너희 삼촌은 우리를 전혀 도와주지 않았다. 하지만 우리에게 내려진 가장 커다란 징벌은 우리가 너희들을 볼 수 없다는 것이다!"

노인은 조용해졌다.

우셴과 아산은 즉시 농가를 떠났다. 그들은 시장으로 가서 삼촌을 찾았고 언젠가 우셴이 버드나무에서 꺾었던 나뭇가지로 그를 세게 내리쳤다.

우셴과 아산은 시장에서 다시 집으로 돌아왔다. 그런데 부모님이 직접 그들을 문에서 맞이했으며 넋을 잃고 아들들을 바라보고 바라보았다. 형제들은 놀랐지만 마법의 막대기가 이것을 가능하게 했다는 것을 나중에 알아차렸다.

쩨빤 콕

옛날 옛날에 어느 아울에는 부유한 구두쇠가 살 았다. 그에게는 장성한 세 명의 아들이 있었다. 그런데 어느 누구도 결혼을 하지 않았다.

'아이들의 결혼은 내 재산을 완전히 파산시키고 말거야. 신부를 데려오기 위해서는 많은 보상을 해주어야 하잖아. 나는 그럴 수 없어. 자신의 재산을 소중히 여기는 사람은 나처럼 행동하는 거야.'라고 말하면서 부자는 아울 주민들 앞에서 자신을 정당화시켰다.

어느 날 형제들은 함께 모여 자신들의 생활과 자신들의 슬픈 운명에 대해 이야기하기 시작했다. 형들이 막내에게 말했다.

"우리들의 팔자는 똑같아. 다른 부잣집 아들들은 오래전에 결혼했어. 그들은 자신들의 가정이 있고 자신들의 재산을 일구며 사는데, 우리는 아직도 총각 신세를 면치 못하고 있어. 우리가 침묵하고 가만히 있으면 아버지는 계속해서 인색하게 굴고 변하지 않아. 아버지는 막내를 좋아하고 막내의 말을 잘 들어주니까, 네가 아버지에게 가서 우리가 결혼하고 싶어 한다고 말해

봐."

막내아들은 형들이 시킨 대로 했다. 아버지는 잠시 생각한 후에 말했다.

"가을이 와서 어린 망아지들이 어미로부터 젖을 떼게 되면, 그때 너희들이 원하는 대로 해줄게."

이제 가을이 되었다. 어린 망아지들이 자랐고 어미로부터 젖을 떼었다. 막내아들이 아버지에게 가서 다시 부탁을 하자 아버지가 대답했다.

"추운 겨울이 지나고 추위가 따뜻함으로 바뀌면, 그때 내가 너희들을 장가보내 줄게."

그런데 그해 겨울은 혹독했다. 찬바람이 끊임없이 불었고 눈보라가 몰아쳤다. 추위가 따뜻함으로 바뀌기도 전에 부자의 모든 가축들은 죽었다.

형제들은 단지 망아지 한 마리만을 굶주린 죽음으로부터 구할 수 있었다. 그들은 자신들도 먹지도 못하면서 아버지 몰래 빵조각을 숨겨서 망아지에게 가져다주었다.

자신의 모든 재산을 잃은 후에 부유한 구두쇠 아버지도 죽었다. 아들들은 가난하게 되었고 구걸을 하면서 아울을 돌아다녔다. 그들은 많은 고통을 인내했고 많은 고초를 견디었다.

그러는 동안 망아지는 조금 자랐다. 망아지는 온통 흰색이었다. 망아지의 털은 태양빛을 받으면 은처럼 반짝였으며, 갈기는 부드럽고 복슬복슬했다.

잘 생긴 망아지를 보면서 막내가 형들에게 말했다.

"망아지를 저에게 주세요. 제가 아울을 돌아다니면서 빵과 돈을 벌게요. 그것을 우리가 함께 나누도록 해요."

형들은 동의했다. 막내는 겨울 내내 그리고 여름 내내 형들을 먹여 살렸다.

어느 날 이웃 아울에서 성대한 말 경주대회를 준비하고 있었다. 초원지역에서 가장 훌륭한 50마리의 말들이 모였다.

막내가 망아지를 타고 그 아울 근처를 우연히 지나가게 되었다. 그는 초원에 모여 있는 많은 사람들을 보고 머지않아 말 경주대회가 있을 것이라고 생각했다. '우리가 말 경주대회에 참여하면 안 되는 이유가 있겠어?' 라고 그는 생각했다. 그래서 그는 먼저 사냥개를 추적해 본 후에 말 경주대회에 참여할 것인가를 결정하기로 했다.

그가 채찍을 휘두르자 망아지는 속도를 내서 사냥개를 따라잡았다. 사냥개는 한참동안 망아지와 나란히 달렸으나 결국 뒤처지고 말았다. 망아지를 탄 막내는 복슬복슬한 갈기에 몸을 기울이고 자주 뒤를 돌아보았고 기뻐서 심장은 두근두근 거렸다. 망아지는 초원을 날듯이 그렇게 가볍게 달렸다. 사냥개는 한참 뒤에 처졌다.

집에 도착하자 막내는 형들에게 말했다.

"우리 망아지는 활을 떠난 화살처럼 달려요. 초원에서 나는 사냥개와 달려 보았어요. 우리 망아지가 신속하게 추월했어요. 우리 망아지는 초원에 있는 어느 말과도 경주할 수 있다고 생각해요."

막내는 이렇게 말하고 형들에게 말 경주대회에 나가자고 제안했다. 형들도 동의했다.

망아지는 밤 동안 쉬었고 아침에 형제들은 말 경주대회가 열리는 장소로 함께 출발했다.

말 경주대회에서 가장 훌륭한 말은 두 마리인데, 그것은 칸이 소유한 말들이었다. 칸의 말들은 모든 대회에 참가했으며 어느 다른 말도 칸의 말들에게서 우승의 영광을 빼앗지 못했다. 이것에 대해서 형제들도 이미 잘 알고 있었지만 자신들의 행운을 시험해 보기로 결심했다. 형제들은 하얀 갈기를 가진 자신의 망아지가 한쪽 다리를 저는 것을 알고는 너무 안타까워했다.

그들은 몹시 슬펐지만 자신들의 결정을 바꾸고 싶지 않았다.

말 경주대회 준비가 시작되었다.

참가자들은 말에 올라탔다. 형제들은 결혼을 하지 않아서 승마자를 할 수 있는 아들이 없었다. 형제들은 가난한 아이를 자신의 망아지에 태우기로 했다. 그는 아울에서 조롱당하면서 타지샤 발라('가난한 꼬마'라는 의미임)라고 불리는 아이였다.

훌륭한 말 위에 올라탄 부잣집 아들들은 숲의 경계지역인 카라-코우로 출발했다. 그곳에서 대회가 시작될 것이다.

타지샤 발라도 그들과 함께 출발했다.

부잣집 아들들은 가난한 아이를 계속해서 조롱했다. 그들은 아이를 말에서 밀어내기도 하고, 아이의 소매를 잡아당기기도 했으며, 머리에 쓰고 있는 모자를 툭 쳐서 땅바닥으로 떨어뜨리기도 했다. 아이의 눈에는 눈물이 맺히었지만 그는 꾹 참고 있었다.

숲의 경계지역에 도착했을 때 승마자들은 정렬을 했고 타지샤 발라는 맨 뒷줄에 섰다.

경주가 시작되었다.

처음에 타자샤 발라는 뒤에 처졌지만 머지않아 그의 망아지는 질풍보다도 빠르게 질주했다.

아이는 앞에 달리는 승마자를 따라잡았으며 그의 모자를 벗겨서 자신의 옷 안에 쑤셔 넣었다. 그는 모든 승마자들을 따라잡을 때까지 계속해서 그렇게 했다. 칸이 소유한 말들도 그의 뒤에 처지게 되었다.

경주의 결승점이 가까워졌다.

맨 앞에 하얀 갈기의 망아지를 탄 타즈샤 발라가 질주하는 것을 본 군중들은 깜짝 놀랐다.

아울로 다가오면서 승마자들은 아버지의 이름을 소리쳐야만 했다. 그러나 가난한 아이는 어떻게 행동해야 할지를 몰랐다. '이제, 결승점이다. 망아지 주인의 이름을 소리쳐야 하나? 아니면 자기 아버지의 이름을 소리쳐야 하나?'라고 소년은 생각했다.

그는 뭔가를 생각해 냈고 웃으면서 즐겁게 소리쳤다.

"쩨뺀 콕! 쩨뺀 콕!"

이것은 빨리 달리는 하얀 말이라는 뜻이다.

칸은 불안해하면서 경주를 지켜보았고 자신의 말들이 앞서 달리기를 원했다. 모든 말들 앞에 하얀 망아지가 달리는 것을 보고 칸은 몹시 놀랐다.

"내가 잘못 보고 있는 것이 아니지? 옴이 있는 하얀 망아지가 맨 앞에 달리는 것이 사실인가?"라고 칸은 군중들에게 물었다.

"사실이에요, 사실이에요! 그 말이 가장 잘 달리고 있어요!"라고 사람들이 대답했다.

그러자 칸이 화를 냈다.

"저 옴이 있는 말은 경기 도중에 끼어들었어. 우리는 저 망아지를 말 경주 대회에 참가시키지 않았다고! 저 놈을 빨리 쫓아버려!"

칸의 심부름꾼들은 칸의 명령을 실행하기 위해 하얀 망아지를 잡으려고 달려갔다. 그런데 어쩔 수 없다! 망아지를 탄 아이는 이미 한참 앞에 있었다.

어느 누구도 가난한 아이를 감히 맞이할 수가 없었다. 단지 모든 사람들이 전혀 알지 못하는 어떤 처녀가 하얀 망아지의 굴레를 잡을 수 있었고 아이를 땅에 무사히 내리게 할 수 있었다.

화가 난 칸은 계속해서 소리를 질렀다.

"저 말은 고려하면 안 돼, 경기 도중에 끼어들었어!"

그러자 아이는 원추형으로 된 하얀 언덕에 올라가서 군중들에게 말했다.

"저는 처음부터 말 경주대회에 참여했어요."

아이가 옷의 앞깃을 열어 제치자 모자들이 땅바닥으로 떨어졌다.

"이것은 모든 승마자들의 모자예요. 아시겠어요? 만약 제가 경기 도중에 끼어들었다면 이 모자들이 어디서 났겠어요? 강력하고 힘센 말을 타고 지나가면서 제가 벗긴 거예요!"

군중들은 즐거운 탄성을 지르면서 승리자를 환호했다.

창피를 당한 칸은 돌아서서 멀리 가버렸다.

형제들은 하얀 망아지의 승리에 대한 포상으로 40마리의 말을 받았다. 그들은 성대한 초원의 말 경주대회에서 모든 말을 앞지른 용감한 아이에게 말 10마리를 주었다.

말 경주대회 이후에 형제들의 경제생활은 좋아졌다. 얼마 지나지 않아 그들은 아름다운 아내를 얻었다.

하얀 망아지에 대한 커다란 칭찬이 민중 사이에 떠돌았으며 지금까지도 이 말을 칭찬하는 이야기인 ≪쩨뺀 콕≫은 세대에서 세대에게로 전해지고 있다.

두 명의 사기꾼

옛날 옛날에 두 명의 사기꾼이 살았다. 한 명은 스르다리이 초원에서 돌아다녔고 다른 한 명은 사르아르키 초원에서 돌아다녔다. 그들의 간계에 대한 소문은 널리 퍼져 있었고 그들은 서로 서로에 대한 이야기를 수없이 들었다.

마침내 그들은 자신들이 어딘가에서 일대일로 만나서 자신들의 교묘한 솜씨를 시험하고 교활함을 비교해 보는 것이 좋겠다고 생각했다.

구두를 닦고 옷의 앞깃을 여민 후에 그들은 서로 서로를 향해 출발했다. 그들은 걷고 걸었다. 어느 날 그들은 얼마 전에 무덤 위에 세운 마자르(이슬람의 성묘聖廟로 이슬람교도들이 참배하는 곳)와 나란히 있는 카라반들이 다니는 도로에서 만났다. 그들은 오랜 친구처럼 인사를 하고 포옹을 했으며 대화를 나누었다.

"새로운 소식이라도 있나?"라고 스르다리이 지역 사기꾼이 물었다.

"있지. 여기 새로 세운 마자르가 보이나? 얼마 전에 이곳에다 부유한 사람을 묻었어. 그 사람은 많은 가축과 많은 황금을 남겼는데, 그의 어리벙벙한 아들놈이 모든 재산을 유산으로 물려받았어."라고 사르아르키 지역 사기꾼이 대답했다.

그러자 스르다리이 지역 사기꾼이 말했다.

"부자가 자신의 소유물을 주지 않는다고 가난한 자가 하품만 하고 있으면 안 되지. 부자의 아들에게서 금화 100개를 꾀어내서 반씩 나누어 가집시다."

사르아르키 지역 사기꾼이 대답했다.

"자네가 말한 대로 이루어진다면! 나도 동의해. 그런데 그것을 어떻게 하지?"

한 명의 사기꾼 더하기 한 명의 사기꾼은 두 명의 사기꾼인데, 오랫동안 상의할 필요가 있을까? 그들은 함께 간단하게 식사를 했고 이렇게 저렇게 궁리를 했고 결정을 내렸다.

스르다리이 지역 사기꾼이 마자르에 들어가서 숨어 있고, 사르아르키 지역 사기꾼은 녹색 두건으로 머리를 감싸 두르고 정통파 이슬람교도처럼 기도서를 읽으면서 그리고 염주를 돌리면서 죽은 부자가 살던 아울에 나타났다.

사기꾼은 부자의 아들에게 말했다.

"애야, 예전에 네 아버지가 '돈을 돌려달라고 말하면 바로 돌려주겠소. 내가 살아있으면 내가 갚을 것이고 내가 죽으면 내 아들이 갚을 거요.'라고 말하면서 나에게서 금화 100개를 빌린 적이 있다. 예전의 채무를 갚을 때가 되었다. 네 아버지의 유언을 이행하도록 해라."

부자의 아들은 그런 얘기를 듣고 어안이 벙벙했다. 받는 사람에게는 여섯도 적고, 주는 사람에게는 다섯도 많은 것이니까! 부자의 아들이 잠시 생각하고 나서 물었다.

"어르신의 말씀이 거짓이 아니라는 것을 무엇으로 증명하지요?"

사기꾼은 슬픈 듯이 고개를 가로젓고 한숨을 쉬면서 말했다.

"만일 네가 내가 쓰고 있는 녹색 두건을 믿을 수 없다면, 네 아버지 무덤에 가봐라. 아마 네 아버지가 직접 진실을 털어놓을 것이다."

젊은 부자는 굉장히 걱정을 하면서 마자르에 왔고 두려움에 떨면서 물었다.

"아버지, 아버지께서 녹색 두건을 두른 이샨(이슬람교의 정신적인 지도자)에게 금화 100개를 빌렸다는 것이 사실입니까?"

그러자 마자르 안에 있던 스르다리이 지역 사기꾼이 대답했다.

"아들아, 그가 말하는 것은 사실이다! 나는 그 채무 때문에 이곳에서 무시무시한 고통을 겪고 있다. 이샨에게 돈을 빨리 돌려주고 죽은 내 몸이 쉴 수 있게 해다오!"

부자의 아들은 온통 식은땀에 범벅이 되어 집으로 돌아왔고, 더 이상 말 한마디도 하지 않고 사기꾼에게 금화 100개를 주었다.

사기꾼은 금화를 품에 숨기면서 생각했다.

'친구 놈은 마자르에서 진저리가 날 때까지 있도록 그냥 놔두자. 나 혼자도 초원에서 길을 잃지는 않을 거야.'

며칠이 지나고 몇 주가 지났다. 그는 자신의 유르트에 돌아와서 난로 밑에 금화를 몰래 숨기고 아내에게 엄하게 지시했다.

"만약 이런 이런 사람이 우리 집에 나타나면 내가 갑자기 죽어서 법에 따라 매장했다고 말해. 가능한 한 빨리 그 사람을 쫓아버리도록 하고, 그 사람이 떠날 때까지 저녁마다 골짜기에 있는 나에게 음식을 가져와. 나는 때가 될 때까지 그곳에 머무를 거야."

한편 스르다리이 지역 사기꾼은 컴컴한 마자르 안에서 동료를 기다리고 기다리다 마침내 그가 자신을 속였다는 것을 깨달았다. 그는 겨우 밖으로 나와서 사르아르키 방향을 바라보면서 소리쳤다.

"초원은 넓지만 사람은 기민한 거야! 자네는 나에게서 숨을 곳이 없어. 어디 두고 보자. 뿌린 대로 거두는 법이야!"

이 말을 하면서 그는 허리띠를 졸라매고 사기꾼의 흔적을 찾아 길을 떠났다. 날이 가고 한 달이 지났다. 마침내 초원에서 도망친 사기꾼의 유르트를 찾아내서 문을 열고 문지방을 넘었다.

사르아르키 지역 사기꾼의 아내는 낯선 사람을 보자마자 울면서 통곡하기 시작했다.

"불행한 제 남편이 죽었어요. 장례식을 치른 지 3일이 되었어요. 당신이 누구시든 간에 고통을 겪는 저를 혼자 있도록 내버려 두세요."

'헛고생 하지 마, 소용없어!' 라고 스르다리이 지역 사기꾼은 마음속으로 생각했다. 그렇지만 눈물을 흘리며 큰소리로 말했다.

"아주머니, 아주머니의 말씀이 내 가슴을 쥐어뜯는군요. 내 친구가 죽었구나, 불행이구나, 불행이여! 나는 망자를 추모하지 않고는 망자의 집에서 떠날 수가 없소! 내가 장님이 될 때까지 이곳에 머물겠다는 것을 알라신 앞에 맹세해요. 그러니 울음을 멈추시고 자리에 앉으시오."

하루하루가 지나갔고 스르다리아 지역 사기꾼은 타인의 유르트에서 살면서 양고기와 쿠므즈로 친구를 추모했다. 그는 저녁마다 여주인이 무엇인가로 가득 찬 자루를 들고 어딘가로 간다는 것을 알아챘다. 어느 날 사기꾼은 여주인의 뒤를 몰래 밟았고 계곡으로 가는 길을 알아냈다.

그러던 언제가 여주인이 다른 사람으로부터 손님 초대를 받았다. 그녀는 옷을 잘 차려입고 집을 나섰고 밤이 되어서야 돌아왔다. 스르다리이 지역 사기꾼은 시간을 무익하게 허비하지 않았다. 그는 여주인의 옷으로 갈아입고 여러 가지 음식을 자루에 담아서 날이 어두워지자 계곡에 있는 사르아르키 지역 사기꾼에게로 갔다.

그는 음식을 받은 후에 속임수를 알아차리지 못하면서 물었다.

"어때, 그 사기꾼이 아직도 떠나려고 하질 않아?"

스르다리이 지역 사기꾼은 목소리를 변조한 후에 대답했다.

"전혀 자리를 뜰 생각을 하지 않아요. 마치 굉장히 슬픈 듯이 행동을 해요. 그런데 그는 계속해서 뭔가를 찾고 있는 것 같아요. 당신은 뭔가를 그에게 숨기고 있죠? 당신이 숨겨 놓은 것을 그가 찾아 낼까봐 걱정이에요."

사르아르키 지역 사기꾼은 웃으며 말했다.

"걱정할 것 없어, 멍청아. 그놈이 지팡이처럼 바싹 여위도록 내버려 둬. 절대로 찾아낼 수 없어. 하지만 혹시 모르니 난로 뒤를 잘 감시해. 뭔가 이상한 것이 느껴지면 나에게 당장 알리도록 해."

"알겠어요."라고 스르다리이 지역 사기꾼은 대답했지만 마음속으로는 '아, 바로 난로 밑에 숨겼구나!' 라고 속삭였다.

여주인이 집에 돌아왔을 때 스르다리이 지역 사기꾼은 아무 일도 없었던 듯이 자신의 자리에 앉아서 쿠므즈를 마시고 비탄의 눈물을 흘렸다.

여주인은 급히 자루를 들고 남편이 늦게 왔다고 비난하지 않길 바라면서 남편에게로 달려갔다.

아내를 보게 되자 매우 놀라서 물었다.

"무슨 일이야? 이번에는 왜 왔어?"

그러자 아내가 대답했다.

"잘 지냈어요? 왜 그러세요? 난 오늘 처음 오는 것인데."

"아니, 이런 멍청이. 나를 죽여라 죽여!"라고 소리치며 사기꾼은 온 힘을 다해 유르트로 달리기 시작했다.

그러나 그곳에 있던 황금은 이미 사라졌다.

노인들이 '힘으로 흥한 자 힘으로 망하고, 입으로 흥한 자 입으로 망한다.'

라고 말한 것이 다 이유가 있는 것이다.

사르아르키 지역 사기꾼은 잠시 생각한 후에 다음과 같이 말했다.

"행운은 우리에게 다가오기도 하고 등을 돌리기도 한다. 비탄에 잠겨 있는 사람은 그 곤경을 더 어렵게 만들 따름이다. 벼룩에게 화가 난다고 외투를 불에 던져 버리는 것은 바보나 하는 짓이다."

그는 아내와 이별을 한 후에 뿔이 없는 황소에 올라탔으며 옹이가 많은 막대기로 소를 몰면서 스르다리이 초원을 향해 출발했다.

사르아르키 지역 사기꾼이 길을 물으면서 초원을 따라 오는 동안 스르다리이 지역 사기꾼은 이미 집에 도착했고, 아내에게 자신이 갑자기 죽었다는 것을 모든 아울에 알리라고 명령을 내리고 자신은 흰 천으로 머리를 뒤집어 쓰고 죽은 사람처럼 누워있었다. 아내는 남편이 지시한 대로 모든 것을 실행했다. 아내가 통곡을 하는 가운데 이웃 사람들이 모이기 시작했고 떠들썩했으며 죽음을 애도했다. 그런 후에 죽은 척하는 망자를 방치되고 있던 낡은 마자르로 옮겼으며 추모 식사를 함께 했다.

추모가 한창 진행 중일 때 사르아르키 지역 사기꾼이 뿔이 없는 황소를 타고 아울에 도착했다. 이곳에서 무슨 일인가가 벌어졌고 사람들이 누군가를 추모하고 있다는 것을 알고 나서 그는 '흥, 친숙한 노래인데' 라고 생각하며 모든 것을 즉시 알아차렸다. 그러나 그는 슬픈 소식에 충격을 받은 척하며 흐느껴 울기 시작했고 소리 높여 말했다.

"만일 나의 친구가 죽었다면, 나도 죽을 것이야. 그가 없으면 행복도 없고 행복이 없으면 삶은 침울한 것이니까. 한 가지를 부탁합니다. 나를 친구와 나란히 눕혀주시고 죽은 후에도 우리를 절대로 떼어 놓지 마십시오."

이런 말을 하고 나서 그는 땅에 쓰러졌고 숨을 멈추었으며 죽은 척했다.

그날 그의 장례도 치렀고 그를 친구와 나란히 눕혔다. 사람들은 돌아갔고

두 명의 사기꾼만이 마자르 안에 남았다.

"안녕하시오!" 하고 사르아르키 지역 사기꾼이 조용히 인사를 건넸다.

"안녕합니다!" 하고 스르다리이 지역 사기꾼도 조용하게 대답했다.

"이제 부자에게서 받은 황금을 나눌 때가 되지 않았나?" 하고 사르아르키 지역 사기꾼이 물었다.

"그렇지, 때가 되었지." 라고 스르다리이 지역 사기꾼이 대답했다.

그들이 이런 대화를 막 시작하자마자 갑자기 밖에서 발자국 소리와 소음과 종소리가 들렸으며 40명의 도둑 무리들이 마자르 안으로 뛰어 들어왔다.

도둑들은 둥글게 모여 앉아서 훔친 물건들을 나누기 시작했다. 황금은 39 몫으로 나뉘어졌고 누군가는 옛날 칼을 가져야만 했다. 그러나 어느 누구도 칼을 가지려고 하지 않고 모두가 황금을 가지려고 했다. 논쟁이 벌어졌다. 그러자 악당 두목이 말했다.

"멍청이들, 과연 이 훌륭한 칼이 한줌의 동전보다 더 귀중하지 않단 말이냐? 용감한 사람은 이것을 가지고 자신을 보호하고 재물을 획득할 수가 있는 거야. 내가 이 칼을 가지고 여기 있는 죽은 두 놈들을 단칼에 베어버리면 놀라겠지!" 라고 말하면서 그는 칼집에서 칼을 꺼냈다.

바로 그 순간에 하얀 천을 뒤집어쓰고 있던 두 사기꾼은 불행한 일이 벌어지기 전에 바닥에서 벌떡 일어나서 소리치기 시작했다.

"흉악무도한 놈들이 엄청난 죄를 저지르는구나! 산 사람들의 눈물을 흘리게 하는 것이 부족해서 망자의 시신까지 훼손하려고 하는구나! 두려워해라! 이제 너희들을 응징할 시간이 되었다."

그때 무슨 일이 벌어졌던가! 멍청한 오리는 꼬리로 잠수한다.

악당들은 모든 보석을 내팽개치고 서로를 뛰어 넘으면서 뿔뿔이 도망치기 시작했다. 어느 놈은 문으로 달아나고 다른 놈은 이마로 벽을 뚫고 달아났다.

순식간에 그들은 마자르에서 아주 멀리 도망갔다.

두 명의 사기꾼들은 천을 걷어치우고 금은보화를 사이좋게 나누어 가졌으며 자신들이 했던 행동에 대해 배꼽잡고 웃은 후에 헤어졌다. 한 사람은 스르다리이 초원으로, 다른 사람은 사르아르키 초원으로 향했다.

용감한 당나귀

       한 당나귀는 짐을 싣고 다니는 일에 싫증나게 되었다. 그래서 어느 날 그는 자신의 친구인 낙타에게 말했다.

"이봐, 낙타 친구, 나는 짐을 싣고 다니는 것에 싫증이 났어. 등에는 성한 곳이 없어. 주인에게서 도망쳐서 우리 둘이 마음 내키는 대로 살자."

낙타는 말없이 잠시 생각에 잠겼다가 말했다.

"자네 말이 맞아. 우리 주인은 나쁜 사람이야, 먹이도 부실하게 주고 일은 많이 시켜. 나도 도망치면 좋겠어. 그런데 어떻게 도망치지?"

당나귀에게는 이미 대답이 준비되어 있었다.

"내가 모든 것을 생각해 놨어, 걱정하지 마. 내일 주인은 소금을 도시로 운반하라고 우리에게 시킬 거야. 처음에 우리는 온순하고 얌전하게 걸어가자. 언덕에 도달하면 길에 넘어져서 완전히 지친 척하는 거야. 주인은 우리에게 욕설을 퍼붓고 몽둥이로 때리겠지. 그래도 우리는 자리에서 일어나지 말자. 그는 때리다 지쳐서 도움을 요청하러 집으로 갈 거야. 그러면 우리는 자유롭게 되는 거야. 다리만 건장하다면 어디로든지 도망갈 수 있어."

낙타는 마음이 유쾌해졌다.

"그래, 자네는 좋은 생각을 해냈구먼! 훌륭해! 자네가 말한 대로 그렇게 하자."

그들은 아침까지 기다렸다. 주인은 그들에게 소금 자루를 잔뜩 실었으며 도시로 가기 시작했다.

그들은 언제나처럼 낙타가 맨 앞에, 당나귀가 그 다음에 그리고 그 뒤에는 몽둥이를 든 주인이 걸어갔다. 그들이 언덕에 도착했을 때 당나귀와 낙타는 땅에 쓰러졌으며 완전히 지쳐서 일어날 수도 없는 척했다.

주인은 그들에게 욕설을 퍼부었다.

"아이고, 게으름쟁이들아! 네놈들은 게으름쟁이야! 내가 네놈들을 몽둥이로 때리는 동안 당장 일어나라!"

그러나 낙타와 당나귀는 전혀 못들은 듯이 꼬리도 움직이지 않았다.

주인은 화가 났고 그들을 몽둥이로 마구 때렸다.

주인은 낙타를 39대 때렸지만 아무런 소용이 없었다. 그러나 40번째 때리려고 몽둥이를 치켜들었을 때 낙타는 울부짖으며 일어섰다.

주인이 말했다.

"진작 그럴 것이지!"

그런 후에 주인은 당나귀를 때리기 시작했다. 40대를 때렸지만 당나귀는 숨도 쉬지 않았고, 50대를 때려도 몸조차 떨지 않았으며, 60대를 때려도 당나귀는 전처럼 누워있었다.

주인이 보아하니 상황이 좋지 않았다. 아마 당나귀가 죽을 것 같았다. 큰일이다, 뭐든 해야 된다. 주인은 당나귀에게서 짐을 내려 낙타에게 싣고 출발했다.

낙타는 많은 짐을 싣고 겨우 겨우 걸으면서 당나귀를 저주했다.

'저주스러운 당나귀! 너 때문에 나는 매를 맞고 두 배의 짐을 싣고 가는 거야.'

당나귀는 주인과 낙타가 언덕 너머로 사라질 때까지 꼼짝도 하지 않고 있다가 일어나서 길을 분간하지 못하면서 걸어갔다.

그는 3일 밤낮을 걸어갔고 세 개의 산과 세 개의 계곡을 넘어서 마침내 넓은 초원이 있고 급류가 빠르게 흐르는 강에 도달했다.

당나귀는 초원이 마음에 들어서 그곳에서 머물렀다. 그런데 힘이 세고 강력한 호랑이가 이미 오래전부터 그 초원을 차지하고 있었다.

어느 날 호랑이는 자신의 영토를 둘러보기로 결심했다.

호랑이는 이른 아침에 길을 나섰고 한낮에 당나귀와 마주쳤다.

당나귀는 초원을 돌아다니면서 이따금 꼬리를 흔들고 풀을 뜯어먹고 있었다.

호랑이는 생각했다. '저게 무슨 짐승이지? 저런 것은 처음 보는데.'

그런데 당나귀는 호랑이를 보고는 망연자실했다.

당나귀는 마음속으로 생각했다. '참, 이제 나도 끝장이구나!' 그리고 마음속으로 결심했다. '내가 도망치다 죽기보다는 호랑이에게 나의 용맹을 보여주는 것이 낫겠다.'

당나귀는 꼬리를 세우고 양쪽 귀를 치켜 올렸고 입을 크게 벌려 온 힘을 다해 소리쳤다!

호랑이는 놀라서 현기증이 났다.

호랑이는 뒤로 물러서서 전속력으로 도망쳤으며 두려워서 뒤돌아보지도 못했다.

길에서 호랑이는 늑대와 마주쳤다.

"무엇에 그렇게 놀라셨습니까? 지배자님!"

"난 지금까지 본 적도 없는 짐승을 보고 놀랐다. 그는 귀 내신에 날개가 있고, 입은 머리보다 더 크고, 땅이 진동하고 하늘이 광채를 잃을 정도로 그렇게 크게 울부짖는다."

"잠깐만요, 폐하, 잠깐만요! 정말로 아직 당나귀를 만난 적이 없으신가요? 기다려 보세요, 내일 저와 함께 그놈을 올가미로 묶도록 해요."

다음 날 늑대는 올가미를 가져왔다. 그는 올가미의 한쪽 끝은 호랑이의 목에 묶고, 다른 끝은 자신의 목에 묶고 그들은 공터로 출발했다.

늑대가 앞장서서 가고 호랑이는 뒤에 따라가면서 계속해서 부딪쳤다.

당나귀는 멀리서 그들을 알아보고 또다시 전과 같은 자세를 취했다. 꼬리를 위로 치켜세우고 입을 크게 벌리고 이전보다 더 큰소리로 울부짖었다.

그러자 호랑이가 늑대에게 소리쳤다.

"아니, 이봐 친구, 너는 저 괴물에게 나를 선물로 받치려고 나를 끌고 가는 거지!"

호랑이가 온 힘을 다해 도망치자 늑대의 머리가 떨어져 나갔다.

호랑이는 집으로 달렸고 호흡을 제대로 가눌 수도 없었다.

그때 까치가 그에게 날아왔다. 까치는 호랑이에게 마구 수다를 떨었고 이것저것에 대해 캐묻고 나서 말했다.

"기다려 보세요, 폐하, 제가 초원으로 날아가서 도대체 그 짐승이 누구인가, 무엇을 하고 있는지 보고 올게요. 그런 후에 모든 것에 대해 상세하게 아뢸게요."

까치는 초원으로 날아갔다.

당나귀는 멀리서 까치를 알아차리고 땅에 누워서 다리를 쭉 뻗고 죽은 척했다.

까치가 아래를 내려다보고 자신의 눈을 의심했다. 무시무시한 짐승이 죽어있는 것이 아닌가!

까치는 당나귀에게 곧장 내려와서 당나귀의 앞뒤로 왔다 갔다 했으며, 자신이 괴물을 무찔렀다고 호랑이에게 허풍떨어야겠다고 생각했다.

까치가 땅바닥에 있는 밀 알맹이를 발견한 것은 불행이었다. 까치는 밀 알맹이를 먹고 싶었고 부리로 쪼았는데 잘못해서 당나귀의 다리 사이에 머리가 부딪치고 말았다.

그러자 당나귀는 정신이 들었다. 당나귀는 까치를 무릎사이에 끼우고 꼬리로 까치를 세게 때리기 시작했다. 당나귀는 계속해서 까치를 때렸고 까치의 깃털들이 사방으로 흩날렸다. 그런 후에 당나귀가 발굽을 휙 흔들자 까치는 초원 끝으로 날아가 떨어졌다. 까치는 그곳에 한참동안 누워있었고 제정신이 돌아왔다.

까치는 신음소리를 내고 한숨을 내쉬면서 가까스로 몸을 비스듬히 하고 호랑이가 있는 곳으로 날았다.

날아오면서 멀리서 호랑이에게 소리쳤다.

"달아나세요, 폐하, 목숨이 붙어 있을 때 멀리 달아나세요! 저주스런 짐승 놈이 저를 완전히 불구로 만들었어요. 폐하도 당하지 않도록 조심하세요!"

호랑이는 완전히 겁을 먹고 자신의 모든 가재도구를 챙겨서 먼 나라로 영원히 떠났다.

그래서 용감한 당나귀는 지금도 넓은 초원에 살고 있다.

세 명의 친구

정말 있었던 일인지 아닌지는 몰라도 사람들이 말하길 언젠가 새끼염소와 새끼양과 송아지는 서로 사이가 좋았고 의형제를 맺었다고 한다.

한번은 새끼염소가 멀리 있는 산을 바라보며 친구들에게 말했다.

"형제여, 저녁이면 태양이 산 너머로 사라지는 것을 너희들 중에서 누가 봤니?"

"나는 봤지." 라고 새끼양이 말했다.

"나도 봤어." 라고 송아지가 말했다.

"우리 셋이 밤에 태양이 도대체 어디에 숨는지 알아보러 가자." 라고 새끼염소가 제안했다.

"나도 너와 함께 가면 기쁠 텐데, 목동들이 우리를 놔주지 않을 거야." 라고 새끼양이 한숨을 내쉬었다.

"목동들이 우리를 놔주지 않지." 라고 송아지도 동의했다.

"우리는 목동들에게서 도망칠 수 있어! 나중에 원하면 우리를 찾겠지. 초원은 다 돌아다닐 수도, 올가미로 측정할 수도, 눈으로 둘러볼 수도 없을 정도로 그렇게 넓어."

그래서 그날 새끼염소와 새끼양과 송아지는 가축우리에서 몰래 도망쳤다.

그들은 초원을 따라 걸어갔다. 먼 길이었다. 그러나 산은 점점 가까워졌다. 친구들은 기뻤다. 갑자기 그들 앞에 있는 도랑에서 물이 반짝였다. 수로를 어떻게 건널 것인가?

"이거 별거 아냐, 뛰어서 건너자!"라고 새끼염소가 말했다.

"난 무서워."라고 새끼양이 말했다.

"나도 무서운데."라고 송아지도 거들었다.

"에이, 겁쟁이들, 난 하나도 무섭지 않아."라고 새끼염소가 비웃었다.

새끼염소는 펄쩍 뛰어서 순식간에 건너뛰었다.

새끼양도 그를 따라 뛰어넘었다. 단지 뒷발굽이 물에 젖었을 뿐이다.

송아지는 제 자리에서 멈칫멈칫하다가 어쩔 수 없어서 펄쩍 뛰었다. 그런데 물에 풍덩 빠졌다! 하마터면 물을 들이킬 뻔했다.

친구들이 송아지의 귀를 움켜잡고 끌어냈다.

"송아지야, 우리가 네 목숨을 구해준거야. 너는 우리에게 보답해야만 해. 산까지 우리를 등에 태우고 가. 너는 힘이 세잖아."라고 새끼염소가 말했다.

두 명의 장난꾸러기들은 송아지의 등에 올라탔고 가면서 몰래 웃었다.

얼마의 시간이 흘렀고 송아지는 지쳤으며 숨을 헐떡이기 시작했고 불평하며 말했다.

"아, 힘들어. 나는 너희들을 위한 낙타가 아니야. 저기 앞에 하얗게 보이는 돌이 있는 곳까지만 태우고 갈 테니까 그곳에서 내리도록 해."

그들은 돌이 있는 곳까지 왔는데, 그것은 돌이 아니었다. 여행용 자루가 땅바닥에 뒹굴고 있었다. 여행용 자루는 무엇인가로 꽉 차 있었다. 어떤 멍청이가 짐을 잃어버린 것 같았다. 자루를 열었더니 네 개의 짐승 가죽이 들어 있었다. 표범 가죽, 곰 가죽, 늑대 가죽 그리고 여우 가죽이었다.

"좋은 물건이네. 이것들은 유용하게 쓰일 때가 있을 거야."라고 새끼염소가 말했다.

그들은 자루를 갖고 계속 걸어갔다. 이제 손을 뻗으면 닿을 정도로 산에 아주 가까이 왔다. 산 밑에 하얀 유르트가 있었다. 유르트 안에서 매우 와자지껄한 소리와 노래 소리와 돔브라 악기 소리가 들려왔다. 그들은 멈추어서 서로 눈짓을 교환하고 어떻게 되는 말든 문을 활짝 열어젖혔다.

유르트에서는 연회가 열리고 있었다. 야생 동물들이 자신들의 축제를 거행하고 있었던 것이다. 얼룩무늬의 표범은 쿠므즈를 마시고, 살찐 곰은 할바(과즙과 벌꿀 등으로 만든 터키식 과자)를 먹고 있었고, 회색빛 늑대는 바우르삭(카자흐 민족의 전통적인 튀긴 빵)을 먹고 있었고, 불그스름한 빛깔의 여우는 돔브라를 연주하며 노래를 부르고 있었다.

딩-딩-딩 나의 돔브라야!
지금 우리 모두는 이곳에서 친구들이야.
내일이면 우리는 또다시 적이 될 것이다.
각자 자신의 가죽을 소중히 해라!

새끼염소와 새끼양과 송아지는 곤경에 처하게 되었다는 것을 깨닫고는 깜짝 놀라서 얼어버렸고 문지방에 그대로 서 있었다. 그런데 뜻밖의 손님들을 보게 된 야생 동물들의 눈은 불타올랐다. 이렇게 맛있는 음식들이 스스로 그들의 입속으로 들어오다니! 여우는 탐욕스러운 무리들에게 교활하게 윙크를 하고 자리에서 일어나서 입맛을 다시며 능청스런 말했다.

"어서 오십시오, 친애하는 손님 여러분들. 알라신께서 친히 당신들을 우리의 연회에 보내셨군요. 자, 난로 옆으로 가까이 와서 앉으세요. 이제 더 이상 바랄 수 없을 정도의 진수성찬을 우리가 여러분들에게 대접할게요. 여러분들은 우리들을 위해 잠시 동안 돔브라를 연주하고 노래를 불러주시지 않겠어요?"

새끼양은 겁이 났고 아무 말도 하지 않았다. 송아지는 뒷걸음치고 아무런 말을 하지 않았다. 그런데 새끼염소는 곱슬곱슬한 털을 흔들고는 원기 있게 말했다.

"여우야, 돔브라를 이리 다오! 내가 여러분들을 위해서 연주하고 노래를 부를게. 여러분들, 들어보시면 좋을 거야."

그런 후 새끼염소는 돔브라를 연주하기 시작했다.

딩-딩-딩 나의 돔브라야!

적들이 호의를 베풀기를 기다리지 않아.

우리에게 얼룩무늬의 표범은 별거 아니야,

살찐 곰도 별거 아니야.

늑대도 별거 아니고,

여우도 별거 아니야.

우리 셋이 함께 확 달려들어서

우리는 모든 악당들을 깨물어서 죽여 버릴 거야!

짐승들은 노래를 들었다. 이 얼마나 대담한 노래인가?

"너희들은 도대체 누구냐?" 라고 표범이 물었다.

"우리는 초원의 사냥꾼이다." 라고 새끼염소가 대답했다.

"그러면 어디로 가고 있는 중이야?"라고 곰이 으르렁거리기 시작했다.

"물건을 시장에 가져가고 있는 중이다."

"어떤 물건을?"하고 늑대가 중얼거렸다.

"야생 짐승 가죽이다."

"그것들이 어디서 났어?"하고 여우가 투덜거렸다.

"너희들 부모의 가죽을 벗긴 거야."라고 새끼염소는 대답하고 가방에서 네 개의 가죽, 즉 표범 가죽, 곰 가죽, 늑대 가죽, 여우 가죽을 꺼냈다.

입씨름을 벌이던 악당들은 두려움에 사로잡혀 그 자리에 굳어버렸으며, 잠시 후에 그들은 울부짖고 재빨리 문으로 쏜살같이 도망쳤다.

세 명의 의형제들은 타인의 유르트에 남아서 주인이 되었다. 그들은 맛있는 음식을 먹었고 앞으로 어떻게 할 것인가에 대해 생각하기 시작했다.

새끼염소가 말했다.

"우리가 나쁜 놈들을 놀라게 한 것은 잘한 것이야. 그러나 그들이 제정신이 들어서 다시 돌아온다면, 그땐 좋지 않아. 우리는 뼈도 못 추릴 거야. 빨리 집으로 돌아가는 게 좋겠다. 사실 집에서는 어떠한 짐승도 무섭지 않잖아. 집에서는 노련한 목동들이 우리를 위험에 빠뜨리지 않아."

새끼염소는 친구들을 오랫동안 설득할 필요가 없었다.

"네 말이 맞아."라고 새끼양이 동의했다.

"그래, 네가 옳아."하고 송아지도 찬성했다.

얼마 후에 그들은 하얀 유르트에서 멀리 떨어진 곳에, 산에서는 더 멀리 떨어진 곳에 있게 되었다. 맨 앞에 새끼염소가 달려가고 그 뒤에 새끼양 그리고 그 뒤에 송아지가 달려갔다.

저녁 무렵에 그들은 집에 도착했다. 목동들은 그들이 돌아온 것이 기쁜 나머지 그들에게 욕도 하지 않았다. 그렇게 모든 것이 잘 되었다.

단지 잘 되지 않은 한 가지는 밤에 태양이 어디에 숨는지 세 명의 친구들은 여전히 모른다는 것이다.

선한 사람과
악한 사람에 대한 이야기

옛날 옛날에 작실릭이라는 선한 사람과 자만딕이라는 악한 사람이 살았다. 어느 날 자만딕은 먼 여행을 떠났다. 그는 걷고 또 걸었으며 매우 지치게 되었다. 그때 말을 탄 사람이 그를 따라잡았다. 말을 탄 사람은 다름 아닌 작실릭이었다. 그들은 가는 방향이 같은 것으로 밝혀졌다.

"나도 태우고 가시오. 당신 말은 훌륭하니 우리 모두를 데리고 갈 수 있어요. 함께 가면 더 즐거울 거요."라고 자만딕이 부탁했다.

"그래, 좋아요, 그러나 한 가지 조건이 있어요. 우리는 차례대로 타고 갑시다. 저기 나무가 보이지요? 그곳에서 말을 멈추도록 하시오. 나는 그곳까지 걸어가고, 그곳부터 내가 타고 갈 테니. 그 다음에 또 당신이 타고 가는 거예요. 우리 둘이 함께 말을 탈 수는 없어요."라고 작실릭이 말했다.

자만딕은 동의하고 말에 올라탔으며 신속히 떠났다.

작실릭은 오랫동안 걸어갔다. 이제 해가 어둑해졌고 길은 울창한 어두운 숲으로 둘러싸였다. 그러나 말도 자만딕도 어디에도 보이질 않았다. 자만딕이 작실릭을 속인 것이었다.

일은 이렇게 된 것이다. 말을 타고 멀리까지 달려와서 보이지 않게 되자 자만딕은 자신이 가야 될 곳으로 여유롭게 그냥 가버렸던 것이다.

'그래, 뭐라도 먹고 쉬어야겠다.'라고 악한 감정을 품지 않는 작실릭은 생각했다. 숲에서 그는 작은 오두막을 보게 되었고 쉬기 위해 안으로 들어갔다.

오두막 안은 조용했고 아무도 없었다. 오두막 한가운데에는 커다란 가마솥이 있었고 솥 아래에는 장작불이 타고 있었으며 솥 안에는 고기가 끓고 있었다.

작실릭은 놀랐다. '이렇게 맛있는 냄새가 온 오두막에 진동하는데 주인이 없다니. 주인은 도대체 어디에 갔을까?'

'한번, 맛 좀 볼까!'라고 작실릭은 중얼거렸다. 그는 손가락을 솥에 담갔다가 핥았다. '맛있네!'라고 마음속으로 생각했다. 그러나 그는 음식을 먹지 않았다. 그는 주인을 화나게 하고 싶지 않았다.

작실릭은 지붕 위에 올라갔고 적당한 장소를 골라서 누웠다.

얼마의 시간이 흐른 뒤에 오두막 안으로 늑대와 여우와 사자가 들어왔다. 배고픈 늑대의 눈은 불처럼 타올랐고, 사자는 덥수룩한 갈기를 흔들고 화가 나서 으르렁거렸으며, 여우는 미끄러지듯이 걸으면서 공중에서 코로 냄새를 맡았다.

"아, 아! 누군가가 우리 음식을 맛봤는데!"라고 솥으로 아직 다가가지도 않은 여우가 갑자기 놀라서 말했다."

"이봐, 여우야, 누가 이곳에 들어 올 수가 있어. 누가 우리 음식에 손을 대! 네가 그렇게 생각하는 거야."

여우는 진정되었다. 세 명이 큰솥 주위에 자리를 잡고 앉아서 음식을 먹기 시작했다. 식사를 한 후에 늑대와 여우와 사자는 자신들의 모험에 대해 이야기하기 시작했다.

"여우야, 너는 어디에 있었어, 무엇을 봤어? 재미있는 것을 많이 들었어?"

라고 늑대와 사자가 여우에게 물었다. 그러자 여우가 말했다.

"허물어져 가는 낡은 월동 장소에 며칠 동안 갔다 왔어. 그곳에 은이 가득 담겨 있는 항아리가 묻혀있어. 나는 착한 사람을 위해 그것을 감시할 거야."

늑대는 자신이 얼마나 착한지를 말하려고 했지만 잘 되지 않았다.

"매일 나는 어느 부자의 양떼 무리 속에 있었어. 그 무리 중에서 얼룩무늬 양이 특히 좋은 놈이야. 그렇지만 나는 그 양을 건드리지 않았어. 양떼 주인에게는 아름다운 딸이 하나 있어. 그녀가 앓아누운 지가 벌써 몇 년째 되었는데 그 누구도 그녀를 치료하질 못했어. 부자는 딸을 치료하는 사람에게 자신의 딸을 주겠다고 약속을 했지만 치료약을 찾아내는 사람이 없어. 그녀를 치유할 수 있는 약이 있거든. 얼룩무늬 양의 심장을 꺼내 그것을 끓여서 처녀에게 먹이면 그녀는 순식간에 낫거든. 나는 수차례에 걸쳐 올가미를 휘둘러서 나를 쫓아내는 그 주인에게 아주 화가나. 그래서 얼룩무늬 양에 대한 비밀을 아무에게도 얘기하지 않을 거야." 라고 늑대가 말했다.

사자도 솔직히 말했다.

"매일 밤 나는 어느 부자의 말들이 있는 곳으로 몰래 다가가서 한 마리를 잡아먹고 집으로 돌아와. 주인은 누가 말을 가져가는지를 알지 못해. 며칠 전에 그는 아울의 모든 주민들을 모아놓고 오랫동안 얘기를 한 후에 도둑을 잡는 사람에게 한 무리의 말떼(주로 한 마리의 수말을 낀 암말의 무리)를 주겠다고 약속했어. 그러나 나는 무섭지 않아. 부자의 말들 중에서 어떤 말도 나를 추적할 수가 없거든. 솔직히 말하면 그의 말들 중에는 이마에 하얀 별이 있는 작은 망아지가 있는데, 바로 그 망아지가 나를 따라 잡을 수 있지. 하지만 주인은 이 사실을 모르거든."

그들은 오랫동안 지껄인 후에 꾸벅꾸벅 졸기 시작했지만 얼마 지나지 않아 다시 깨어나서 각자의 일을 보러 떠났다.

작실릭은 지붕 위에 누워서 그들의 얘기를 주의 깊게 들었고, 늑대와 여우와 사자가 오두막을 떠나자마자 그도 오두막을 나섰다. 작실릭은 주술사의 옷으로 갈아입고 부자의 딸이 살고 있는 아울로 향했다. 주술사를 보게 되자 부자는 애원했다.

"알라신께서 친히 당신을 우리 아울로 인도하셨네! 당신의 옷은 변변치 않지만 지혜는 풍부합니다! 우리 집에 들어가서 우리 딸 좀 봐주시오."

작실릭은 망설이지 않고 동의했고 아름다운 처녀를 본 후에 물었다.

"어째서 따님을 치료하지 않습니까?"

"치료를 했지요, 치료했어요. 하지만 중병으로부터 내 딸을 치유할 수 있는 그런 약을 아직 찾지 못했어요. 우리를 도와주실 수 있나요?"

"제가 도와드리지요. 따님을 치료하면 따님이 제 아내가 되도록 저에게 주십시오."라고 작실릭이 말했다.

부자는 동의했다.

"한 가지만은 기억하시오. 오늘 당신에게 있는 손님은 특별한 사람이오. 베쉬바르막(양고기나 말고기로 요리한 중앙아시아 지역 민족의 전통적인 음식)을 요리해야 되니 얼룩무늬의 양을 잡아야만 합니다."라고 작실릭이 덧붙였다.

부자는 움찔했다. 얼룩무늬 양은 그의 가축 중에서 가장 살이 찐 놈이어서 베쉬바르막을 요리하기 위해 그놈을 내놓고 싶지 않았기 때문이다. 그러나 어쩔 수 없이 부자는 얼룩무늬 양을 잡아서 손님에게는 고기를 주지 말고 내장만을 끓여 주라고 지시했다.

작실릭은 부자의 교활함을 알아챘으며, 그에게 무엇을 해야 되는지에 대해 말해주었다. 얼룩무늬 양의 심장을 먹은 부자의 딸은 완쾌되었고 작실릭은 그녀를 데리고 떠났다. 늑대가 말했던 허물어져 가는 낡은 월동 장소를 찾아냈고, 은이 가득 들어있는 항아리를 꺼낸 후에 밤마다 말이 한 마리씩 사라진다는 그 부자에게로 갔다.

"밤마다 당신 말을 훔쳐가는 도둑을 제가 잡는다면 무엇으로 보답을 하시 겠습니까?" 하고 작실릭은 부자에게 물었다.

"자네가 도둑을 잡는다면 한 무리의 말떼를 주겠네." 라고 부자가 대답했다.

작실릭은 동의했고 주인의 말들이 있는 곳으로 갔다. 그는 이마에 하얀 별 이 있는 망아지에게 말안장을 얹고 기다리기 시작했다.

사자가 나타나서 말 한 마리를 물자마자 작실릭은 망아지에 올라탔고 바 람처럼 질주했다. 얼마 지나지 않아서 그는 사자를 쫓아가서 죽였다.

다음 날 작실릭은 부자에게서 한 무리의 말떼를 받은 후에 집으로 떠났다.

작실릭이 자만딕과 만났던 이후로 많은 시간이 흘렀다. 어느 날 그들은 다 시 만났다. 자만딕은 걸인처럼 보였다. 그는 낡고 다 떨어져서 헤진 털모자를 쓰고 있었고, 지저분한 솜 조각이 사방으로 삐죽 삐죽 나와 있는 아주 낡은 헐렁한 겉옷을 입고 있었다.

"어이, 작실릭, 그때는 내가 잘못했네! 그래서 보다시피 운명이 나를 벌하 였네. 작실릭, 자네는 어떻게 부자가 되었는지 이야기 좀 해주게? 나도 부자 가 될 수 있을까?" 라고 자만딕이 말했다.

작실릭은 모든 것을 차례대로 말했다. 그가 어떻게 오두막에 가게 되었고, 여우와 늑대와 사자가 얘기하는 것을 엿듣고 그 후에 무엇을 했는지에 대해 서 얘기해 주었다. 작실릭은 제안했다.

"자네도 행운을 한번 시험해 봐. 하지만 한 가지를 경고해. 오두막에 가면 조심해야 돼. 가마솥 안에 고기가 끓고 있으면 먹기를 먹으면 안 돼. 손가락 을 담가서 핥아만 봐. 그런 후에 지붕 위에 올라가서 오두막 주인들이 올 때까 지 누워있어. 그들이 도착해서 이야기를 하면 잘 듣고 모두 기억하도록 해."

자만딕은 지체 없이 작실릭과 작별 인사를 나누고 숲으로 갔다. 그는 오두막을 신속하게 찾아냈고 안으로 들어갔으며 작실릭이 말한 모든 것을 보았다.

오두막 한가운데에는 커다란 가마솥이 있었고 솥 아래에는 장작불이 타고 있었으며 솥 안에는 고기가 끓고 있었다. 지치고 배가 고픈 자만딕은 오두막에 아무도 없는 것이 기뻐서 가마솥 옆에 자리를 잡고 앉았다. 통통한 고기를 몇 조각 꺼내서 재빨리 먹었고 쉬기 위해 지붕 위로 올라갔다.

배가 부른 자만딕이 잠깐 눈을 붙이기도 전에 늑대와 여우가 오두막으로 들어왔다. 솥을 본 여우는 소리쳤다.

"아, 아, 누군가 우리 음식을 먹었어!"

늑대가 여우를 진정시키기 시작했다.

"누가 우리 음식에 손을 댈 수가 있어! 생각해 봐, 이 오두막은 우리도 어렵게 길을 찾을 정도로 그렇게 울창한 숲 속에 있잖아. 네가 쓸데없이 그렇게 생각하는 거야."

"아니야, 아니야, 이번에는 통하지 않아! 자 봐, 여기를 봐! 솥 안에 복사뼈가 없지? 없어! 가슴살도 사라졌어. 이제 내가 누워서 잠시 잠을 잘 거야. 우리 오두막에 누가 있었는지 꿈에 나타날 거야."라고 교활한 여우가 말했다.

여우는 누웠고 진짜로 자는 것처럼 조용하게 코를 골았다. 자만딕은 지붕 위에서 숨죽이고 누워있었다. 그는 어찌할 바를 몰랐다. 그는 음식의 유혹에 빠졌던 자신에게 욕을 퍼부었다.

여우가 일어나서 말했다.

"이봐, 친구, 우리 지붕에 누군가가 있어. 그가 우리의 음식을 먹지 않았을까?"

여우와 늑대는 지붕으로 올라갔고 그곳에서 자만딕을 찾아냈다. 여우와 늑대는 그를 아래로 끌어내서 혼내주었다.

세 명의 사냥꾼

　　　　　옛날에 세 명의 사냥꾼이 살았는데, 두 명은 턱수염이 있었고 한 명은 턱수염이 없었다.

　　언젠가 그들은 새를 사냥하기 위해 초원으로 향했다. 하루 종일 아무런 성과도 없었지만 작은 독수리를 한 마리 잡았다.

　　그러자 사냥꾼들은 임시 막사를 세우고 모닥불을 피웠으며 포획한 작은 독수리를 나누려고 했다. 독수리는 한 마리밖에 없는데 사람은 세 명이었다.

　　턱수염이 있는 사람들이 말했다.

　　"말을 하지 않고 오랫동안 앉아 있는 사람이 작은 독수리를 갖도록 하자."

　　"좋아, 자네들 말대로 해."라고 턱수염이 없는 사람이 동의했다.

　　그들은 마치 입 속에 물을 넣고 있듯이 말없이 모닥불 앞에 앉아 있었고, 단지 서로를 바라보며 누군가가 먼저 말하기를 기다렸다.

　　한 시간, 두 시간, 세 시간이 흘렀지만 아무도 입을 열지 않았다. 그때 턱수염이 없는 사람이 말없이 작은 독수리를 들고 털을 뽑기 시작했다.

　　턱수염이 있는 사람들은 그를 바라보았지만 한마디도 하지 않았다.

턱수염이 없는 사람은 독수리의 털을 다 벗기고 솥에 그것을 넣었으며 불을 지폈다.

턱수염이 있는 사람들은 그를 바라보았지만 한마디도 하지 않았다.

독수리가 다 익었고 턱수염이 없는 사람은 아무런 말도 하지 않고 솥에서 독수리 고기를 꺼내서 먹었다.

턱수염이 있는 사람들은 그를 바라보았지만 한마디도 하지 않았다.

그가 마지막 뼛조각을 빨기 시작하자 그때서야 턱수염이 있는 사람들이 한 목소리로 외쳤다.

"아니, 어떻게 자네는 약속을 어기고 독수리를 먹을 수가 있어? 그것은 강도 행위야!"

턱수염이 없는 사람이 웃으면서 말했다.

"왜 화를 내지? 약속에 대해 잊었어? 더 오랫동안 말하지 않는 사람이 독수리를 갖기로 했잖아. 맞지? 자네들이 먼저 말을 했잖아. 그래서 이 독수리는 나의 것이야. 이제 와서 웬 시비야?"

턱수염이 있는 사람들은 자신들이 바보짓을 했다는 것을 알게 되었고 수염만 쓰다듬었다. 두 사람은 굶주린 채 자는 수밖에 없었다.

다음 날 그들은 거위 두 마리와 도요새 한 마리를 잡았다.

"포획물을 어떻게 나눌까?"라고 턱수염이 있는 사람들이 물었다.

그러자 턱수염이 없는 사람이 대답했다.

"자네들은 둘이고, 나는 혼자야. 거위도 두 마리이고, 도요새는 한 마리야. 자네들이 도요새를 갖도록 해, 내가 거위 두 마리를 가질게. 그러면 자네들도 셋이고, 우리도 셋이잖아."

"에이, 자네는 우리를 속이는 것 같아. 거위가 도요새보다 낫다는 것은 누구나 알아."라고 턱수염이 있는 사람들이 말했다.

턱수염이 없는 사람은 주저하지 않고 대꾸했다.

"거위가 도요새보다 더 나은 것은 사실이야. 그런데 자네들도 나보다 더 낫잖아. 그래서 나는 못난 내 대신에 못난 도요새를 자네들이 갖고, 잘난 자네들 대신에 잘난 거위를 내가 갖겠다고 제안을 한 거야."

턱수염이 있는 사람들은 그의 판단이 옳은 것 같다고 서로 눈짓을 했다. 두 사람은 자신들의 뒤통수를 긁적이며 한숨을 내쉰 후에 도요새 고기를 먹기 시작했다.

턱수염이 없는 사람은 거위 고기를 실컷 먹었다.

셋째 날에 사냥꾼들은 백조를 한 마리 잡았다. 털을 뽑고 푹 끓였고 불에서 솥을 가져왔다.

"백조를 어떻게 나눌까?" 하고 턱수염이 있는 사람들이 물었다.

"이렇게 하자. 백조를 밤새도록 솥 안에 놔두고 잠을 자자. 그리고 가장 특이한 꿈을 꾼 사람이 백조를 갖는 것으로 해." 하고 턱수염이 없는 사람이 말했다.

"좋아, 자네 말대로 하자." 라고 턱수염이 있는 사람들이 말했다.

사냥꾼들은 잠자리에 들었다. 턱수염이 없는 사람은 눕자마자 코를 골기 시작했다. 그러나 턱수염이 있는 사람들은 보다 현명한 꿈에 대해 생각하면서 자정까지 뒤척였다.

아침에 턱수염이 없는 사람이 말했다.

"자, 자네들의 꿈을 얘기해 봐."

턱수염이 있는 사람 가운데 한 명이 먼저 얘기하기 시작했다.

"나는 마치 내가 신비로운 말로 변신한 것 같은 놀라운 꿈을 꾸었네. 마법의 말처럼 내 양쪽 어깨 뒤에서 날개가 자랐고, 다리에는 은빛 말발굽이 있었고, 어깨에는 황금 갈기가 있었어. 나는 갈기를 한번 흔들고 날개를 치켜들었

으며, 말발굽을 부딪치면서 세 번 뛰어올라 초원의 끝에서 끝으로 이동했어. 바로 그때 듣도 보도 못한 멋진 용사가 내 앞에 나타났어. 그는 내 등에 뛰어올라탔고, 나는 강력한 힘의 소유자가 내 위에 탔다는 것을 느끼고는 땅이 보이지 않을 정도로 빠르게 날아올랐어. 그때 나는 머리가 어지러워서 잠에서 깨어났어."

턱수염이 있는 또 다른 사람이 얘기하기 시작했다.

"이보게, 자네 꿈은 멋지구먼, 그런데 내 꿈이 더 멋지네. 나는 꿈을 꾸었어. 내가 바로 그 멋진 용사였어. 신비로운 말로 변한 것 같은 자네가 나에게 달려왔어. 나는 자네 등에 올라타서 갈기를 잡았더니 자네가 하늘로 날아올랐지. 우리는 하늘을 따라 계속 질주해 갔어. 앞에는 태양이 있었고, 뒤에는 달이 있었으며, 발아래에는 별들과 번개와 구름이 있었지. 멋진 옷을 입은 젊은 요정들이 사방에서 우리에게 날아왔고, 내 입술에 키스를 하고 값비싼 선물을 뿌려댔지. 내가 그것을 잡으려고 손을 뻗었는데 하나도 잡을 수 없었고, 신비로운 말을 멈추게 할 수도 없었어. 여기서 내 꿈은 끝이 났고 나는 그 다음이 어떻게 되었는지 알지를 못하겠어."

그러자 턱수염이 없는 사람이 얘기하기 시작했다.

"자네들의 꿈은 정말 멋지다. 아, 정말 멋져! 나는 자네들의 적수가 될 수 없어! 나는 꿈을 꾸었어. 내가 이 임시막사에 앉아 있었는데 자네들 중에 한 명이 말로 변신하고, 다른 한명은 듣도 보도 못한 멋진 용사로 변신했어. 말은 갈기를 한번 흔들고 날개를 치켜들었으며, 말굽을 부딪치면서 세 번 뛰어올라 초원의 끝에서 끝으로 이동했지. 바로 그때 어디서 나타났는지 그 말 앞에 듣도 보도 못한 용사가 나타나서 그의 등에 올라타고 하늘로 날아올랐어. 나는 슬피 울기 시작했어. 그리고 마음속으로 말했지. '아, 이제, 내 친구들은 더 이상 땅으로 돌아오지 못할 것 같아. 그러니 그들에게는 이제 더 이상 백조가 필요 없겠구나. 내가 그들을 위한 추모를 해줘야지.' 그래서 나는 슬퍼하면서 솥에 있는 백조를 다 먹어버렸어."

이 말을 들은 턱수염이 있는 사람들이 소리쳤다.

"자네 무슨 소릴 하는 거야! 그럴 리가 없어!"

두 사람이 솥 안을 들여다보았더니 그곳에는 백조의 뼈들만이 남아 있었다.

알다르의 출생

알다르의 아버지 알단은 가난했다. 그는 평생 동안 부자들의 양떼를 돌보았다. 알단이 처음으로 양치는 일을 시작하게 되었을 때 부자에게 물었다.

"알라 신의 뜻에 따라 제가 어르신의 양들을 돌보게 되었습니다. 품삯으로 얼마를 주실 건가요?"

"이 불쌍한 사람아! 왜 그런 것을 묻나? 나는 굉장한 부자야! 네가 일만 잘 해 봐. 너는 편안하게 지내게 될 것이고 가축도 가져갈 수 있을 거야. 나를 믿어 봐. 신도 계시고 나도 있잖아. 물론, 내 재산을 지키느라 힘은 들겠지. 나는 너를 속이지 않아. '누구와 지내는가에 따라 얻게 되는 것이 다르다.' 라는 말도 있잖아. 한 마리를 몰고 가면 백 마리를 데리고 가는 거야." 라고 부자가 말했다.

열심히 일을 하면 앞으로 편안하게 살 수 있다는 부자의 말을 듣고 알단은 기뻤다.

부자의 양떼를 돌보는 일은 너무도 고되고 힘이 들어서 알단은 몸조차 제대로 가눌 수 없었다. 알단은 편안하게 살아갈 수 있을 것이라는 부자의 말만을 굳게 믿었다.

오랜 시간이 흘렀고 계약 기간이 끝났을 때 알단은 부자로부터 단지 양 한 마리만을 받았다.

"그만두고 싶으면 떠나거라. 이것은 네가 일한 품삯이다. 이 양이 새끼를 낳으면 두 마리가 될 것이고, 내년에는 네 마리가 될 것이며 또 시간이 지나면 백 마리도 될 수 있을 거야. 내가 말했던 '한 마리를 몰고 가면 백 마리를 데리고 가는 거다.'라는 말은 바로 이런 의미야." 부자는 이렇게 말하면서 알단을 기만했다.

알단은 속이 상해서 울었지만 어쩔 수가 없었다. 부자와 말싸움을 해봤자 불행만 초래할 따름이기 때문이다.

알단은 자신의 억울함을 호소하기 위해 칸을 찾아갔지만 칸은 그의 말들 듣지도 않고 쫓아냈다.

알단은 물라를 찾아갔다.

"샤리아(이슬람교도의 예의와 의무에 대해 적어 놓은 이슬람 율법)에 그렇게 적혀있다."라고 말하면서 물라도 역시 알단에게 거짓말을 했다.

알단은 그 누구에게서도 진실을 찾을 수 없었고 고통을 감내해야만 했다.

가난한 사람도 살다보면 기쁠 때가 있다. 알라 신께서 알단에게 아들을 보내주셨다.

"아이가 온갖 사기꾼들이 활개를 치는 시대에 태어났으니까 아이의 이름을 알다르(카자흐어로 '사기꾼'이라는 의미임)라고 지어야겠다. 그러면 이 아이는 다른 사람들에게 사기를 당하지 않을 수도 있어."라고 알단이 말했다.

알라신께서 늙은 자신에게 보내주신 아이를 재우면서 알단은 푸념을 하곤 했다.

너무도 많은 사기꾼들이 널려있다, 나의 아기야.

그들에게 정직하게 대해서는 안 된다.

공정함을 찾을 수가 없다, 나의 아기야. 나는 법을 인정할 수 없다.

나는 폭행 때문에 괴롭다, 나의 아기야. 민중들을 위해 진심으로 슬퍼해라

네가 그들의 옹호자가 되기를 바란다, 나의 아기야. 너를 알다르라고 부른다.

알다르는 어느 아이보다도 빨리 자랐고 총명해서 아버지를 기쁘게 해 주었다.

어느 날 아버지의 얘기를 듣다가 알다르가 물었다.

"누군가가 아버지를 속였나요?"

"부자가 품삯을 제대로 주지 않고 속였어."

"제가 그를 혼내주겠어요."

"자비심이 전혀 없는 칸도 나를 도와주지 않았어."

"그에게 복수를 해주겠어요."

"시장에서 장사꾼들과 거짓말쟁이들이 가난한 나를 여러 번 속였어."

"그들에게 가서 그들이 갖고 있는 황금을 모두 빼앗아 오겠어요."

"물라, 샤먼, 악마들, 도둑들, 돌발이 의사, 주술사들이 있어. 이 사람들이 모든 정직한 사람들을 속인다."

"제가 자라면 모든 아울들을 돌아다니면서 모든 사기꾼들에게 복수를 하겠어요!" 라고 알다르가 말했다.

아이는 성장했고 어른이 되었다.

정말로 그는 모든 도둑들과 사기꾼들에게 복수를 했다.

알다르 코세의 첫걸음

　　이름이 그 사람의 운명을 결정한다고 말들 한다. 정말로 그렇다. 예를 들어 알다르의 아버지 이름은 '알단'이었는데, 그것은 '속임을 당하는 사람'이라는 뜻이다. 사실 칸과 대지주들과 상인들과 물라들 그리고 온갖 사기꾼들이 불쌍한 알단을 속였다. 그래서 알단은 모든 사람들로부터 모욕을 당하며 살았기 때문에 자신의 첫 번째 아들에게 사기꾼이라는 의미의 알다르라는 이름을 지어주었다. '속임을 당하면서 사는 것보다는 다른 사람을 속이는 것이 더 낫다.'라고 불쌍한 알단은 생각했다.

　　신께서 그의 소망을 들으신 것 같았다.

　　알다르는 영리하고 총명하게 자랐다. 그는 걷고 말하기 시작하면서부터 어느 누구도 자신을 속이도록 그냥 놔두지도 않았고, 그들을 용서하지도 않았다.

　　그가 13살이던 어느 날 존경받는 장로들의 회의가 있었다. 그 회의에서 장로들은 알다르를 이웃 마을에 있는 시장으로 보내기로 결정했다. 알다르는 장로들을 위해 당나귀들을 구입해 와야 했다. 이것은 커다란 책임감을 요하는 일이었다. 시장에서 당나귀 열 마리를 데려오는 것은 보통 일이 아니다.

알다르는 적지 않은 돈을 가지고 길을 떠났다. 보통 중개인 없이 매매를 할 수는 없다. 그러나 알다르는 직접 거래를 해보기로 결심했다.

2-3일 동안 그는 시끌벅적한 시장을 돌아다니면서 상인들을 눈여겨보았으며 그들의 태도와 습관을 잘 알아두었다. 마침내 그는 순진하지만 좀 어리숙한 상인을 선택했다. 그 상인은 자신이 누구보다도 노련하고 교묘하다고 생각했으며, 아무 것도 모르는 꼬마 아이를 감쪽같이 속여서 자신이 원하는 대로 할 수 있을 것이라고 확신했다. 과연 알다르를 속일 수 있을까? 알다르는 완전히 바보인 척하며 상인에게 이렇게 저렇게 아양을 떨기 시작했다. 상인은 알다르 코세를 완전히 믿게 되었다.

알다르의 바람대로 상인은 훌륭한 당나귀 열 마리를 골라냈고 왕의 옥좌에 앉아있듯이 당나귀 위에 위엄 있게 앉았다.

"당신이 타고 있는 당나귀는 특별하군요."라고 알다르가 말했다.

"그럼, 그렇지."

"이 당나귀에 올라 타보면 주위에 있는 모든 것을 더욱더 잘 볼 수 있을 거예요."

"도대체 무슨 소리야?"

"당신 당나귀에서 내려서 나를 위해 고른 당나귀에 올라 타보세요."

"왜?"

"한번 해보시고, 무슨 일이 일어나는지 보세요."

상인은 이해할 수 없다는 듯이 당나귀에서 내려서 다른 당나귀에 올라 탔다.

"당신이 나에게 팔려고 몇 마리의 당나귀를 골라 놓았는지 세어 보세요."

순진한 상인은 세기 시작했다.

"하나, 둘, 셋, 넷… 아홉!"

"그것 보세요! 열 마리가 아니라, 아홉 마리지요."

"이럴 수가! 열 마리였는데."하고 멍청한 상인은 소리쳤다.

"못 믿겠다면 다른 당나귀에 타서 다시 한번 세어 보세요."

상인은 다른 당나귀에 올라타서 다시 세었다.

"하나, 둘, 셋, 넷… 아홉!"

"확실하지요?! 당신 당나귀에 올라타 보니 주위에 있는 모든 것이 더욱더 잘 보이지요. 당신의 당나귀는 이런 특성을 갖고 있는 거예요. 조심하세요. 다른 사람이 그것을 알면 훔쳐갈 수 있으니까."

상인은 혼란스러웠고 심지어 당황스럽기도 했다. '이게 도대체 무슨 일이야! 당나귀가 열 마리였는데, 아홉 마리라니! 어떻게 이럴 수가 있지? 도대체 이해할 수가 없네.'

상인은 완전히 당황해서 당나귀를 급히 다시 세기 시작했다. 그러나 당나귀는 역시 아홉 마리였다. 알다르가 열 번째 당나귀에 올라타고 있었다. 상인은 어쩔 수 없이 당나귀 한 마리를 알다르에게 더 준 후에 돈을 받았다. 상인은 이렇게 어처구니없는 꼴을 당하고 말았다. 알다르는 자신이 타고 있는 당나귀를 공짜로 얻게 되었다.

그날부터 알다르는 '사기꾼'이라는 자신의 이름을 증명하였다. '수염이 없다'라는 의미의 코세라는 별명은 민중들이 나중에 붙여준 것이다. 왜냐하면 그의 얼굴에는 실제로 수염이 자라지 않았기 때문이다.

알다르 코세의
신비로운 외투

　　　　　이렇게 추운 겨울에는 여우 털외투를 입는 것만
이 동상에 걸리지 않게 해준다! 구멍이 숭숭 뚫린 외투를 입은 알다르 코세는
매일 추위에 떨면서 지냈다.

　　어느 날 그가 초원을 걷고 있을 때 그의 팔과 다리는 추위로 꽁꽁 얼었고
코는 새파랗게 되었다. 그는 따뜻한 유르트까지 빨리 도달할 수 있기를 바랄
뿐이었다!

　　바람은 교활한 알다르 코세의 귓전에서 쌩쌩 불어댔다. 그런데 초원에는
어디에도 아울 위로 연기가 보이질 않았다.

　　알다르 코세는 쓸데없이 채찍을 휘둘렀다. 그런데 늙고 야윈 말은 달릴 수
가 없었다. 말은 갈기를 치켜 올렸다가 다시 느릿느릿 걸었다. 말을 타고 가
면서 알다르 코세는 스스로에게 말했다.

　　'타고 있는 말은 변변치 못하고, 갈 길은 아직 멀고, 개 짖는 소리도 들리지
않고 초원에 유르트도 하나 없는 것을 봐서는 아직도 많이 더 가야 되는구나.

이러한 추위에 얼어 죽겠다!'

그런데 갑자기 맞은편에 말을 타고 누군가가 오고 있었다. 말이 잘 달리는 것으로 보아 부자가 다가오고 있다는 것을 알다르 코세는 직감했다. 교활한 알다르 코세는 어떻게 해야 하는지에 대한 생각이 즉시 떠올랐다. 그는 구멍이 숭숭 뚫린 외투를 부풀어 오르게 하고, 말에 똑바로 앉아서 즐거운 노래를 부르기 시작했다.

나그네들은 마주치자 말을 멈추고 서로 인사를 나누었다.

부자는 따뜻한 여우 털외투를 입고 있었지만 추위에 몸을 웅크렸다.

알다르 코세는 모자를 비스듬히 쓰고 마치 뜨거운 여름에 햇볕이 내리쬐는 곳에 앉아 있듯이 숨을 헐떡였다.

"자네 춥지 않나?"라고 부자가 알다르에게 물었다.

"어르신의 외투를 입으면 추운가요? 제 외투를 입으면 너무 더워요."라고 알다르 코세가 대답했다.

부자는 알다르 코세의 말을 이해할 수 없어서 다시 물었다.

"자네 외투를 입으면 어떻게 더울 수가 있지?"

"이것 안 보이세요?"

"보여. 자네 외투에는 까마귀들이 뚫어 놓은 구멍이 있고, 구멍은 모피보다 더 큰데!"

"외투에 구멍이 많은 것이 좋은 거예요. 차가운 바람이 구멍으로 들어왔다가 다른 구멍으로 빠져 나가요. 그리고 저에게는 따뜻한 온기를 남겨놓거든요."

이 말을 들은 부자는 마음속으로 생각했다.

'저놈이 입고 있는 신비로운 외투를 빼앗아야겠다.'

한편 교활한 알다르 코세도 마음속으로 생각했다.

'저 부자의 외투를 입으면 정말 따뜻하겠구나!'

"자네 외투를 내게 팔게!"라고 부자가 알다르 코세에게 말했다.

"이 외투를 팔지 않아요. 이 외투가 없으면 저는 얼어 죽을 거예요."

"얼어 죽지 않아! 내 여우 털외투와 바꾸면 되지. 이 외투도 따뜻해."라고 부자가 제안했다.

알다르 코세는 아무 말도 듣고 싶지 않다는 표정을 지었다. 그러면서 한 눈으로는 부자가 입고 있는 따뜻한 외투를 보고 다른 눈으로는 부자의 잘 달리는 말을 감탄하며 바라보았다.

"내 외투도 주고 또 돈도 줄게!"라고 부자가 알다르 코세를 유혹하기 시작했다.

"돈은 필요 없어요. 어르신의 말을 덤으로 얹어주신다면 그때에 생각해 볼게요."

부자는 기뻐서 동의했다. 자신의 외투를 벗어서 알다르 코세에게 주고 말도 주었다.

알다르 코세는 여우 털외투를 입고 부자의 잘 달리는 말에 올라타서 바람을 앞지르면서 달렸다.

이제 알다르 코세는 따뜻한 외투를 입고 훌륭한 말을 타고 아울에서 아울로 다니게 되어 너무 좋았다.

모든 유르트에서 사람들이 교활한 알다르 코세에게 물어보았다.

"여우 털외투와 잘 달리는 훌륭한 말은 어디에서 생겼어?"

"70개의 구멍이 있고 90개의 천 조각으로 누빈 신비로운 외투와 바꾸었어."

알다르 코세는 어느 부자가 구멍이 숭숭 나 있는 자신의 외투를 얼마나 원했는지 그리고 그의 여우 털외투를 자신에게 어떻게 주었는지에 대해 얘기를 하면서 사람들을 즐겁게 해주었다. 사람들은 교활한 알다르 코세에게 쿠므스를 대접하면서 즐겁게 웃었다. 웃음이 그치면 알다르 코세는 매번 반복해서 말했다.

"길이 먼지 가까운지는 가 본 사람만이 알고, 음식 맛이 쓴지 단지는 먹어 본 사람만이 아는 것이야."

알다르 코세와
밭 가는 부자

       어느 날 어떤 부자가 밭을 갈아야겠다고 생각했다. 그는 이웃 아울에서 양 두 마리를 주고 가장 좋은 쟁기와 바꾸었고 자신의 가축 중에서 살찐 황소 두 마리를 끌고 들판으로 나갔다.

    그는 한 시간, 두 시간, 세 시간 밭을 갈았다. 황소들은 고랑을 온순하게 오갔으며 전혀 피곤함을 느끼지 않았다. 그러나 밭을 가는 사람에게서는 땀이 비 오듯이 쏟아졌다. 그는 힘든 일에 익숙하지 않았으며 쟁기질을 하는데 서툴렀기 때문이었다. 눈앞에 뜨거운 모닥불이 활활 타오르는 것 같았다. 쟁기 아래에 흙이 달라붙는 것이 아니라 검은 뱀들이 그에게 달려와서 그의 손과 발을 휘감는 것 같았다. 그래서 그는 더 이상 나아갈 수 없었다.

    알다르 코세는 오랫동안 돌아다닌 끝에 우연히 들판에 오게 되었다. 그는 교활하게 논쟁을 벌여서 획득한 양의 무리들을 몰면서 오고 있었고 멀지 않은 곳에 과로로 지친 사람이 밭을 갈고 있는 것을 보았다.

    '맙소사! 우리 이웃인 부자 자르티바이가 밭을 갈고 있네. 죽기 전에 자신의 힘으로 일해보기로 생각했나? 놀려주기 좋은 기회인데. 이보다 더 좋은 기회를 만나지 못할 거야.' 라고 알다르 코세는 생각했다.

알다르 코세는 자신의 가축들을 언덕 뒤에 숨기고 밭을 가는 사람에게로 갔다. 밭을 가는 사람은 알다르 코세가 다가오는 것을 보고는 멈춰서 쟁기의 손잡이를 풀고 그와 인사를 나누었다.

서로 인사를 나눈 후에 알다르 코세는 고개를 내저으며 말했다.

"친애하는 이웃 어르신, 피곤하시겠네요! 쉬어야겠어요. 만일 쉴 것이라면 제가 일을 좀 도와드릴게요. 괜찮겠어요?"

부자 자르티바이는 바로 그 말을 기대하고 있었다. 그는 자신의 황소들을 알다르 코세에게 건네주고 근처 언덕으로 가서 풀밭에 누웠고 옷으로 몸을 덮은 후에 깊은 잠이 들었다. 그는 알다르 코세가 언덕 뒤에 숨겨 놓은 양들도 알아채지 못했다.

부자 자르티바이가 잠든 것을 확인한 알다르 코세는 일에 착수했다. 먼저 그는 황소의 꼬리를 자르고 그것을 땅 속에 묻었으며 황소들을 언덕 너머 자신의 양들이 있는 곳으로 쫓아버렸다.

그런 후에 그는 쟁기에 기대어 쉬면서 졸기 시작했다. 알다르 코세는 오랫동안 돌아다니느라 부자 자리티바이 못지않게 피곤해 있었다.

부자 자르티바이가 깨어났다. 처음 그를 놀라게 한 것은 알다르 코세가 일하지 않고 있는 것이었다. 알다르 코세는 쟁기 옆에 앉아서 분명히 자고 있었다. 자리티바이는 자신의 황소들이 없어지고 땅에 황소 꼬리가 튀어나와 있는 것을 알아차렸다. 그는 알다르 코세에게 다가가서 그를 깨웠다. 알다르 코세는 벌떡 일어난 후에 적잖이 놀라며 자리티바이에게 물었다.

"어르신의 황소들은 이상한 버릇이 있던데요?! 예전에도 황소들은 그랬었나요? 아니면 제가 땅을 갈면서 습관이 바뀐 것인가요? 한마디로 말해 제가 일을 하려고 하자마자 황소들은 울기 시작했어요. 그런 후에 펄쩍 뛰더니 땅속으로 들어가 버렸어요. 황소 꼬리들이 튀어나와 있잖아요."

부자 자르티바이는 불같이 화를 냈다.

"무슨 소리를 하는 거야, 이 멍청아? 황소들이 땅속으로 들어간다는 것이 말이 돼?"

이렇게 말한 후에 자리티바이는 황소의 꼬리들이 땅속에 박혀 있는 곳으로 향했다.

알다르 코세가 소리치면서 그에게 경고했다.

"어르신, 잡아당기지 마세요! 제발이요. 황소 꼬리가 끊어질 수도 있어요. 그러면 어떻게 해요. 만일 어르신의 황소가 땅 속에 들어가는 습관이 있다면 그들은 스스로 나올 거예요."

그러나 알다르 코세가 자신을 놀리고 있다고 생각한 부자 자리티바이는 땅에 박힌 꼬리를 잡아당겼다.

그러자 알다르 코세가 화를 내면서 말했다.

"제가 꼬리를 잡아당기지 말라고 그렇게 말씀드렸잖아요. 그런데 제 말을 듣지 않았어요. 이제 어르신 책임이에요!"

이렇게 말하고 알다르 코세는 자기 집 쪽으로 멀어져 갔다.

탐욕스러운 부자와 알다르 코세

시크베르메스라는 별명을 가진 시가이바이라는 사람이 살았다. 시크베르메스는 타인에게 물 한 방울도 주지 않는 대단히 탐욕스러운 사람을 뜻한다. 온 초원을 뒤져봐도 그보다 더 인색한 사람은 없었다. 그에게는 많은 양들과 소들과 말들이 있었다. 하지만 그 부자의 탐욕은 끝이 없었다. 그 부자에게 있어서 손님을 접대한다는 성스러운 법칙은 존재하지 않았다. 시가이바이의 유르트 안으로 들어오는 입구는 행인들에게 폐쇄되어 있었다. 그는 평생 동안 어느 누구에게도 빵 한 조각을 주지 않았다.

"그는 나에게는 음식을 대접할 거야!"라고 알다르 코세가 확신하며 말했다.

"나는 그렇게 생각하지 않아요."라고 유명한 풍자가인 쥐렌쉐가 대꾸했다.

그들은 논쟁을 벌였고 만일 알다르 코세가 시가이바이 집에서 교묘한 술책을 써서 뭔가를 얻어먹는다면 쥐렌쉐는 알다르 코세가 원하는 모든 것을 주기고 합의했다.

옷의 뒤쪽 허리 부분을 곧바르게 펴고 알다르 코세는 말에 올라타서 길을 출발했다. 저녁 무렵에 알다르 코세는 시가이바이가 살고 있는 아울에 도착했다. 부자의 유르트에 조심스럽게 몰래 다가간 알다르 코세는 유르트 주위에 갈대가 온통 깔려 있는 것을 보았다.

탐욕스러운 부자는 바스락거리는 소리에 의해 손님이 다가오고 있다는 것을 알아차리고는 집에서 요리하던 모든 것을 숨길 수 있었던 것이다.

알다르 코세는 갈대를 조심스럽게 모아서 유르트로 가는 길을 냈다. 알다르 코세는 펠트에 있는 작은 구멍을 발견하고 그것을 통해서 안을 들여다보았다.

불 위에서는 가마솥이 끓고 있었다. 시가이바이는 소시지를 만들고 있었고 여주인은 거위 털을 뽑고 있었다. 하녀는 양의 머리를 굽고 있었고 부자의 딸은 반죽을 이기고 있었다.

알다르 코세는 유르트 안으로 갑자기 들어가서 인사를 건넸다.

순식간에 소시지도 거위도 머리부위 양고기도 반죽도 사라졌다.

손님은 아무 것도 눈치 채지 못한 척했다.

시가이바이는 거짓된 미소를 띠고 말했다.

"자네를 만나서 반갑네, 코세! 앉으시고 손님이 되어주게. 단지 대접할 것이 아무것도 없어서 미안하네."

"친절한 말씀에 감사드립니다!"라고 알다르 코세는 대답을 하고 유르트에서 가장 상석자리를 잡고 앉았다.

"초원에 새로운 것이 뭐가 있나?"라고 주인이 관심을 보였다.

"가장 선량하신 시가이바이, 무엇을 알고 싶은지요? 제가 본 것이요 아니면 들은 것이요?"

"소문이라는 것은 자주 거짓된 것이야. 나는 그런 것을 믿지 않아. 자네가 본 것에 대해 말해주게."

알다르 코세는 이야기하기 시작했다.

"제가 어르신 댁에 오다가 다음과 같은 것을 보았어요. 기다란 아주 기다란 뱀이 길을 따라서 기어가고 있었어요. 뱀은 저를 보고는 쉬쉬 소리를 냈고 선량하신 시가이바이 어르신 몸 아래에 숨기고 있는 소시지처럼 몸을 동그랗게 웅크렸어요. 저는 어르신의 하녀가 깔고 앉은 양의 머리만한 커다란 돌을 집었어요. 저는 뱀에게 돌을 던졌고 돌은 맞은 뱀은 따님 밑에 있는 반죽처럼 납작하게 되었어요. 만약 제 말이 거짓이라면 주인마님께서 숨기고 있는 거위처럼 저를 잡아 뜯어도 좋아요."

시가이바이는 화가 나서 얼굴을 새빨갛게 붉혔고 가마솥 안으로 소시지를 던져 버렸다. 여주인은 털을 뽑은 거위를 그리고 하녀는 양의 구운 머리를 가마솥에 넣었다.

그들은 한목소리로 외쳤다.

"다섯 달 동안 끓도록 해라!"

알다르 코세는 장화를 재빨리 벗어서 문 옆에 놓으며 말했다.

"내 신발들아, 열 달 동안 쉬고 있어라!"

얼마 후에 이미 늦은 시각이었기 때문에 알다르 코세는 담요 위에 누웠고 잠을 자는 척했다. 주인들도 그의 코고는 소리를 듣고 잠을 자기 위해 누웠다.

알다르 코세는 주인들이 깊은 잠이 들 때까지 기다렸다가 조용히 일어나서 가마솥으로 살금살금 다가갔다. 그는 거위를 꺼내서 먹었고 그 다음에 양의 머리를 먹었으며 소시지로 저녁 식사를 마무리했다. 그런 후에 그는 주인 딸의 가죽 장화를 잘라서 가마솥에 던져 넣었다. 배가 부르고 자신의 장난에 만족한 알다르 코세는 다시 잠을 잤다.

한밤중에 시가이바이는 일어나서 집안 식구들을 조용히 깨웠고 저녁을 달라고 지시했다. 그는 손님을 부르지 않았다. 주인들은 먹기 시작했다. 질긴 가죽을 씹고 또 씹었지만 씹히지가 않았고 하마터면 이빨이 부러질 뻔했다.

"고기는 치우고, 국물이나 줘."라고 시가이바이가 말했다.

밤이 지났다. 아침에 시가이바이는 밭에 나갈 준비를 했고 아내를 불러 귀에다 대고 말했다.

"코세가 눈치채지 못하도록 아리란을 좀 줘."

아내는 도려낸 호박에 아이란을 가득 채웠고 남편에게 주었다. 시가이바이는 호박을 주머니 속에 넣은 후에 유르트에서 막 나가려고 했다. 알가르 코세는 시가이바이의 주머니가 툭 튀어나온 것을 알아차렸고 그의 목에 달려들어 그를 끌어안았다.

"어, 안녕히 계세요, 선량하신 시가이바이. 오늘 제가 떠나게 될 것 같아요."

알다르 코세는 부자를 사방으로 빙글빙글 돌렸고 그를 힘껏 끌어당겼다. 아이란이 호박에서 부자의 발에 쏟아졌다. 부자는 참고 참았지만 더 이상 참을 수가 없었다. 그는 호박을 집어 던지고 소리쳤다.

"자, 내 아이란을 마시게, 마셔. 자네의 배를 채우라고!"

그날 시가이바이는 굶은 채 집에서 나갔다.

그는 초원을 걸어가면서 생각했다. '저 망할 놈에게서 어떻게 벗어나야 하나?'

다음날 아침에 부자는 아내에게 다시 속삭였다.

"코세가 보지 못하도록 빵을 구워서 나에게 줘!"

아내는 빵을 구웠고 뜨거운 재 속에서 그것을 꺼내서 남편에게 주었다. 그

가 한 입 물자마자 알다르 코세가 들어왔다. 시가이바이는 순식간에 빵을 가슴속에 숨겼다. 하지만 알다르 코세는 이것을 눈치챘다.

"오늘 떠나야만 해요! 사랑스럽고 선량하신 시가이바이! 저는 어르신의 접대에 대해 어떻게 감사드려야 할지 모르겠어요." 라고 마치 헤어지는 듯이 말하면서 주인을 끌어안았다.

알다르 코세는 이 말을 반복하면서 주인을 점점 더 세게 끌어안았다. 뜨거운 빵이 부자의 맨살을 뜨겁게 태웠다. 마침내 시가이바이는 참을 수 없어서 소리쳤다.

"내 빵에 의해 숨이나 막혀라, 코세! 자네 먹게!"

알다르 코세는 빵을 먹었지만 숨이 막히지 않았다.

부자는 또다시 굶은 채 들에 나갔다.

며칠이 지났다. 시가이바이는 불청객에게서 도저히 벗어날 수가 없었다.

알다르 코세는 이마에 흰 반점이 있는 검정색의 수말을 타고 시가이바이에게로 왔었다. 그 말은 주인의 말들과 함께 마구간에 있었다. 부자는 알다르 코세에게 복수하기 위해 그의 말을 죽이기로 결심했다.

그런데 부자와 그의 아내가 나누는 대화를 엿들은 코세는 부자의 사악한 의도를 알게 되었다.

'어디 두고 보자, 후회하게 될 걸, 사악한 놈!' 이라고 코세는 마음속으로 생각했고 마구간으로 갔다. 그는 자기 말의 이마에 있는 흰 반점을 거름으로 발랐고 시가이바이의 말들 중에서 검정색 털을 가진 말의 이마에 흰 반점을 백묵으로 그려 넣었다.

한밤중에 시가이바이는 마구간으로 갔고 소리쳤다.

"코세, 일어나게! 자네 말이 말고삐에 휘감겨 버렸어. 이제 죽을 거야!"

"고기가 상하지 않도록 빨리 말을 죽이세요!" 라고 알다르 코세가 말하고 돌아누웠다.

시가이바이는 이마에 흰 반점이 있는 말을 죽였다.

아침에 주인과 손님은 말의 가죽을 벗기고 내장을 제거하기 위해 마구간으로 갔다. 알다르 코세는 말 옆에서 무릎을 꿇고 자신의 마지막 말을 앗아간 운명에 대해 한탄하기 시작했다. 그는 분필로 그려진 반점을 몰래 지웠고 기쁘게 소리쳤다.

"알라신께 영광이! 친절하신 시가이바이, 이것은 제 말이 아니에요. 어르신은 착각하셨어요. 제 말은 이마에 흰 반점이 있어요."

곧 알다르 코세는 말떼에게로 달려가서 자신의 말을 찾아냈으며 거름을 지우고 시가이바이에게 데리고 왔다.

"이놈이 제 말이에요."

부자는 분노의 발작을 일으켜서 알다르 코세를 죽이려고 했다가 가까스로 자제했다.

마침내 부자에게는 대단히 기쁘게도 알다르 코세가 집으로 가려고 진짜 채비를 했다. 그는 자신의 찢어진 장화를 보면서 말했다.

"친절하신 시가이바이, 이것을 수리해야만 해요. 비즈를 주시지 않을래요?"

카자흐 사람들에게 '비즈'는 큰 바늘이라는 의미도 있고 여자의 이름도 있다.

부자는 자신의 양들이 있는 초원으로 나가려고 서두르고 있었고 대답했다.

"여보, 이 사람이 요구하는 것을 주도록 해!"

주인이 유르트에서 나가자 알다르 코세가 여주인에게 말했다.

"시가이바이 어르신께서 저에게 따님인 비즈를 주라고 지시했습니다!"

"자네, 제정신인가! 자네와 같은 사기꾼에게 아름다운 내 딸을 준다고?"라고 말하며 여주인은 화를 냈다.

"소리치지 마세요. 남편은 지시했고, 아내가 해야 할 일은 그것을 따르는 거예요."라고 알다르 코세는 침착하게 대답했다.

"내 남편은 바보가 아니야. 당장 꺼져!"

"그러면 어르신께 물어 보시죠, 주인마님."

그들은 부자를 뒤따라 달려갔다. 알다르 코세가 소리쳤다.

"친절하신 시가이바이! 주인마님께서 제게 비즈를 주지 않아요! 비즈가 없으면 저는 길을 떠날 수 없어요."

시가이바이는 알다르 코세가 아직도 자신의 아울에서 꾸물대고 있는 것에 깜짝 놀라서 아내에게 소리쳤다.

"그 사람에게 빨리 비즈를 줘. 그러면 그는 어디로든 꺼져버릴 거야!"

여주인은 놀라서 입을 벌리고 멍하니 서 있었다. 알다르 코세는 재빨리 말 안장을 얹고 자신 앞에 오래전부터 구두쇠 아버지의 곁을 떠나고 싶어 했던 처녀를 앉히고 초원으로 자취를 감추었다. 여주인은 입을 벌린 채 그렇게 계속 서 있었다.

알다르 코세는 비즈를 자신의 아울로 데리고 와서 집에 머물게 하고 자신은 쥐렌쉐에게로 갔다. 그는 탐욕스런 부자를 어떻게 다루었는지를 이야기했고 자신들의 논쟁에 대해 상기시켰다.

"자네가 진거야. 나는 시가이바이 집에서 지냈고 그곳에서 굶지도 않았어."

"뭐야, 어리석은 부자를 속이는 것은 어렵지가 않네요. 이제 저를 속여 보세요. 그러면 원하는 모든 것을 얻게 될 테니까요!"

알다르 코세는 동의했고 그들은 초원으로 향했다. 쥐렌쉐는 말을 타고 갔고 알다르 코세는 걸어서 갔다. 두 사람은 얼마동안 갔고 알다르 코세가 갑자기 멈춰서 말했다.

자네를 속이려면 다채로운 색깔의 주머니가 필요한데 그것을 집에 두고 왔어. 가져올게."

"시간을 낭비하지 않도록 제 말을 타고 갔다 오세요!"라고 쥐렌쉐가 제안했다.

알다르 코세는 말을 타고 갔고 조금 멀어진 후에 말했다.

"내가 자네를 이렇게 속인거야. 자네는 말을 갖고 있었지만 이제는 없어! 안녕히 계시게, 쥐렌쉐!"

알다르 코세는 말을 타고 달려갔고 쥐렌쉐는 집으로 뛰어갔다. 그는 아내에게 자신의 불행에 대해 이야기했다.

"좋아요, 말을 데리고 오는 저를 집에서 기다리고 계세요."라고 카라샤쉬가 말했다.

그녀는 낡은 이불을 집어서 아이를 포대기에 싸맨 것처럼 이불을 말았고, 알다르 코세 앞을 가로질러 달려갔다. 그들은 마주치게 되었고 함께 앞으로 향해서 갔다. 알다르 코세는 말을 타고 갔고 여인은 걸어서 갔다. 그들은 강에 도달하게 되었다. 알다르 코세는 자신의 동행인이 얕은 여울을 건너는 것을 보고 말했다.

"아이를 주세요. 제가 반대쪽 강변까지 데려다 줄게요."

"아기가 깰 수도 있어요."라고 말하며 여인은 거절했다.

"그러면 제 말을 타서 아이를 건너게 하세요."

"고맙습니다!"

카라샤쉬는 말위에 올라탔고 강의 중간쯤 도달해서 소리쳤다.

"평범한 여인이 속임수의 달인을 속였구나. 상심하지 말아요, 알다르 코세. 당신은 아직 젊어요. 당신에게서 턱수염과 콧수염이 자랄 때쯤이면 여인을 속일 수 있을 거예요. 성공하길 바라요!"

카라샤쉬는 반대쪽 강변에 도착해서 알다르 코세에게 손을 흔들어 보였고 말을 타고 쥐렌쉐에게로 달려갔다.

알다르 코세와
구두쇠 친구

　　어느 날 낯선 사람이 알다르 코세가 살고 있는 아울에 도착했다. 곧 그는 모든 사람들과 알게 되었고 알다르 코세와도 친하게 지냈다.

　　모든 사람들은 그를 싫어하지 않았다. 하지만 알다르 코세는 새로운 친구가 지나치게 인색하게 구는 것이 마음에 들지 않았다. 그는 세상에 둘도 없는 구두쇠였다. 사람들은 그를 스크랴가('구두쇠'라는 의미임)라고 불렀다.

　　그 무렵 초원의 통치자인 칸에게는 한샤임이라는 딸이 있었다. 그녀는 대단한 미인이었다.

　　많은 사람들은 오직 한쪽 눈으로라도 그 미인을 보고 싶어 했다. 그러나 그녀를 보기 위해서는 칸에게 은화 천 냥을 지불해야만 했다.

　　알다르 코세의 친구인 스크랴가도 한샤임을 보고 싶어 했다. 그는 은화 천 냥에 대해서 고려하지 않으면서 말했다.

　　"알다르 코세, 자네는 모든 것을 할 수 있잖아. 내가 그 미인을 공짜로 볼 수 있도록 해줘." 결국 두 사람은 칸의 궁궐을 향해 갔다. 도중에 알다르 코세가 스크랴가에게 말했다.

"나에게 동전 두 개만 빌려주게. 아울에 돌아오면 그것을 갚을 테니까."

'동전 두 개는 은화 천 냥도 아니고 푼돈에 불과해!'라고 스크랴가는 생각했지만 그럼에도 불구하고 알다르 코세에게 돈을 주면서 미리 다짐해 두었다.

"집에 돌아오자마자 즉시 돌려받는다는 조건으로 자네에게 동전 두 개를 빌려주는 거야."

알다르 코세는 같은 말을 반복하는 것을 좋아하지 않았다. 그는 말없이 돈을 받았다.

그들은 계속 갔다. 그들은 많은 무리의 양을 데리고 있는 목동과 마주쳤다.

알다르 코세가 목동에게 물었다.

"내가 자네에게 동전 두 개를 줄 테니, 가축의 무리 중에서 가장 좋지 않은 새끼염소를 한 마리 주게."

목동은 동의했다. 그는 가장 마르고 절름발이 새끼염소를 골라서 알다르 코세쪽으로 몰아주었다.

"자네는 내 동전 두 개와 이 새끼염소를 갖고 대신에 새끼양을 줄 수 있나?"

목동은 생각하기 시작했다.

'동전 두 개와 새끼염소를 도로 갖고 새끼양을 주는 것은 아마 이득일지도 몰라.'

목동은 다시 동의했다. 그는 새끼염소를 가축무리 속으로 넣고 좀 더 나은 새끼양을 골라서 알다르 코세에게 주었다.

"너무도 사랑스러운 이여! 이렇게 하자. 네가 돈도 갖고 새끼염소도 갖고 새끼양도 가져, 그리고 나에게는 염소 한 마리만 줘."

목동은 이 제안도 마음에 들었다. 그는 자신이 행운을 만났고 부자가 될 수 있겠다고 판단했다. 목동은 새끼양을 도로 가져가고 알다르 코세에게 염소를 한 마리 주었다.

그 이후에 그들은 몇 번 더 교환을 했고 목동이 알다르 코세에게 살찐 양 한 마리를 주는 것으로 상황이 끝났다. 목동은 만족했다.

그는 자신이 갖고 있는 가장 살찐 양을 동전 두 개에 주고 말았다는 것을 전혀 몰랐다.

나그네들은 양을 받고 자신의 길을 떠났다. 저녁 무렵에 그들은 칸의 궁궐이 있는 커다란 계곡에 도착했다.

알다르 코세와 스크랴가는 서둘러서 궁궐로 향했는데 궁궐로 가는 길을 막고 있는 작은 강을 보게 되었다.

강가에는 울창한 관목들이 파랗게 보였고 강을 가로질러 궁궐 문까지 넓은 다리가 놓여 있었다.

알다르 코세와 그의 친구는 다리 옆에 멈추어서 하얀 천막을 쳤다.

얼마의 시간이 흘렀고 강으로 이어지는 오솔길에 양동이를 든 하녀가 나타났다.

그녀는 물을 퍼올리기 시작했고 막사 근처에 있는 두 명의 낯선 사람을 보게 되었다.

"대체 당신들은 누구세요? 왜 이곳에 당신들의 천막을 쳤어요?"라고 하녀가 물었다.

알다르 코세가 대답했다.

"우리는 하늘에서 내려온 사람입니다. 우리는 지상의 사람을 처음으로 보았습니다. 당신은 누구인지 말씀해 주세요?"

깜짝 놀란 하녀는 아무런 대답도 하지 않았다. 그녀는 물 양동이를 들고 궁궐로 달려갔다.

하녀는 칸의 딸에게 모든 것에 대해 이야기했다.

아름다운 한샤임은 놀랐고 하늘에서 내려왔다는 듣도 보도 못한 사람들을 보기로 결심했다.

"떠드는 목소리들이 들려. 우리에게 오고 있는 아름다운 한샤임을 하인들이 수행하고 있는 거야. 잘 보도록 해, 그렇지 않으면 결코 더 이상 그녀를 볼 수 없을 거야."라고 알다르 코세가 스크랴가에게 말했다.

궁궐의 문이 활짝 열렸고, 금실과 은실로 짠 비단옷을 입고 황금으로 치장한 한샤임이 수행원을 거느리고 나타났다. 그녀의 의복을 장식하고 있는 천연보석에 햇빛이 비쳤다. 그 빛이 너무도 눈부셔서 스크랴가는 미인의 얼굴을 명확하게 볼 수 없었다.

한샤임은 강의 반대쪽 해안을 바라보았고 자신의 방으로 가버렸다.

얼마 후에 그 오솔길에 손에 양동이를 든 하녀가 다시 나타났다. 물을 퍼올린 후에 그녀는 천막이 있는 쪽을 바라보았고 낯선 두 사람이 묶여 있는 양을 도끼로 썰고 있는 것을 보았다.

"무엇을 하는 거예요?"라고 하녀가 물었다.

"양을 썰고 있어요."라고 알다르 코세가 대답했다.

하녀는 궁궐로 달려가서 칸의 딸에게 말했다.

"하늘에서 내려온 사람들은 양을 썰지도 몰라요. 그들은 도끼로 썰고 있어요."

칸의 딸은 이 말을 믿을 수가 없어서 기괴한 광경을 직접 보기로 결심했다.

궁궐의 문이 다시 활짝 열렸다. 아름다운 한샤임이 강변에 나타났지만 스크랴가는 이번에도 그녀의 얼굴을 명확하게 볼 수 없었다.

"그들에게 가서 양을 어떻게 썰어야 하는지를 가르쳐줘라."라고 칸의 딸이 하녀에게 말했다.

하녀는 다리를 건너와서 낯선 사람들에게 칼을 사용하는 것을 가르쳐주고 궁궐로 돌아갔다.

그런데 아름다운 한샤임은 낯선 사람들이 무엇을 하고 있는지 알고자 하는 호기심에 사로 잡혔다. 그녀는 하녀를 다시 보냈다. 하녀는 강변으로 달려 갔다 와서 놀라운 것을 이야기했다.

"하늘에서 내려온 사람들은 커다란 구덩이를 파서 구덩이에 물을 붓고 그곳에 고기를 넣었으며, 솥을 거꾸로 뒤엎어 놓고 그 솥 위에 불을 지폈어요. 이 괴상한 사람들은 어떻게 고기를 끓여야 하는지도 몰라요!"

"내가 직접 가서 그들에게 가르쳐 줘야겠다!"라고 아름다운 한샤임은 결심했다.

그녀는 수행원들을 데리고 다리를 건너서 막사가 있는 곳으로 향했다.

"조심해! 아름다운 한샤임이 우리에게 오고 있어. 이제 주의를 기울이면 그녀의 얼굴을 명확하게 볼 수 있을 거야."라고 알다르 코세가 스크랴가에게 말했다.

한샤임은 모닥불로 다가왔고 낯선 사람들에게 한마디도 하지 않고 수행원들에게 음식을 준비하라고 지시했다. 그때 스크랴가는 아름다운 한샤임에게서 눈을 떼지 못했다.

저녁이 되었다.

"하늘에서 내려온 사람들이 무엇을 하고 있는지 가서 봐라!"라고 한샤임은 하녀에게 명령했다.

하녀는 모든 것을 수행하고 재빨리 돌아왔다.

"그들은 솥에서 뜨거운 고기를 꺼내서 그것을 뺨 위에 놓아요! 그들은 고기를 먹을 줄도 몰라요!"라고 하녀가 칸의 딸에게 말했다.

한샤임은 자신의 수행원들을 불렀고 그들과 함께 막사로 다시 향했다. 그녀는 하늘에서 내려온 사람들에게 끓인 고기를 갖고 어떻게 하는 것이지를 직접 보여주었고 스크라가는 또다시 그녀에게서 눈을 떼지 못했다.

한샤임은 하늘에서 내려온 사람들이 강가에서 밤을 보낸다면 몹시 추울 것이라고 생각해서 그들을 궁궐로 초대했다.

수행원들이 그들을 위해 훌륭한 저녁을 준비했고, 그런 후에 화려한 침구를 갖추고 있는 특별한 방으로 그들을 안내했다.

얼마의 시간이 흐른 뒤 한샤임은 손님들이 어떻게 쉬고 있는지 보고 오라고 하녀를 보냈다.

하녀가 그들이 있는 방으로 들어갔더니 침구에는 아무도 없었다. 두 명의 손님은 천장에 다리를 거꾸로 매단 채 쉬고 있었다.

"뭐하고 계세요?"라고 하녀가 물었다.

"자고 있어요!"라고 알다르 코세가 대답했다.

하녀가 이것에 대해 칸의 딸에게 얘기를 했고 아름다운 한샤임은 수행원을 데리고 하늘에서 내려온 사람들에게 왔다. 수행원들은 손님들이 매고 있던 줄을 풀어주었고 그들을 침구에 눕혔다.

밤새도록 알다르 코세는 아름다운 한샤임에게 신비롭고 익살스러운 여러 이야기를 들려주었다.

다음 날 아침에 두 사람은 집으로 돌아오기 시작했다.

그들은 한 시간, 두 시간, 세 시간 동안 갔다. 마침내 스크라가가 말했다.

"이보게 친구, 있었던 일은 다 지난거야. 나는 자네가 동전 두 개를 내게 돌려주길 기다리고 있어."

"좋아! 아울에 도착하자마자 줄게. 지금 돈을 갖고 있지 않아."라고 알다르 코세가 대답했다.

도중에 스크랴가는 이웃 아울에 들렀고 그곳에서 살게 되었다. 그런데 그는 2-3일이 지날 때마다 알다르 코세를 찾아와서 돈을 돌려달라고 요구했다.

어느 날 스크랴가가 오고 있는 것을 본 알다르 코세는 자리에 누워 담요로 몸을 감싼 후에 아내에게 말했다.

"지금 친구가 빚을 독촉하러 올 거야. 그에게 내가 아프다고 말해!"

알다르 코세의 아내는 유르트 입구에서 스크랴가를 만났다.

"제 친구는 어디 있나요?"라고 스크랴가는 물었다.

"그는 아파요."

알다르 코세가 단지 아픈 척한다는 것을 눈치 챈 스크랴가는 상냥하게 말했다.

"어디가 아파요? 제 친구를 살펴봐야겠어요. 알라신께서 그를 죽음으로 이끌지 않기를! 만일 그런 일이 벌어진다면 내가 직접 친구의 귀중한 몸을 씻기고 장례를 치러줄 거예요."

스크랴가는 유르트 안으로 들어갔고 무엇을 보았겠는가? 알다르 코세가 창백하게 누워있었다. 그의 눈은 쏙 들어갔다. 정말로 그는 아팠다.

스크랴가는 친구의 머리맡에 앉았다. 아무런 말도 하지 않고 고통스럽게 숨을 내쉴 따름이었다.

알다르 코세와 그의 아내는 스크랴가가 애석해 하는 것이 자신의 친구가 아니라, 없어진 동전 두 개 라는 것을 알고 있다.

알다르 코세는 신음소리를 냈으며 고통스럽게 숨을 내쉬었고 몸을 축 늘어뜨렸다.

스크랴가는 죽은 사람의 몸을 씻기고 그에게 수의를 입혔으며 깊은 무덤을 파서 알다르 코세의 장례를 치렀다.

"이제 나는 편안할거야!"

저녁에 알다르 코세의 아내는 무덤을 파내고 남편이 밖으로 나올 수 있도록 도왔다. 그들은 만족스러워하며 둘이서 아울로 갔고 스크랴가를 만났다.

"자네의 동전 두 개를 받게!"라고 알다르 코세가 그에게 말했다.

죽은 사람의 목소리를 듣고 나서 스크랴가는 공포감에 사로잡혀 정신을 잃고 그 자리에 쓰러졌다.

도둑에게서 말을 훔친
알다르 코세

알다르 코세는 고향을 떠나 먼 지역으로 가고 있
었다. 그는 사막과 초원과 숲을 통해서 걸어갔고, 가난한 목동들의 집에서 밤
을 지냈다. 어느 날 이웃집 아이가 알다르가 머문 집에 왔고 다음과 같은 말을
했다.

"유명한 도둑이 부자 시가이바이에게 말을 데려간대. 그 말의 털은 황금
처럼 반짝이고, 꼬리와 갈기는 순풍을 타고 날리며, 이빨은 진주와 같이 그리
고 눈은 별과 같이 빛이 난대. 그리고 얼마나 잘 달리는지! 새를 따라 잡을 수
있다고 사람들이 말을 해. 도둑은 실크 덮개를 말에 얹고 실크 고삐로 끌면서
말을 데려올 거야. 시가이바이는 그 말을 자신의 말무리 속에 풀어놓을 거야.
그 말을 직접 본 나의 아버지는 '순혈종의 말인 것이 분명해, 우리도 저런 말
의 후손을 기르면 좋으련만. 그런데 부자 시가이바이는 아무에게도 말을 보
여주지도 않을 거야.' 라고 말씀 하셨어."

"당연히 그렇겠지!" 라고 목동들이 말했다.

"내게 생각이 있어! 내가 도둑에게서 그 말을 빼앗아서 너희에게도 망아지를 한 마리씩 나누어 줄게."라고 알다르가 그들에게 말했다.

"아, 친절하기도 하시네. 안될 거예요. 도둑이 눈에 불을 켜고 지킬걸요."

"그 도둑이 언제 출발하니? 어느 길로 올 거야?"

"그는 내일 새벽에 참나무 숲으로 갈 거예요. 시가이바이 집으로 이어지는 길이 그곳에 있거든요."

"그럼 내가 당장 출발해야겠다."라고 알다르는 말을 하고 길을 떠났다.

그는 참나무 숲에 도착하여 좁은 오솔길 옆에 있는 울창한 관목 뒤에 숨어서 도둑을 기다리기 시작했다.

태양이 정점에 달하고 타는 듯이 내리쬘 때, 도둑은 훌륭한 말을 말고삐로 이끌면서 숲에 들어섰다. 알콜 성분의 쿠므즈를 마셔서 취기가 있고, 밤에 잠을 자지 못해서 완전히 피곤하게 된 도둑은 말안장 위에서 졸기 시작했다. 알다르는 이것을 기다리고 있었던 것이다. 도둑이 그의 곁을 지나갈 때 그는 고삐를 조심스럽게 벗겨서 말을 숲의 우거진 곳으로 끌고 갔고 나무에 묶어두었다. 그는 말안장에 놓여 있던 실크 덮개를 자신의 등에 얹고, 고삐를 자신의 머리에 뒤집어썼으며, 얼굴에 검은 흙을 칠한 후에 말고삐를 잡고 도둑 옆에서 걸어갔다. 그들이 상당히 멀리까지 오게 되었을 때 알다르는 멈춰서 고삐를 잡아당겼다. 졸고 있던 도둑은 눈을 조금 뜨고 '이랴!'라고 호통치고 뒤를 돌아보았다. 그는 말 대신에 비단 덮개를 쓰고 있는 어떤 악마를 보았다. 도둑은 깜짝 놀라서 말고삐를 내팽개치고 말을 채찍질하며 멀리 도망갔다.

"나를 숲 속에 버리지 마라!"라고 알다르는 자신의 덮개를 바람에 펄럭이면서 그의 뒤에서 소리쳤고 한참 동안 그를 뒤따라갔다.

"살려주세요, 알라신이여, 저리 꺼져 악마야!"라고 도둑은 자신의 목소리가 아닌 다른 목소리로 소리쳤고 이전보다 더 세게 말을 몰았다.

도둑은 부자 시가이바이의 집에 도착했다. 도둑은 시가이바이에게 모든 사실을 얘기했지만 시가이바이는 몹시 화를 냈고 그에게서 말과 외투를 빼앗은 후에 마구 때렸으며 그를 자신의 집에서 내쫓았다.

　한편 알다르는 이마에 반점이 있는 회색 말을 타고 자신의 아울로 돌아왔다. 카자흐 민족의 순혈종인 이마에 반점이 있는 회색 말들은 바로 이 아름다운 말에게서 유래되었다.

알다르 코세와 악귀들

어느 날 알다르 코세는 난로 옆에서 잠이 들었다. 충분히 잠을 잤다. 눈을 뜨려고 했을 때 누군가 자기 옆에서 맴돌고 있다는 것을 느꼈다. 그가 한쪽 눈을 슬그머니 떠보니 두 명의 악귀들이 있었다. '죽은 척해야지. 저놈들이 죽은 사람을 갖고 뭘 하겠어?' 라고 그는 생각했고 눈을 감고 누워서 숨도 쉬지 않았다.

악마들은 배가 고팠다. 그들은 먹을 것을 찾다가 난로 옆에 있는 알다르 코세를 발견해서 기뻤다.

"쿨란, 자고 있는 이놈에게 멍청한 생각을 불어넣자. 깨어나면 우리가 시키는 대로 할 거야." 라고 한 놈이 말했다.

"그렇게 하자, 툴렌. 훔친 놈이 반을 먹고, 우리가 그의 코밑에서 나머지 반을 훔쳐가는 거지!" 라고 다른 놈이 동의했다.

그들은 알다르의 가슴 위에서 펄쩍 펄쩍 뛰었으며 그의 양쪽 귀에다 마법의 주문을 걸었다.

"카자흐 놈아, 카자흐 놈아, 어서 가서 훔쳐라." 라고 툴렌이 주문을 걸었다.

"카자흐 놈아, 카자흐 놈아, 어서 가서 속여라!"라고 쿨란이 주문을 걸었다.

하지만 알다르는 죽은 사람처럼 꼼짝하지 않고 누워있었다. 악귀들은 그를 때리기도 했고, 그에게 속삭이기도 했고, 소리를 지르기도 했다. 그러나 그는 깨어나지 않았다. 악귀들은 지쳤으며 그들 앞에 있는 사람이 진짜 죽었다고 확신했다.

"그냥 가자. 죽은 놈을 어디에 써먹겠어?"라고 쿨란이 말했다.

"아니야, 죽은 놈도 유용할 때가 있어. 살려내면, 이놈은 우리를 위해서 일할 거야."라고 툴렌이 말했다.

"그래. 그런데 어떻게 살려내지?"

"보아하니, 이놈은 가난한 카자흐 놈이야. 수의도 없잖아. 우리가 기름진 카즈(소시지와 비슷한 카자흐 민족의 고기 음식)와 쿠므즈를 훔쳐 와서 이놈 옆에 놓으면, 이놈은 살아날 거야!"라고 툴렌이 말했다.

'뭐라고, 나를 잡는 것이 그렇게 쉬울까! 내가 고기 때문에 너희들에게 굴복할까!'라고 알다르는 생각했다. 그러나 그들이 카즈를 가져와서 그에게 냄새를 맡게 했을 때 그는 전혀 참을 수가 없었다. 그의 입은 저절로 열렸다. 악귀들은 기뻐서 빽빽 비명을 질러대기 시작했고, 알다르는 자기 스스로를 배반하는 것에 놀랐다. '좋아, 카즈를 먹고 무슨 일이 일어나는지 보자.'라고 알다르는 생각했다. 그는 악귀들이 자기에게 고기를 다 먹이고 입에 쿠므즈를 다 넣을 때까지 여전히 움직이지 않고 누워있었다. 다 먹고 마신 후에 그는 눈을 뜨고 일어났다. 그러자 악귀들은 즉시 보이지 않는 모습으로 변했고, 그의 행동을 조종하기 위해 그의 어깨에 뛰어올랐다. 그러나 알다르 코세는 큰소리로 울기 시작했다.

"누가 나를 살려놨어? 오-오, 이것이 누구에게 필요해? 삶에서 모든 고통을 겪은 이후에 내 영혼이 편안함을 찾았는데. 오, 내가 그렇게 힘들게 죽었건만, 이제 모든 것을 또 시작해야 해? 차라리 물에 빠져 죽은 것이 낫겠어."

그는 자신의 머리를 잡는 척하면서 악귀들의 다리를 꽉 잡았으며, 마치 절망에 빠진 듯이 슬프게 흐느끼면서 낭떠러지를 향해 걸어갔다. 악귀들은 그가 자신들을 데리고 물에 빠질까봐 겁이 나서 재빨리 눈에 보이는 모습으로 변했다.

"내 말 들어, 이봐, 왜 죽으려는 거야? 우리가 언제나 너와 함께 있을게. 함께라면 우리는 멋지게 살 수 있어."라고 툴렌이 말했다.

알다르 코세는 놀란 척하며 말했다.

"너희들 누구야?"라고 알다르 코세는 아무 것도 모르는 듯이 물었다.

"우리는 쿨란과 툴렌이라는 악귀야. 우리는 도둑질을 하고 속이는 교묘한 방법을 너에게 가르쳐줄게. 그리고 훔친 물건을 반반씩 나눠 갖자!"

알다르는 이제 강에 거의 도달했다. 그는 잠시 생각했고 단호하게 대답했다.

"싫어, 친구들, 안 되겠어. 너희들은 보이지가 않아서 만일 우리가 잡히면 나만 두들겨 맞을 거야! 나는 이미 실컷 두들겨 맞았어. 물에 빠져 죽는 것이 더 낫다. 내가 너희들을 도와줄게. 너희들은 아직 죽어보지 않아서 죽으면 얼마나 편안한지를 모르잖아. 배고픈 것과 배부른 것이 똑같아!"

그는 낭떠러지로 걸어갔다. 악귀들은 정말로 놀랐다. 툴렌이 외치기 시작했다.

"멈춰! 뛰어 내리지 마! 너를 우리처럼 만들어 줄게! 너도 눈에 보이지 않도록 해줄게."

"그래? 그럼 이야기가 다르지. 어떻게 해야 돼?"라고 알다르가 동의하고 말했다.

툴렌은 알다르에게 동전을 주었다. 알다르가 그것을 혀 밑에 놓았고 그는 즉시 눈에 보이지 않게 변했다. 그래서 그들은 셋이서 큰 도시로 출발했다.

그들은 걷고 또 걸었으며 피곤하게 되었다. 그때 툴렌과 서로 눈짓을 교환한 쿨란이 제안했다.

"자, 친구들, 왜 우리는 피곤해야 되지, 차례대로 어깨 위에 올라타고 다니는 것이 더 낫지 않을까? 알다르는 힘이 더 세니까 우리 둘을 한 번에 태우고 다닐 수 있고, 우리 둘의 어깨에 타고 다닐 수도 있잖아."

알다르와 툴렌이 동의했다.

"그럼 누가 먼저 올라탈까?"라고 툴렌이 물었다.

"나는 기꺼이 너희들을 먼저 태워 주고 싶어. 그런데 나는 죽었다가 바로 얼마 전에 제정신으로 돌아왔잖아. 지금 겨우 걷고 있는 거야. 내가 먼저 너희들 어깨에 올라타서 좀 쉬고, 그 다음에 너희들을 내 어깨에 태우고 다닐게."라고 알다르 코세가 대답했다.

"좋아, 얼마 동안 타고 다닐지를 정하자."라고 악귀들이 말했다.

"그거 간단히 하지 뭐! 너희들이 나를 태우고 다니는 동안에 내가 노래를 부를게. 노래가 끝날 때쯤이면 나는 충분히 쉬게 될 거야."

악귀들은 동의했다. 알다르 코세는 악귀들의 어깨에 올라탔고 작은 소리로 노래를 부르기 시작했다.

'알랼라이, 랄랼라이, 아이-아이-알랼라이.'

악귀들은 그를 태우고 돌아다녔다, "알랼라이"는 끊임없이 이어졌고 저녁시간이 되었는데도 노래는 끝나지 않았다. 툴렌은 참을 수가 없었다.

"이봐, 친구, 네가 부르는 노래는 언제 끝나는 거야?"

"아직 1절도 안 불렀어. 곧 2절을 부를 거야."라고 알다르 코세가 말했다.

'아리-아리-아이듬, 아리-아이듬, 아리-아이듬.'

두 명의 악귀들은 더 이상 참을 수 없을 정도로 녹초가 되어서 좀 쉬려고 나무에 기댔다. 그 나무는 바싹 마르고 속이 텅 비어 있었는데, 악귀들과 알다르의 무게를 견디지 못하고 쓰러졌다. 그런데 구덩이 속에 말 머리만 한 크기의 금괴가 있었다. 툴렌이 처음으로 그것을 보았고 금괴 위에 재빨리 앉았다.

"공짜로 생긴 물건은 분란을 일으킨다고 말들 하잖아. 나는 이 물건 때문에 우리가 서로 욕설을 할까봐 두려워. 관습대로 행동하자. 가장 나이가 많은 사람이 이 물건을 갖기로 해."라고 툴렌이 말했다.

악귀들은 보통 천 살이 넘기 때문에 툴렌이 의도하는 것을 쿨란은 명확히 이해했다. 알다르도 악귀들이 교활하게 굴고 있다는 것을 이해했지만 내색도 하지 않았다.

"옳은 말은 맞는 말이지. 연장자는 언제나 존경을 받아야 해. 자, 누가 연장자인지 한번 따져보자!"라고 알다르가 말했다.

그때 툴렌이 말했다.

"내가 더 연장자임에 틀림없어. 내가 태어났을 때 세상은 섬만 한 크기였어. 아니, 그보다 훨씬 더 작았지. 가죽 안장만 했어. 아니, 지금 기억이 났다. 손바닥 만했구나."

쿨란이 놀랐다.

"네가 나보다 어리다는 것을 누가 생각이나 했겠니? 내가 태어났을 때 세상은 아직 하늘과 분리되어 있지도 않았다. 그래서 우리 아버지는 내 출생을 축하하기 위한 말 경주대회를 구름 위에서 개최했어."

알다르 코세는 이 말을 듣고 큰 목소리로 통곡하기 시작했다. 악마들은 그가 황금을 갖지 못하는 것을 안타깝게 여겨서 우는 것이라고 생각을 했고 그를 위로하기 시작했다. 그러나 알다르는 그들의 말을 듣지 않고 슬픈 눈물을 흘리며 머리로 땅을 박으면서 '오, 애야, 나는 너를 결코 보지 못할 거야!'라고 계속 통곡했다.

"왜 우는 거야? 한번 결정한 것은 결정된 거야. 황금은 쿨란 거야."라고 툴렌이 말했다.

"자네들의 황금이 나에게 무슨 의미가 있어! 어떤 황금도 내가 상실한 것을 대체할 수가 없어. 오, 쿨란, 네가 너의 출생에 대해 말했을 때, 너는 나의 옛날 상처를 들쑤셔놓았어. 나는 그것에 대해 기억하지 않으려고 애썼는데 네가 불의에 그것을 상기시키고 말았어. 너의 출생을 축하하는 말 경주대회에서 나의 막내아들이 비를 많이 품고 있던 구름에 빠져서 알려지지 않은 공간으로 떨어졌어. 그곳이 나중에 세상이 된 거야. 이것이 내가 겪은 고통인데 너는 그것에 대한 생각을 다시 떠올리게 했어."라고 알다르 코세가 눈물을 흘리며 외쳤다.

알다르는 악귀들이 지긋지긋해질 정도로 또다시 흐느껴 울면서 울부짖기 시작했다. 악귀들은 어떻게 해야 그의 울음을 멈추게 할 수 있을지 몰랐고 그에게 황금을 가지라고 설득했다. 알다르 코세는 황금을 갖고 나서 다시 악귀들의 어깨에 올라탔으며, 밑에 있는 악귀들의 몸이 축축하게 젖을 정도로 이틀 동안 그렇게 슬프게 울었다. 이것은 알다르 코세의 이야기가 진실이었다는 것을 악귀들에게 확신시켜주었다.

황금을 알다르에게 빼앗긴 것도 악귀들을 화나게 했고, 끝이 없는 노래를 부르는 알다르를 어깨에 태우고 다니는 것도 악귀들에게는 대단히 지겨웠다. 어느 날 그들은 황폐화된 좁은 토굴에서 밤을 보내기 위해 잠자리를 준비했고, 툴렌이 이런 이야기를 시작했다.

"들어봐, 알다르, 네가 부르는 노래는 결코 끝나지 않을 거야. 너는 우리를 속인거야. 이제 다른 조건을 정하자. 힘이 센 사람이 다른 사람의 어깨에 올라타고 나니는 거야. 이제 싸워보자!"

알다르 코세는 잠시 생각했고 동의했다.

"비록 이것은 계약을 위반하는 것이지만, 그래도 좋다. 무엇을 가지고 싸울까? 있는 것은 긴 막대기와 채찍뿐인데."

"그래 긴 막대기와 채찍으로 싸우자."라고 튤렌은 말하면서 마음속으로 생각했다. '이제 내가 네놈에게 복수할거야. 저놈을 때려눕히고 저놈 위에 올라타야지!'

알다르는 손에서 긴 막대기를 빙빙 돌렸으며, 채찍을 시험해보았고, 튤렌에게 긴 막대기를 주었다.

"너는 키가 작으니까 네가 긴 막대기를 가지는 것이 공정한 거야. 너는 긴 무기가 필요하니까. 그러니 내가 채찍을 가질게."라고 알다르가 말했다.

'멍청한 놈. 완전히 멍청한 카자흐 놈이라니까! 더 좋은 무기를 내게 주는구먼!' 이라고 튤렌은 생각했다.

알다르 코세는 채찍을 잡았고 불안한 기분으로 둘러보면서 말했다.

"여기 토굴 안에서 싸우자. 누군가가 우리를 보게 되면 시끄러운 소리가 나오니까. 알았지?"

"알았어, 동의해! 자, 시작하자!"

"시작한다!"라고 알다르는 말했고 채찍을 휘두르기 시작했다. 튤렌도 긴 막대기를 휘두르기 시작했지만 긴 봉은 벽에 걸렸다. 튤렌은 좁은 토굴 안에서 긴 막대기를 돌릴 수가 없어서 알다르를 한 번도 때리지 못했다. 반면에 알다르는 튤렌이 피투성이가 되도록 채찍으로 흠씬 패주었다.

"그만, 그만해! 무기를 바꾸자!"라고 튤렌이 소리쳤다.

"좋아, 너에게 더 좋은 무기를 준 것이 안타까웠어. 이곳은 먼지가 너무 많이 일어서 숨쉬기도 힘드니 이제 토굴 밖으로 나가자."라고 알다르가 말했다.

'이곳에서 전혀 휘두를 수가 없었는데, 넓은 곳에 나가서 본때를 보여 줘야지!'라고 툴렌은 생각하며 기뻐했다.

그들은 밖으로 나왔고 다시 싸우기 시작했다. 알다르 코세는 툴렌이 가까이 다가오는 것조차 허락지 않으면서 긴 막대기로 전보다 훨씬 더 많이 툴렌을 때렸다.

밤에 악귀들은 서로 상의를 한 후에 마법의 동전과 황금을 알다르 코세에게 남겨두고 토굴에서 조용히 빠져나와서 알다르 코세에게서 도망쳤다.

두 명의 악귀들을 속인
알다르 코세

　　세 명의 악귀들인 툴렌, 쿨란 그리고 알다르 코세는 함께 다니다가 어느 곳에서 쉬게 되었다. 악귀들은 모든 보물이 들어 있는 자루를 지고 다니느라 피곤했다. 그들은 쉬면서 이야기를 나누었다.

　　"이 세상에는 우리와 같은 이들은 없을 거야. 우리는 무서운 것도 없고 하고 싶은 것은 무엇이든 할 수가 있잖아."라고 악귀들의 비밀을 알고 싶어서 알다르 코세가 말했다.

　　"무슨 소리야? 우리가 무서운 것이 없다니?! 무엇보다도 카자흐 채찍이 무섭지. 가시덤불도 무섭고."라고 악귀들이 말했다.

　　'그렇군, 네놈들은 용감하기도 하구나.' 하고 알다르 코세가 마음속으로 생각했다.

　　"자네는 무서운 것이 없어?"라고 악귀들이 알다르 코세에게 물었다.

　　"나도 무서워하는 것이 당연히 있지."라고 알다르 코세가 말했다.

　　"그것이 뭐야?"

"나는 그것을 말하는 자체도 무서워."

"무엇인데, 말해봐!"

"둘둘 말아 놓은 카즈와 소의 내장에 채워 놓은 치즈와 쿠므즈를 담아 놓은 사바도 무서워. 나는 이것들이 있는 곳은 어디든지 피해 다닌다고."

'아, 그렇구나! 이제 네놈이 뭐를 두려워하는지 알았다.' 라고 악귀들은 마음속으로 생각했다.

조금 더 쉬고 나서 악귀들은 출발하려고 했다. 그런데 알다르 코세는 자리에서 일어서려고 하질 않았다.

"나는 더 이상 자네들과 함께 가지 않을 거야." 라고 알다르 코세가 말했다.

"갑자기 왜 그래?" 라고 악귀들이 물었다.

"우리에게 자루가 하나 있는데, 자네들은 둘이서만 교대로 그 자루를 메고 다니고 나에게는 자루를 메라고 하지도 않잖아. 자네들은 나를 친구로 여기질 않는 것 같아. 게다가 나를 카자흐 놈이라고 부르잖아. 이것은 나를 모욕하는 거야. 나도 더 이상 자네들과 친구가 되고 싶지 않아." 라고 알다르 코세가 대답했다.

이 말을 들은 악귀들은 서로 처다보았고 둘이 잠깐 동안 뭔가에 대해 상의를 했다.

"자루를 알다르 코세에게 맡기는 것은 위험해."

"아무 일도 없을 거야. 너무 걱정하지 마."

"그래도 저놈이 이 자루 속에 무엇이 들어 있는지 알게 되면 어떻게 하려고?"

"비밀을 알지 못할 거야! 저놈도 자루를 들고 다니고 싶어 하잖아. 한번 맡겨 보자."

결국 악귀들은 알다르 코세에게 자루를 넘겨주기로 결정했다.

"자 받아! 자네가 이 자루를 들고 다니고 싶어 하잖아. 우리는 자네의 마음을 이해해. 너무 서운하게 생각하지 마. 이제부터 자네가 이 자루를 등에 메고 다니도록 해."라고 악귀들이 말했다.

자루를 받아 든 알다르 코세는 '이것은 알라신께서 자신에게 주시는 선물'이라고 생각했고 자루가 몹시 무거운 척하며 악귀들의 뒤를 따라 출발했다. 알다르 코세는 악귀들이 어느 부자의 모든 재산을 이 자루 속에 넣고 다닌다는 것을 즉시 알아챘다. 알다르 코세는 자루가 너무 무거워서 악귀들을 따라가기가 힘든 척하며 조금 뒤처져서 걸어갔다. 악귀들과의 간격이 조금 더 벌어졌을 때 알다르 코세는 가시덤불 속에 숨어버렸다.

'이제 이곳에 편안히 누워 있으면 되는 거야.'라고 알다르 코세가 가시덤불 속에 들어와서 생각했다.

한참을 가다가 악귀들은 알다르 코세가 잘 따라오고 있는지 뒤를 돌아보았다. 그런데 알다르 코세가 보이질 않았다.

"아무래도 녀석이 길을 잃은 것 같아."라고 악귀들은 서로 말을 했다.

"알다르 코세!!!"라고 악귀들은 큰 소리로 불렀다.

그런데 아무런 대답이 없었다.

'야, 이놈들아! 내가 괜히 자루를 멘다고 했겠니?'라고 알다르 코세는 혼자 중얼거리면서 가시덤불 속에 누워 있었다.

악귀들은 알다르 코세를 찾아 이곳저곳을 돌아다니다가 가시덤불 속에 누워 있는 알다르 코세를 발견했다.

"알다르 코세! 벌써 지친 거야?"라고 악귀들은 비웃으며 소리쳤다.

그러나 알다르 코세는 아무런 대답도 하지 않고 그냥 누워 있었다.

"저놈은 잠이 들었나 봐!"라고 악귀들이 서로를 바라보며 말했다.

악귀들은 더욱 큰 소리로 소리를 질렀다. 그러나 알다르 코세는 여전히 대답하지 않았다. 마침내 악귀들은 알다르 코세가 자신들을 속였다는 것을 깨달았다. 악귀들은 알다르 코세가 가시덤불에서 나오도록 하려고 여러 가지 방법을 사용해 보았지만 소용이 없었다.

"저놈에게 귀신이 씌었나 봐! 둘둘 말아 놓은 카즈와 소의 내장에 채워 넣은 치즈로 저놈을 무섭게 해서 끌어 내야겠다." 라고 툴렌이 말했다.

두 악귀들은 어느 마을로 달려가서 카즈, 치즈, 쿠므즈를 가져왔고 알다르 코세에게 던져 버렸다.

'아니, 이게 뭐야? 아이 무서워!' 라고 알다르 코세는 놀란 척하며 악귀들이 던져주는 물건들을 모두 가졌다.

"어, 저놈이 움직였다!" 라고 악귀들은 말하면서 알다르 코세에게 카즈, 치즈, 쿠므즈를 또 다시 던졌다.

악귀들이 음식을 던질 때마다 알다르 코세는 무서운 듯이 펄쩍 펄쩍 뛰면서 모든 음식을 모았다. 이런 식으로 해서 알다르 코세는 2년 동안 먹을 수 있는 분량의 음식을 모았다.

"네놈을 그냥 놔두지 않을 거야! 네놈이 굶어 죽을 때까지 우리는 꼼짝도 않고 이곳을 지킬 거야!" 라고 악귀들은 말하면서 그 자리에 누웠다.

'그래 봐라, 이놈들아!' 라고 생각하면서 알다르 코세는 악귀들을 비웃었다. 알다르 코세는 카즈와 치즈를 먹고 쿠므즈를 마시면서 편안하게 그곳에 누워서 지냈다.

악귀들은 알다르 코세가 나오기를 기다리면서 2년의 세월을 그곳에서 보냈다. 아무 것도 먹지 못한 악귀들은 점점 야위어갔다. 반면에 알다르 코세는 점점 살이 찌고 심지어 배까지 나오게 되었다.

결국 두 악귀들이 말했다.

"알다르 코세는 정말 알다르 코세구나! 알다르 코세라는 이름이 참 잘 어울린다. 또 속였구나!!!"

쥐렌쉐보다 훨씬 지혜로운
알다르 코세

　　　　　현명한 사람인 쥐렌쉐가 알다르 코세와 다시 만났을 때, 알다르 코세의 나이는 백세였다. 그 일은 다음과 같이 일어났다.

　아울 너머 언덕에서 쥐렌쉐는 생각에 잠겨 앉아 있었다. 그가 눈을 들어 보니 늙은 노인이 기다란 지팡이에 의존해서 초원길을 따라 어슬렁어슬렁 걸어오고 있었다. 그는 가까이 다가왔고 인사를 한 후에 곁에 앉았다. 그때 쥐렌쉐는 그 사람이 알다르 코세라는 것을 알아차렸다. 교활한 알다르 코세는 굉장히 늙은 노인임에도 불구하고 턱밑에 수염이 하나도 없었기 때문이다. 쥐렌쉐는 알다르 코세와 만나게 된 것이 너무 기뻐서 대화를 시작했다.

　"알다르 코세, 어르신은 백 년 동안 사시면서 온 세상을 돌아다니셨고 모든 나라를 돌아다니셨습니다. 어르신께서 다니시지 않은 곳이 없습니다. 한 평생을 사시면서 행복한 마음으로 보셨던 것에 대해 이야기 좀 해주십시오. 진심으로 감사드립니다."

　알다르 코세는 아무런 대답도 하질 않았다. 단지 앉아서 침묵만 지킬 뿐이었다. 쥐렌쉐는 늙은 알다르 코세가 자신의 말을 듣지 못했다고 생각했고 더 큰 소리로 부탁을 드렸다. 그러자 알다르 코세는 익살맞은 웃음을 지으면서 그를 바라보았고, 마치 책을 읽는 것처럼 조리 있게 이야기를 시작했다.

"가장 현명하신 쥐렌쉐, 내가 원했던 모든 곳에 내가 갔었다는 자네의 말이 맞아요. 그리고 내가 생각했던 모든 것이 이루어졌지요. 내가 긴 세월 동안 무엇을 보았는지를 자네는 알고 싶어 하는 군요. 알려주지요. 나는 열 마리의 새끼염소, 스무 마리의 늑대, 서른 마리의 곰, 마흔 마리의 사자, 쉰 마리의 살찐 양, 예순 마리의 묶인 말, 다리 세 개를 결박당한 일흔 마리의 말, 여든 개의 상한 계란 그리고 마지막으로 그들 사이에서 혼탁한 냇물이 흐르고 있는 아흔 개의 검은 무덤을 보았어요. 이것이 내가 본 것이에요. 이것 이외에 나는 아무 것도 보지 못했어요."

이 말을 하고 알다르 코세는 땅에서 일어났고 지팡이에 의존해서 앞으로 걸어가기 시작했다.

쥐렌쉐는 그의 뒷모습을 오랫동안 바라보았고, 노인인 알다르 코세가 이야기한 말을 큰소리로 반복했지만 알다르 코세의 이상한 말의 의미를 전혀 이해할 수가 없었다. 백세의 노인이 의식이 흐릿해져서 무의미한 소리를 지껄인 것인가? 아니면 자신처럼 현명한 사람도 그의 말을 이해할 수 없을 정도로 그가 그렇게 똑똑한 것인가?

화가 난 쥐렌쉐는 집으로 돌아와서 말없이 난로 옆에 앉아서 고개를 아래로 떨구고 있었다.

"무슨 일로 그렇게 실망하고 계세요, 여보?"하고 그의 아내인 미인 카라샤쉬가 물었다. 그는 고백하는 것이 부끄러웠다. 그러나 더 이상 견딜 수가 없어서 알다르 코세와의 만남과 그가 들려 준 이야기에 대해 아내에게 얘기했다.

"내가 기억하는 한 그 어느 누구도 이야기 시합에서 나를 이긴 사람이 없어. 그런데 바로 알다르 코세가 내 코를 납작하게 만들었어요. 카라샤쉬, 웬일인지 나는 슬퍼요."

그러자 미인 카라샤쉬는 웃으면서 말했다.

"진정하세요. 저는 늙은 알다르 코세의 수수께끼 같은 말장난의 의미를 알 것 같아요. 그것은 아마도 이렇게 이해해야 될 듯해요.

어린 아이는 처음 십년간 아무런 걱정이 없는 새끼염소처럼 장난치며 뛰어다녀요. 말을 탄 스무 살의 사람은 배고픈 여우와 같이 모든 미지의 것에 달려들어 포획하려고 하지요. 삼십 살의 사람은 곰과 같은 힘과 불굴의 정신을 본성적으로 갖게 돼요. 사십에 사람은 용기와 과감성을 가진 사자처럼 논쟁을 벌이기도 하지요. 얼마 전에 사자와 비슷했던 사람이 오십이 되면 이 민첩성을 잃어버리고 비육하는 양처럼 살이 쪄요. 육십이 되면 사람은 묶인 말처럼 온순해지고, 칠십이 되면 다리 세 개를 결박당한 말처럼 다리를 절뚝거리지요. 팔십이 되면 사람은 음식에도 이용될 수 없고 병아리도 되지 못하는 상한 계란처럼 무익하고 도움이 되지 않아요. 구십이 된 노인은 아울 너머에 있는 검은 무덤이며, 혼탁한 시냇물은 그의 흐리멍덩한 눈에서 끊임없이 흐르는 눈물이지요. 보다시피, 알다르 코세는 당신에게 교묘한 말로 자신의 삶을 이야기한 거예요."

"그래요, 바로 그래요. 그런데 어째서 노인은 자신의 백세에 대해서는 말하지 않았을까?"하고 패배를 당한 쥐렌쉐가 말했다.

"백세는 알다르 코세가 당신에게서 보이지 않는 곳으로 떠났던 것처럼 오랫동안 살고 있는 인생에서 떠날 시간이 왔다는 것을 보여준 거지요."라고 카라샤쉬가 대답했다.

"고맙소, 여보! 알다르 코세의 이성은 대단하군요. 당신의 이성도 대단하

구. 두 사람 덕분에 나도 오늘 지혜가 더해졌고 교만은 줄어들었어요."라고
쥐렌쉐는 기뻐하며 소리쳤다.

현명한 쥐렌쉐와
아름다운 카라샤쉬

옛날 옛날에 쥐렌쉐-쉐쉔이라는 현자가 살았다. 이 사람의 지혜는 바다처럼 깊고 넓었으며 그의 말은 꾀꼬리의 노랫소리처럼 입에서 흘러나왔다. 그러나 자신의 모든 가치에도 불구하고 쥐렌쉐는 초원에서 가장 가난했다. 그가 자신의 벽돌 오두막에 누워있으면 그의 다리가 문지방 너머로 삐져나왔으며, 날씨가 궂은 날이면 비바람이 수많은 틈을 통해서 오두막 안으로 마구 들이쳤다.

언젠가 쥐렌쉐는 동료들과 함께 초원을 따라 말을 타고 가고 있었다. 날이 저물어가고 있었고 말을 탄 사람들은 어둡기 전에 사람들이 살고 있는 곳까지 도달하기 위해서 서둘렀다. 갑자기 그들의 길 앞에 넓은 강이 나타났다. 반대편 강변에 아울이 있었고 이쪽 강변에서는 몇몇의 여자들이 연료로 사용하기 위해 말린 쇠똥을 자루에 모으고 있었다.

말을 탄 사람들은 그들에게 다가가서 정중하게 인사를 하고 어떻게 강을 건너는 지에 대해 물었다.

카라샤쉬라고 불리는 처녀는 낡고 누덕누덕 기운 옷을 입고 있었지만 굉장한 미인이었다. 그녀의 눈은 별과 같았고, 입은 달과 같았으며, 몸매는 균형 잡히고 탄력성 있는 버드나무 같았다. 그녀가 대답했다.

"두 개의 여울이 있습니다. 왼쪽에 있는 여울은 가깝지만 멉니다. 오른쪽에 있는 여울은 멀지만 가깝습니다."

쥐렌쉐만이 처녀의 말이 의미하는 바를 알아차렸고 말을 오른쪽으로 돌렸다.

얼마 후에 그는 여울을 보게 되었다. 바닥은 모래로 이루어져 있었고 물은 얕았다. 그는 커다란 어려움 없이 강을 건넜고 아울에 금방 도달할 수 있었다.

그러나 쥐렌쉐의 동료들은 가까운 곳에 있는 여울을 선택했고 얼마 지나지 않아 이것에 대해 후회했다. 말이 진흙구렁에 빠졌기 때문에 그들은 강의 중간까지도 이르지 못했다. 말을 탄 사람들은 강의 가장 깊은 곳에서 말에서 내려야했고 손에 말고삐를 쥐고 걸어서 강을 건너야만했다. 황혼 무렵이 되어서야 그들은 물에 젖고 추위에 떨면서 아울에 도착했다.

쥐렌쉐는 맨 끝에 있는 유르트 옆에 말을 세웠다. 이 유르트는 아울에서 가장 초라했다. 쥐렌쉐는 이것이 여울을 알려주었던 처녀의 부모님이 사는 유르트라는 것을 즉시 알아차렸다.

쥐렌쉐는 동료들을 기다렸고 동료들이 말에서 내리자마자 카라샤쉬의 어머니가 그들에게 와서 자기 집의 손님이 되어달라고 요청했다.

유르트의 내부도 밖에서 보는 것처럼 초라했다. 여주인은 손님들을 위해 양탄자 대신에 털이 있는 마른 생피를 깔았다. 얼마의 시간이 지나자 카라샤쉬가 어깨에 마른 쇠똥이 가득 담긴 자루를 짊어지고 유르트 안으로 들어왔다.

때는 봄이었고 일몰 전에 폭우가 몹시 쏟아졌다. 모든 여자들은 젖은 쇠똥을 가지고 초원에서 돌아왔기 때문에 그들의 유르트에서는 그날 밤에 저녁도 먹지 못하고 잠자리에 들어야만했다.

오직 카라샤쉬만이 마른 쇠똥을 가지고 왔다. 그녀는 불을 지펴서 유르트를 따뜻하게 했고 손님들이 옷을 말릴 수 있게 했다.

"어떻게 비에 맞지 않고 마른 쇠똥을 가져왔나요?"라고 손님들이 물었다.

처녀는 그들에게 다음과 같이 얘기했다. 비가 내릴 때 자신은 쇠똥이 든 자루 위에 누워서 자신의 몸으로 비에 맞지 않게 쇠똥을 덮었다. 그녀의 옷은 젖었지만 옷은 난로 옆에서 쉽게 말릴 수 있다. 그녀는 다르게 행동할 수가 없었다. 왜냐하면 그녀의 아버지는 양치기이기 때문이다. 아버지는 밤이 되어서야 배고프고 비에 젖어서 돌아온다. 집에 불이 없다면 이것은 아버지에게 더욱 나쁜 것이다. 다른 여자들은 비가 내리자 자루 아래로 몸을 피했으며 결국 옷과 쇠똥이 모두 비에 젖게 되었다.

손님들은 처녀의 대답을 듣고 그녀의 지혜로움에 놀랐다.

한편 손님들은 저녁식사로 어떤 음식이 준비되는지 알고 싶었다.

카라샤쉬가 그들에게 다음과 같이 대답했다.

"아버지는 가난하지만 손님 접대를 잘하는 분이십니다. 부자의 가축들을 우리에 넣고 나면 손님들을 위해 양을 잡을 것입니다. 만일 구하게 되면 숫양 한 마리를 잡을 것이고, 구하지 못하면 암양 두 마리를 잡을 것입니다."

쥐렌쉐 이외에 어느 누구도 처녀의 말을 이해하지 못했고 그녀가 그들에게 농담을 한 것이라고 여겼다.

카라샤쉬의 아버지가 도착했다. 자신의 유르트에 손님들이 있는 것을 보고는 부자에게 달려가서 저녁식사를 위해 숫양을 부탁했다.

부자는 숫양을 주지 않고 그를 쫓아냈다.

그러자 목동인 아버지는 머지않아 새끼를 낳게 될 자신이 갖고 있던 유일한 암양을 잡았다. 그리고 그 고기로 손님들을 위해 맛있는 저녁을 준비했다.

그때서야 손님들은 카라샤쉬의 말의 의미를 이해했다.

쥐렌쉐는 저녁식사 시간에 카라샤쉬 맞은편에 앉았다. 그녀의 아름다움과 지혜로움에 매혹된 쥐렌쉐는 그녀를 몹시 좋아한다는 표시로 손을 가슴에 몰래 가져다 댔다.

그에게서 눈을 떼지 않고 있던 카라샤쉬는 손가락으로 자신의 눈을 가볍게 건드렸다. 카라샤쉬는 그의 감정이 그녀의 눈에 보인다는 것을 암시하기 위해 그렇게 했던 것이다.

그러자 쥐렌쉐는 손으로 머리카락을 쓰다듬었다. 이것은 그녀의 아버지가 그녀를 위해 머리에 있는 머리카락 수만큼의 가축을 요구하는지를 물어보기 위한 것이었다. 약혼녀에 대한 이러한 몸값을 칼름이라고 부른다.

카라샤쉬는 그녀 아래에 있는 마른 생피를 손으로 건드렸다. 이것은 양털의 수만큼 가축을 가져와도 그녀의 아버지는 그녀를 주지 않을 것이라는 것을 암시하는 것이었다.

쥐렌쉐는 자신의 가난함에 대해 상기하고 슬프게 고개를 떨구었다.

처녀는 쥐렌쉐가 가여웠다. 그녀는 생피의 끝부분을 뒤로 접어서 손가락들로 그 평평한 바닥을 건드렸다. 그녀의 아버지는 훌륭한 신랑감이 있으면 몸값 없이도 그녀를 내어 줄 것이라는 것을 쥐렌쉐에게 이해시키기 위해 카라샤쉬는 이 표시를 했던 것이다.

아버지는 젊은 사람들의 무언의 대화를 계속해서 주시하고 있었다. 그는 그들이 서로 좋아하고 있다는 것을 알아차렸고 쥐렌쉐가 그녀의 딸만큼 현명하다고 확신했다. 그래서 쥐렌쉐가 카라샤쉬를 자신의 아내로 삼고 싶다고 요청했을 때 그는 그들의 결혼에 기꺼이 동의했다.

3일 후에 쥐렌쉐는 젊은 아내를 자신의 아울로 데리고 갔다.

아름답고 현명한 카라샤쉬에 대한 칭찬은 온 초원으로 빨리 퍼져나갔고 마침내 칸의 궁궐에까지 들리게 되었다.

이 세상에는 카라샤쉬만큼 아름답고 지혜로운 여인이 없을 것이라는 대신들의 교활한 말을 들으면서 칸은 가난한 쥐렌쉐에 대한 질투심에 불타올랐고 그에게서 아내를 빼앗기로 결심했다.

어느 날 칸의 파발꾼이 쥐렌쉐에게 달려와서 아내를 데리고 신속하게 궁궐로 오라는 칸의 명령을 전했다. 어쩔 수 없이 그들은 길을 나섰다. 카라샤쉬를 보자마자 칸은 무슨 일이 있더라도 그녀를 자신의 아내로 만들겠다고 즉시 결심했고, 쥐렌쉐에게 자신 곁에 남아서 일을 하라고 명령했다.

낮에 쥐렌쉐는 호화로운 칸의 궁궐에서 일을 하고, 밤에는 피곤에 지쳐서 카라샤쉬가 있는 자신의 오두막으로 돌아왔다. 쥐렌쉐는 사랑하는 아내에게 고개를 숙여 인사를 하고 그녀의 눈을 바라보면서 말했다.

"우리 오두막에 행복이 있군요! 이 오두막이 칸의 모든 궁궐보다 더 넓어요."

그러나 그 시간에도 그의 발은 문지방 너머로 삐져나와 있었다.

시간이 흘렀지만 칸은 쥐렌쉐를 죽이고 카라샤쉬를 소유하고자 하는 생각을 그만두지 않았다. 칸은 쥐렌쉐에게 위험한 임무를 여러 번 부과했지만 쥐렌쉐는 언제나 정확하게 그 임무를 수행했기 때문에 그를 처벌할 이유를 찾을 수 없었다.

칸이 수행원을 데리고 말을 타며 초원을 달리던 때의 일이었다. 바람이 부는 날이었다. 패랭이꽃이 초원을 따라 흩날리고 있었다. 칸이 쥐렌쉐에게 물었다.

"패랭이꽃을 쫓아가서 어디에서 와서 어디로 가는 것인지 물어보고 오너

라. 대답을 듣지 못하면 네 목이 달아날 줄 알거라."

쥐렌쉐는 패랭이꽃을 쫓아가서 창으로 그것을 찔렀고 얼마의 시간이 지나서 돌아왔다.

칸이 물었다.

"그래, 패랭이꽃이 뭐라고 말을 하드냐?"

쥐렌쉐가 대답했다.

"오, 폐하, 패랭이꽃이 폐하께 인사드린다고 합니다. 그리고 다음과 같이 말했습니다. '내가 어디에서 어디로 흩날리는 가는 당연히 바람에 달려있는 것이고, 내가 머무는 곳은 계곡이다. 이것은 누구나 다 아는 것인데, 나에게 그러한 질문을 하는 당신이 멍청한 것이오? 아니면 이것에 대해 물어보라고 당신을 나에게 보낸 칸이 멍청한 것이오?'"

칸은 쥐렌쉐가 의도하는 바를 이해했지만 아무런 대답도 하지 않았고 단지 그에 대한 적대감은 더욱 깊어졌다.

이런 일도 있었다. 칸이 쥐렌쉐에게 실패할 경우에는 죽음을 각오하라는 위협과 함께 낮도 아니고 밤도 아닌 시간에, 걷지도 않고 말도 타지 않고, 밖도 아니고 궁궐에도 있지 않은 상태로 자신에게 오라고 명령했다.

처음에 쥐렌쉐는 슬퍼했지만 카라샤쉬와 상의한 후에 그들은 어려움에서 벗어날 수 있는 방법을 생각해 냈다.

쥐렌쉐는 새벽 동틀 무렵에 염소를 타고 궁궐 문의 횡목 아래에 서 있었다. 칸의 교활함은 또다시 실패했다. 그러자 그는 새로운 것을 생각해 냈다.

가을이 왔을 때 칸은 쥐렌쉐를 자신에게 오라고 했고 그에게 40마리의 숫양을 주면서 다음과 같이 말했다.

"이 숫양들을 네게 주겠다. 너는 겨울동안 그것들을 돌봐야 한다. 명심해라, 봄에 이 숫양들이 암양처럼 새끼양을 낳지 않으면 네 목은 달아날 줄 알

아라."

쥐렌쉐는 깊은 슬픔에 잠긴 채 양떼를 몰며 집으로 왔다.

"무슨 일이세요? 왜 그렇게 슬퍼하세요?"라고 카라샤쉬가 그에게 물었다.

쥐렌쉐는 아내에게 칸이 내린 터무니없는 명령에 대해 말했다.

"여보, 쓸데없는 일로 슬퍼하지 마세요! 겨울이 될 때까지 모든 양을 잡읍시다. 봄이면 모든 일이 더 없이 잘 해결되었다는 것을 알게 될 거예요."

그래서 쥐렌쉐는 카라샤쉬의 조언대로 그렇게 했다.

봄이 왔다.

어느 날 칸의 파발꾼이 쥐렌쉐의 오두막의 문을 두드렸고 숫양이 새끼들을 낳았는지 알아보기 위해 칸이 직접 오고 있다고 말했다.

쥐렌쉐는 이제 더 이상 죽음을 피할 방법이 없다는 것을 느끼고 고개를 떨구었다.

그러자 카라샤쉬가 말했다.

"여보, 상심하지 마세요. 초원으로 가서 그곳에 있다가 저녁에 오세요. 제가 직접 칸을 맞이할게요."

쥐렌쉐는 초원으로 떠났고 카라샤쉬는 오두막에 남았다. 얼마 지나지 않아 그녀는 말발굽 소리와 위협적인 소리를 들었다.

"이봐라, 거기 아무도 없느냐! 냉큼 나오너라!"

카라샤쉬는 목소리를 듣고 칸이 왔다는 것을 즉시 알았다. 그녀는 오두막 밖으로 나와서 공손하게 인사를 했다.

"네 남편은 어디 갔느냐? 어째서 인사하러 나오지 않느냐?"라고 칸은 화를 내며 물었다.

그러자 카라샤쉬가 공손하게 대답했다.

"존경하는 폐하! 불행한 제 남편을 불쌍히 여겨주십시오. 폐하께서 우리를 방문하러 오신다는 말을 듣자 그는 아주 슬퍼했습니다. 왜냐하면 저희들은 가난해서 귀한 손님을 대접할 식량이 아무 것도 없기 때문입니다. 그래서 제 남편은 자신이 기르는 메추리의 젖을 짜서 그것으로 폐하를 위한 쿠므즈를 만들겠다며 초원으로 달려갔습니다. 어서 집안으로 들어가십시오. 남편이 곧 돌아올 것이고 그러면 잘 대접해 드리겠습니다."

칸이 갑자기 화를 내며 소리쳤다.

"너는 나를 놀리는구나, 나쁜 년! 메추리에게서 젖이 나온다는 것이 말이 되느냐!"

"눈이 아름다우신 폐하, 왜 놀라십니까? 현명한 사람이 다스리는 나라에는 그러한 기적도 일어난다는 것을 못 들으셨나요? 폐하께서 보내신 40마리의 숫양이 조만간에 새끼를 낳지 않겠어요?"라고 카라샤쉬는 태연스럽게 말했다.

칸은 이 평범한 여자가 자신보다 더 현명하다는 것을 알아차렸다. 칸은 갑자기 방향을 바꾸어서 힘껏 채찍을 휘두르며 초원 먼 곳으로 자취를 감추었다.

그 이후로 칸은 쥐렌쉐와 카라샤쉬를 귀찮게 하지 않았으며 그들은 오래오래 행복하게 살았다.

어느 날 쥐렌쉐가 사냥을 나갔을 때 카라샤쉬가 숨을 거두었다.

그 당시의 풍속에 따라 그의 동료들이 불행한 소식을 전하기 위해 쥐렌쉐에게로 갔다.

먼 곳에서 쥐렌쉐가 보였다. 그는 천천히 말을 타고 가면서 즐거운 노래를 부르고 있었다. 그의 말안장에는 총으로 잡은 세 마리의 새가 걸려 있었다.

동료들은 그의 곁에 멈춰서 잠시 쉬었다 가자고 요청했고, 슬픈 소식을 어떻게 전해야 할지 몰라서 돌려서 이야기하기 시작했다.

"자네는 현명한 것으로 유명하지, 쥐렌쉐. 아버지가 돌아가시면 무엇을 잃은 것인지 우리에게 얘기 좀 해주게?"

잠시 침묵을 지킨 후에 쥐렌쉐가 대답했다.

"아버지의 죽음은 재난으로부터 그 사람을 보호해주던 요새의 벽이 무너진 것이라 할 수 있지."

"어머니가 돌아가신 사람은 무엇을 잃은 것인가?"

쥐렌쉐가 대답했다.

"어머니의 죽음은 그 사람에게 공급해 주던 사랑의 샘이 마른 것이라 할 수 있지."

"형제의 죽음은 무엇에 비유할 수 있는가?"

쥐렌쉐가 대답했다.

"형제의 죽음은 그 사람을 지탱해 주던 받침목이 무너진 것이라 할 수 있지."

"마지막으로 사랑하는 아내를 잃은 사람은 무엇을 잃은 것인가?"

쥐렌쉐는 즉시 모든 것을 알아차리고 소리치며 울부짖었다.

오, 나의 카라샤쉬가 죽었구나!"

그는 눈물을 흘리면서 채찍 손잡이에 의지해서 일어서려고 했다. 그런데 손잡이가 부러졌고 쥐렌쉐도 땅바닥에 쓰러져서 숨이 끊어졌다.

카자흐민담

초판 1쇄 발행 2018년 4월 10일

옮긴이 안상훈
펴낸이 홍기원

총괄 홍종화
편집주간 박호원
편집·디자인 오경희 · 조정화 · 오성현 · 신나래
　　　　　　김윤희 · 이상재 · 이상민 · 최아현
관리 박정대 · 최기엽

펴낸곳 민속원
출판등록 제18-1호
주소 서울시 마포구 토정로 25길 41(대흥동 337-25)
전화 02) 804-3320, 805-3320, 806-3320(代)
팩스 02) 802-3346
이메일 minsok1@chollian.net, minsokwon@naver.com
홈페이지 www.minsokwon.com

ISBN 978-89-285-1174-7 03800